D0839811

Bir Kedi, Bir Adam, Bir Ölüm

BİR KEDİ, BİR ADAM, BİR ÖLÜM

Yazan: Zülfü Livaneli
© Ömer Zülfü Livaneli, 2001

Yayın hakları: © Doğan Egmont Yayıncılık ve Yapımcılık Tic. A.Ş.
Bu eserin bütün hakları saklıdır. Yayınevinden yazılı izin alınmadan kısmen veya
tamamen alıntı yapılamaz, hiçbir şekilde kopya edilemez, çoğaltılamaz ve yayımlanamaz.

1-19. baskı / Remzi Kitabevi, 2001-2009
Doğan Kitap'ta 1. baskı / Mart 2012
            24. baskı / Ekim 2014 / ISBN 978-605-09-0544-1
Sertifika no: 11940

Kapak fotoğrafı: Igor Zenin
Kapak tasarımı: Geray Gençer
Baskı: Mega Basım Yayın San. ve Tic. A.Ş.
Cihangir Mah. Güvercin Cad. No: 3/1
Baha İş Merkezi. A Blok Kat: 2
34310 Haramidere-İstanbul
Tel. (212) 412 17 00
Sertifika no: 12026

Doğan Egmont Yayıncılık ve Yapımcılık Tic. A.Ş.
19 Mayıs Cad. Golden Plaza No. 1 Kat 10, 34360 Şişli - İSTANBUL
Tel. (212) 373 77 00 / Faks (212) 355 83 16
www.dogankitap.com.tr/editor@dogankitap.com.tr/satis@dogankitap.com.tr

Bir Kedi, Bir Adam, Bir Ölüm

Zülfü Livaneli

Yanardağlar taşları, ihtilaller de insanları fırlatır. Aileler çok uzaklara gönderilir, kaderleri ülkelerinden ayrı düşer, topluluklar dağılır. Bulutlardan düşüyor gibi olurlar; şunlar Almanya'ya, bunlar İngiltere'ye, berikiler Amerika'ya... Gittikleri ülkenin insanlarını şaşırtırlar: Bu yabancılar nereden geliyor böyle? Onları püskürten, şurada tütmekte olan yanardağdır. Bu göktaşlarına, bu atılmış ve kaybolmuş insanlara, bu talihin es geçtiklerine çeşitli adlar verilir; onlara göçmen, mülteci, maceracı denir. Kalırlarsa sineye çekilirler, giderlerse sevinilir. Kimi vakit, bunlar kesinlikle zararsız yaratıklardır... Ne kin duyarlar ne de öfke, şaşkındırlar. Yapabildiklerime kök salmaya çalışırlar. Kimseye zarar vermezler, başlarına gelenlerden de hiçbir şey anlamazlar.

Victor Hugo
Deniz İşçileri

Bana doğru gelen hiçbir şey yoktur ki yanlış gibi de gelmesin.

Montaigne
(Çev. Sabahattin Eyüboğlu)

Gözden geçirilmiş yeni basıma önsöz[*]

Bir Kedi, Bir Adam, Bir Ölüm romanının yazımı çok uzun sürdü; bunu daha önce benimle yapılan çeşitli söyleşilerde anlatmıştım. Romanın başlangıcı 1974 yılına kadar uzanıyor. O yıllarda Stockholm'de orman kenarına kurulmuş öğrenci evlerinde yaşıyorduk, geceleri harıl harıl bu romanı yazıyordum. Ama epeyce yazdıktan sonra bu işe ara verdim. Bunun nedeni, olaylara ve karakterlere fazla yakın olduğumu düşünmem ve "gerçeğe gerçekdışından ulaşmak" için gerekli mesafeye sahip olmadığıma inanmamdı. Roman, büyük bir tomar halinde koyduğum rafta, gün ışığına çıkacağı günü bekleyerek epeyce yattı. Birkaç yıl sonra bu işi tekrar ele aldım. Romana yeni bölümler ekledim. Eski metinden, beğendiğim bölümleri tutup beğenmediklerimi attım. Bu atıp ekleme işlemi yıllarca devam etti.

Bu arada *Engereğin Gözü* adlı yeni bir roman yazdım. Çalışmanın başlangıcıyla bitişi arasında hiç kesintiye uğramayan ve denetimi elden kaçırmadığım bir roman oldu bu.

Sonra tekrar ilk göz ağrıma, neredeyse çeyrek yüzyıl boyunca beni uğraştıran Stockholm hikâyesine döndüm. Bu kez ne pahasına olursa olsun bitirip yayımlayacaktım. Bu niyetle Brötanya'daki bir balıkçı köyü olan Doeylan'da bir arkadaşımın evine yerleştim. Gauguiu'nun resim yaptığı bu okyanus kıyısı köy, Stockholm gerçeğinden epeyce uzak-

* 2003

tı işte ve aradan yıllar geçmişti. Romanı tamamlayıp Remzi Kitabevi'ne teslim ettiğimde içime tuhaf bir rahatlık yayıldı. Öyle ya, yirmi beş yıllık bir yükten kurtulmuştum.

Romanın okurlar ve eleştirmenler tarafından beğenilmesi ve Yunus Nadi Roman Ödülü'ne layık görülmesi sevindiriciydi doğrusu. Bu defteri kapattığımı sanıyordum ama aldanıyormuşum meğer.

Romanın yayın hakları yabancı yayınevleri tarafından satın alındı. Bunlar arasında Paris'teki Gallimard da vardı. Bir kitabın Gallimard tarafından yayımlanması, dünya vitrinine çıkması anlamına geliyordu. İçimi bir kurt kemirmeye başladı: Acaba Fransızcaya çevrilmesi sırasında romanı tekrar gözden geçirsem ne olurdu? Daha mükemmel hale getirmek ne gibi bir sakınca yaratabilirdi ki! Ne de olsa yıllara yayılmış bir yazma söz konusuydu. Belki de bazı noktalarda ipleri elimden kaçırmıştım. Belki de yaşlı adamla Sami'nin ilişkilerini daha derinlemesine inceleyebilir ve karakterlere daha bir derinlik katabilirdim. Romanın yoğunluğunu artırmak elimde gibiydi. Bu düşüncelere gömülmüş durumdayken bir UNESCO toplantısı için Paris'e gittim. Boş bir öğleden sonra Odessa Meydanı'nda, aynı ismi taşıyan kahveye oturup bir bira söyledim kendime. Baharın ilk günleriydi ve parlak bir güneş hafif hafif ısıtıyordu ortalığı. Romanı düşünmekte olduğumu fark ettim. Daha doğrusu düşünmüyor, cümle cümle yeni bölümler yazıyordum. Bunları kayda geçirmem gerekiyordu. Yakındaki bir mağazadan hemen bir defter aldım ve başladım yazmaya. Saatlerce yazdım. Ve o kahvede yazılanlar roman üstüne yapacağım yeni çalışmanın çekirdeğini oluşturdu.

Bu çabayla romanın psikolojik boyutunun mükemmelleştiği kanısındaydım. Ama ortada bir engel vardı. Roman İstanbul, Atina ve Belgrad'da yayımlanmış, Almanca ve İngilizceye çevrilmişti. Fransızca çevirisi de tamamlanmak üzereydi. Yaptığım köklü değişiklikler yayınevlerini ve çevirmenleri çok zorlayacaktı. Ama romanın yeni biçimi beni o kadar çekiyordu ki bu engelleri aşmaya karar verdim. Kitabı Fransızcaya çeviren Timur Muhiddin'le, Zürich'teki yayıncı dostum Lucien Letiess'le ve Remzi Kitabevi'yle konuştum. Kitabın Türkçedeki yeni basımlarını değiştirecek, çevirilerde bu yeni biçimi esas alacaktık. Türkiye dışında kitabın yayımlanmış olduğu ülkelerde ise yapılacak bir şey yoktu. Bu arada romanın çevirilerdeki ismi de değişmiş ve *Yalnızlık Mevsimi* olmuştu.

Şimdi içim rahat. Çünkü benim bu acayip, belki biraz örselenmiş ama çok sevdiğim ve bir türlü vazgeçemediğim çocuğum, istediğim hale geldi.

Diğer romanlarıma ilişkin böyle düşüncelerim olmadı hiç. Mesela *Mutluluk*'ta bir cümle bile değiştirme isteği duymuyorum ve değiştirmeyeceğim.

Ama okuyucularıma *Bir Kedi, Bir Adam, Bir Ölüm*'ün yeni biçimini sunarken, eksik kalmış bir görevi tamamlamış olmanın rahatlığı var içimde.

Bu roman benim için şimdi bitti, yani yazılmaya başlanmasından yirmi dokuz yıl sonra.

Zülfü Livaneli

1

Stockholm'de dokuz yıldır politik mülteci olarak yaşamakta olan Sami Baran, cinayet tohumunun ilk kez içine düşeceği o salı akşamından yedi gün önce, karanlık ormanların içinde kıvrıla kıvrıla giden buzlu yolda araba sürmekteydi. Gökyüzüne dimdik uzanan sedir, çam, kayın ve köknar ağaçları iki yanından hızla kayıyor ve otomobil, daracık yolun buz tutmuş kayganlığında savrulup duruyordu. Eski bir Volvo'ydu kullandığı: Hurdaya çıkmasına az kalmıştı ve bir zamanlar lacivert olan rengi, çeşitli yamalarla zedelenerek soluk bir maviye dönüşmüştü. İkinci el oto pazarında bu otomobile belki de sekizinci, onuncu el demek gerekirdi. Epey hırpalanmış, Kuzey kışının darbelerini yiye yiye çürümüş ve uzun kış mevsimleri boyunca buzlu yollara dökülen tuzdan her yeri pas bağlamıştı; ama yine de doğru dürüst hiçbir iş yapmayan, arada, bir saati 40 kron karşılığında çöp arabası süren ve genel olarak sosyal yardım bürolarının mülteci fonlarından geçinen biri için hiç de fena değildi doğrusu ve onun ayağını yerden kesiyordu. Şehir içinde, park yerleri pahalı olduğu için kullanmıyordu ama o garip sıkıntı yüreğini kemirmeye başladığında atlayıp şehir dışına çıkması ve ormanlar, göller arasında delice sürmesi için birebirdi.

Bazen yüreği sıkışıp, dertop olup boğazına kadar yükseliyor ve nefes almasını engelleyecek bir yoğunluğa erişiyordu. Sanki bir an daha geçerse patlayacakmış gibi hissediyordu kendini, sanki bir yanardağ oturuyordu göğsüne. Bir iç çöküntüsüydü bu. Atak geldiği zaman ne yapacağını bilemiyor ve eski Volvo'ya atlayıp bir an önce şehir dışına çıkmaktan ve o insansız yollarda deli gibi gaza basmaktan başka bir ferahlama yolu bulamıyordu. Böyle anlarda Volvo'nun buz üzerinde oradan oraya savrulmasını hissetmenin garip rahatlatıcılığına sığınırken, bir yandan da ne olduğunu bilmediği sözler dökülüyordu ağzından. Bir seferinde, kriz geçer geçmez, ani bir fren yaparak iyice kaymış ve buzda fırıl fırıl dönen araba durduğunda dikiz aynasında beliren yüzünün yaşlarla sırılsıklam olduğunu görmüştü. Bilincini yitirme noktalarına sürüklendiği ve aklının sınırlarına savrulduğu bu yolculukların tehlikeli olduğunu biliyordu bilmesine, ama bu ona garip bir yürek dinginliği sağlıyordu.

O günlerde, Kungshamra öğrenci bloklarındaki küçük odasında, yıpranmış, yüzü eprimiş koltukta oturuyor; küçük bir aynada sağlıksız gözkapaklarını inceliyor; elini karnına koyup sağ tarafına yayılan, sonra bir topluiğne ucu gibi kendini duyurup şiddetlenen ağrıyı düşünüyordu.

Oturduğu yerden dışarı bakınca görebildiği tek şey, fare rengi, kapanık, deşilmemiş bir cerahat duygusu veren sonsuz grilikti: Beton evler, sonra daha yüksek evler; kapalı ve alçalmış gökyüzüyle birleşip görebildiği her şeyi çimentolaştıran, geometrik asfalt yollarla bütünleştiren bir grilik kafesi. Sanki bunu abartmak istermiş gibi, evlerdeki pencereler ya sarı ya kırmızı ya da maviydi.

Sessiz ve boşalmış mahallede, evler arasındaki beton yollarda yürür, yürür, yürürdü. Çamaşırhaneye giden birkaç kadından, bir de küçük bebeklerini hava almaya çıkaranlardan başka hiç kimse görünmezdi ortalıkta. Çünkü herkes çalışıyordu. Geometrik, dar, beton, otomobil girmeyen yollarda hızla yürür, çimenliklere geldiğinde bastığı yerin yumuşadığını hissetmek hoşuna giderdi.

En büyük sıkıntıyı, Sergelstorg gibi, geometrik biçimlere bölünmüş meydanlarda ve yollarda çekiyordu. Çünkü elinde olmadan bu biçimlerden birini seçiyor ve sadece onlara basarak yürümeye çalışmaktan, garip hareketler yapar duruma düşüyordu. Mesela sadece siyah taşlara basarak yürümesi gerekliydi, beyazlara basmamalıydı. Ya da tam tersine, beyaz taşları seçmişse siyahlara basmaması gerekiyordu. Aynı renkte olsalar bile ya birer atlayarak yürümeli ya da baklava dilimi gibi sıralanmış olanları, kendine göre bir düzene koymalıydı. Yürürken bir parmaklığa rastlaması da aynı sonucu doğuruyordu: Parmaklıkları tek tek saymalıydı. Eğer biri eksik kalırsa dünyanın sonu gelecekti sanki. Ama bu işin kuralı yoktu. Parmaklıkları birer atlayarak da sayabilirdi. Bazı insanların doğuştan böyle olduğunu düşünüyordu. Kendisinde ise sonradan başlamıştı bu. Yaşadıklarının ve uzun Kuzey yıllarının bir hediyesiydi bu garip huy. Yapmasa da olurdu ama böyle şeylerle oyalandığını düşünüyordu. Çünkü çok sıkıcıydı ortalık. Bastığı yeri fark etmeden çiğneyip geçen insanlara büyük bir hayranlık duymaktaydı. Kendisi bir türlü böyle olamıyordu işte; ama en kötüsü evdeki haliydi. Bazen üstüne oturduğu koltukta, sonu gelmez bir tüy toplama işlemine girişmiş olarak bulurdu kendini. Eskimiş, lacivert, kadife koltuktaki her mikroskobik beyaz noktayı toplamak gibi sonsuz bir uğraşa dalardı. Mutfak rafındaki bardaklar illa ki belli bir sıraya göre durmalıydı, tabaklar da öyle...

Stockholm'e ayak bastığı ilk gün, ıslak, yapışkan ve soğuk havada, yağmur altında parlayan otomobiller ve iki yanından akan insanlar arasında, zaman ve mekân duygusunun değişmesini yaşamıştı. Şehir, onca reklam ışığı, neonlar, farlar ve sokak fenerleriyle bile, kapanık ve kasvetli geliyordu ona. Garın önünde öylece durmuş ve ne yapacağını bilemediği için, tekrar görkemli merkez garı binasına dönmüştü. Elinde küçük valiziyle içeri girdiğinde yağmur suları ensesinden içeri süzülüyordu. Hangara benzeyen istasyonun ortasında boydan boya sıralar vardı. Uzun sarı saçlı, deri bileklikli ve dövmeli sarhoşlar, tahta pabuçlarını betona vuruyorlar, işaretparmaklarını uzatarak gelip geçenin yolunu keserken sonsuz bir uzaklığı gözler gibi bakıyorlardı. Kuzey'in karanlık ormanlarından yükselen feryatlar çınlıyordu kubbede ve adamın biri orta yerde iki yana sallanarak işiyordu. Telefonların yan yana dizildiği bölüme gitmişti ama sırtlarından tutturulmuş bir sürü rehber görünce işin içinden nasıl çıkacağını bilememişti. Yardım istediği yaşlı bir kadın, eliyle, sinek kovar gibi kovmuştu onu. Bölmeden çıktığında yine o garip çığlıkları duymuştu.

Ormandan yola akan suyun donduğu ve bir jilet keskinliği kazandığı dönemeçte iyice savruldu Volvo, sağ yandaki lastikleri ağaç diplerini yalayarak geçti ve bir an denetimi iyice elden kaçırdığını sandı Sami. Ama sonra otomobil kendini topladı ve yoluna devam etti. Bütün bu heyecan sırasında, bir süredir tutturmuş olduğu düzenli ve kesiksiz inlemeleri sürdürmeyi ihmal etmemişti. Nedense bu anlamsız sesler hoşuna gidiyordu.

O öğrenci mahallesindeki evleri, yolları, sarı, kırmızı, mavi pencereleri, evlerin camlarına asılı pastel çocuk resimlerini, el yapması lambaları, girişlerindeki alacalı plastik yollukları, Noel süslerini, *Lapon* köylü başlıklarını, tahtadan oyulmuş pabuçları ve yün çorapları, geleneksel *Dala* atı yontularını görmek istemeyerek; ama onlarla çevrili ve kuşatılmış durumda dönüp duruyordu yollarda ve soruyordu: Kanser miyim acaba? Karnının sağ yanındaki nokta, durup durup bir tığ batırılır gibi sızlıyordu.

Sürüp giden ritmik inlemeyi kesmeden farları yaktı. Kışın hiçbir zaman aydınlanmayan hava, öğleden sonranın etkisiy le daha da koyulaşmaya başlamıştı ve iki yanındaki sık, yüksek ağaçlar karanlığı artırıyordu. Dışarıdaki inanılmaz soğuğun giderek arttığını ve varolan her şeyi dondurup cansız bir tundraya çevirdiğini hissetti. Kuzey'in canlı doğası uzun bir kış uykusuna yatmış, donmuştu.

Ne kadar gazete varsa toplar, son satırına kadar okuyup bir anlam çıkarmaya çalışırdı. Sonra en kısa yoldan hastaneye atardı kendini. Acil serviste ağrıları artarak beklerdi. Beyaz plastikten sağlık kartını uzattığında, hemşireler onun kim olduğunu bilirdi. Muayene odasının donuk beyazlığında doktorun eli bedeninde dolaşırken "Kalbimde bir bozukluk var!" derdi ona. "Bizim ailede zaten kalpten giden çok. Geceleri bazen uyanıp kalbimin durmuş olduğunu görüyorum, nabzım da atmıyor. Sonra tam tersine hızlanıyor. Dudaklarımda morluklar başladı, kalbimde bir bozukluk var."

Evden fırlayıp hastaneye koşmayı alışkanlık haline getirmişti. Her seferinde ayrı bir doktorla konuşurdu: "Safra kesemde taş var benim, batıyor. Hele yumurta yediğimde... Galiba prostat da..."

Doktorlar ağız birliği etmişçesine iri gözleri kaygı dolu bu genç ve çelimsiz çocuğu başlarından savarlardı. Birinde "Beni öldürmeye çalışıyorsunuz" diye bas bas bağırmıştı muayene odasında: *"Du ska doda mig!"* Genç doktorun kafasına ağır bir kül tablası fırlatmıştı. Verdikleri ilaçlardan biri –ki sonradan bunun bir yatıştırıcı olduğunu öğrenecekti– tansiyonunu düşürmüştü. Dili ağzının içinde dönmüyor, çenesine ve boynuna bir kasılma yayılıyordu. "Tamam!" demişti. "Demek son durağa vardık." Doktor ilacın dikkatsizce verilmiş olduğunu, bazı rahatsızlıkları olanlarda kullanılamayacağını söylemişti. Böylece yolunda gitmeyen bir şeyler olduğuna dair ilk imayı kapmış oluyordu onların ağzından. Bir zaferdi bu. İşte, gerçekten hastaydı, düpedüz hastaydı. O doktora minnet duydu.

Bir geminin ambarında mazot, makine yağı, deniz, ekşimsi ve tatlı balık kokan, lombozlarından ışık süzülen loş bölmede, üstü çentik çentik tahta masanın başında, hayatında yattığı tek İsveçli olan Astrid, hünerli ellerini uzatıyordu ona. Daha sonra yeraltı istasyonlarına benzeyen metrolarda koşuyor, yürüyen merdivenlerde, sokaklarda, sarhoşlar, kusmuklar, ezilmiş bira kutuları, yaşlıları itip yuvarlayan parlak ceketli gençler, porno ilanları, makine şakırtıları, metal kronları ve öreleri avcuna boşaltan makineler, sosis, patates püresi, tatlı hardal bulaşığıyla birbirlerinin dudaklarını emen sivilceli gençler, ucuz giysili, apartman topuklu esmerler ve onların, göğüslerine ay yıldız takmış olanları arasında yitip gidiyordu. Fren gıcırtıları, naralar, gülmeler büyüyor, sonra birden toz içinde kalıyordu sanki; ağzı, gözleri, odası gıcır gıcır eden toza batıyordu. Hastanede pis kokulu bir ilaç içirip evire çevire filmlerini çekiyorlardı. Görevlilerin yüz anlatımlarından bir şey çıkarmaya çalışıyordu.

"Ne var?"

"Üç gün sonra!"

Yüzüne kuşkuyla mı bakıyorlardı ne?

Siyasi mülteci statüsü almak için Stockholm Polis Merkezi'ne gittiği gün, metal bir masanın arkasında, şaşılacak kadar ince ve uzun suratlı bir polis oturuyordu. Sami'ye pasaportuyla ilgili bir sürü şey sormuştu adam. Sonra zile basıp çağırdığı polislerle birlikte asansöre binip en üst kata çıkmışlar ve demir parmaklıklı bir kapıdan içeri girmişlerdi. Orada üç gardiyan Sami'nin giysilerini soyup, ceplerinden çıkanları plastik bir torbaya koydular. İşte o an ilk kez, pişman olduğunun farkına vardı. Buraya gelmekle yanlış bir iş yapmıştı.

Ankara'da okuduğu zaman etkisinde kaldığı Norveçli Knut Hamsun'un göçebeler diyarı değildi İskandinavya. Çağıldayan ırmakların üstünde sağlıklı meşe kütüklerinin gümbür gümbür aktığı, karanlık ormanlarda yakılan meşalelerin bakire karları ısıttığı, Kuzey masallarındaki orman cinlerinin ağaçlar arasında koşuşturduğu bir ülke değildi. İstasyondan beri hissediyordu bunu, belki de gelir gelmez başlamıştı; ama artık düzeltilmesi gereken bir yanılgının içindeydi. Bütün giysilerini didik didik arayıp da incelemelerini bitirince, giyinmesine izin verdiler. Kayıt işlemleri yapıldı ve Sami, koridorun sağ yanındaki demir kapılı odalardan birine kapatıldı. Odada pencere yoktu. Çok garip bir duyguydu bu. Oda, biraz ötedeki gardiyan ofisiyle aynı hizadaydı ve orası pencereliydi. Kendi duvarının dışında da boşluk olduğunu biliyordu ama pencere yoktu işte; kapatılmış, örülmüştü. Kâğıt çarşaf yayılmış yatağa uzandı. Bir metre ötesine kar yağdığını düşündü. Gardiyanın ofisindeyken, öğleden sonra saat üç karanlığında uçuşan beyaz kar tanelerini görmüştü. Şimdi gitse, bir daha buraya uğramasa bile ömrü boyunca hatırlayacaktı bunu. Bu kadar nefret edilecek bir oda düşünülemezdi. Her şey, ancak bir ameliyathanede görülecek biçimde, işlevine göre ayarlanmıştı. Uyudu, uyandı, tekrar uyudu; karmakarışık düşlere gömülerek uykuyla uyanıklık arasındaki belirsiz çizgide sallandı durdu. Bir ara kapıdaki göz deliğinin açıldığını gördü. Bir kadın ona bakıyor ve "Türk, Türk!" diyordu. Kadına doğru yürüdü ve onun kollarını sıvamasını işaret ettiğini gördü. Pek anlam veremese de dediğini yaptı, kazağının kollarını yukarı doğru çekti; kadının, kollarında iğne izi aradığını, ancak o çekip gittikten sonra fark edebildi.

Biraz sonra sarkık yüzlü, ters bir ihtiyar yemek getirdi. Çiğ balık, sarı bir sos ve şekerli ekmekten oluşan bir yemekti bu. Yiyemeden yatağa uzandı. Odaya girdiğinden beri sezip durduğu vınıltıyı da o anda ayırt etti. Ses gittikçe güçleniyor gibiydi, sanki odanın, duvarları, tavanı, kapısı gibi, ayrılmaz bir parçasıydı. Sesi dinleyerek, başucundaki havalandırma mazgalından geldiğini buldu. Böylece ses bir noktaya odaklanmış oluyordu. Başını yastığın altına soktu ama diş oyma aletini hatırlatan vınlamayı yine duyuyordu. Sonra kapı açıldı, ters yüzlü ihtiyar geldi. Adamın yanakları kat kat sarkarak ağzının iki yanma yığılmıştı, gri gözleri kırışıklıklar arasına gömülmüş iki cam bilyeyi andırıyordu. Sami'ye, tek kelime anlamadığı İsveç dilinde bir şeyler söylüyordu adam. Daha sonra da Sami'nin anlamadığını görerek göğsünü şişirmiş, derin soluklar alarak sol eliyle göğsüne vurmuştu. Sami bunu, böyle uyuşuk oturma, canlan biraz, demek istediğine yormuş; ayağa kalkıp derin soluklarla o da göğsünü şişirmişti. Gardiyan bu kez aynı hareketleri daha güçlü olarak tekrarlamış, soluk alıp vermişti. Bir süre sonra ikisi, hücrede karşılıklı beden hareketleri yapıyorlardı. Sami yine başaramadığını hissetti. İhtiyar başını havaya kaldırarak derin soluklar alıyor, o da kollarını açıp kapayarak ciğerlerine hava dolduruyordu. Yaşlı gardiyan umutsuzluğa kapılmış olmalı ki söylenerek hücreyi terk etmiş, biraz sonra gelen genç bir polis, İngilizce olarak Sami'ye havalandırma saatinin geldiğini haber vermişti. Bunun üzerine Sami, yarım yamalak da olsa İngilizce anladığına şükretmiş ve biraz önce yaşlı gardiyanın karşısındaki anlamsız hareketlerini düşünüp, kendini gülünç duruma düşürdüğüne epey hayıflanmıştı.

Havalandırma bölmeleri en üst kattaydı. Her biri en fazla üç metrekare olan üçgen bölmelerin üstleri tel kafesle kapatılmıştı. Böylece Sami, hayvanat bahçesindeki hayvanların ne hissettiğini anlama olanağına da kavuşmuştu. Yer betondu. Karanlıkta lambalar, çevreleri kar beyazlığıyla buğulanmış puslu mumlar gibi parıldıyordu. Gözüne yaşlar dolduğunu hissetti. Bütün bunlar iltica talebi üzerine oluyor ve hakkında soruşturma yapılan süreyi kapsıyordu.

Volvo'nun hızı iyice artmış ve araba artık düz gidemeyip oradan oraya savrulan, akıldışı bir makineye benzemişti.

Orman yolları bomboştu, yola çıktığından beri ne bir canlıya rastlamıştı ne de başka bir otomobile. Bütün gördüğü, buz tutmuş yol ve iki yanından akıp giden koyu ağaçlardı. Karanlık giderek artıyordu.

Sami Baran, polis macerası bitip de Birleşmiş Milletler'in mavi renkli ve üstünde *Främlingspass* yazan mülteci pasaportuna kavuştuktan sonra, aylarca sabah erkenden, göz gözü görmez karanlıkta uyanmıştı. Kalktığında, göçmen bloklarındaki bütün mutfakların, odaların, koridorların ışıkları yanmış olurdu. Uykularını alamamış göçmenlerin sürüklenir gibi hazırlanmalarına, mutfakta kahve yapan, geceden hazırladığı sandviçi yiyen, sütlü *flingor,* yani mısır gevreği kaşıklayan insanların arasına karışırdı. Dışarı çıktığında soğuk hava ciğerlerini iğnelerdi. Beton yapıların arasındaki sokak lambalarının ışığı, yoldaki kara vurmuş olurdu. Kar sıkışır, cam gibi kayganlaşır, üzerinde ışıklar kırılırdı. Kaymamaya çalışarak yürüyen, üşüyen, titreyen gölgeler geçerdi yoldan. Büzülmüş, sarınmış, başları omuzlarının arasına gömülü, renk renk takkeler, kalpaklar, kasketler giymiş, boyunlarına yün kaşkol dolamış gölgeler. Sabah karanlığında otobüs durağı tıklım tıklım dolu olurdu. Sonra bir otobüs gelirdi. Herkes gibi onun da bir kartı vardı artık. Son durakta otobüsten inip kalabalıkla birlikte metroya girer, yürüyen merdivenlerle yerin yedi kat dibine inerdi. Yeraltına oyulmuş, duvarlarından sular sızan, ıslak, nemli ve soğuk, bir ucundan öteki ucuna Azrail soluğu üfürüp duran, makine yağına karışmış bir mezar soğukluğu duyuran metroda, herkesin yüzünü daha da sarartıp gözaltlarındaki şişleri abartan çiğ ışıklar altında, tünelin ağzından gürültüyle yel gibi gelen trene tıkış tıkış dolarlardı.

Dünya yüzüne çıktıklarında hava, karanlığından hiçbir şey yitirmemiş olurdu. Işıkları yanan okulda Uruguaylı, Şi-

22

lili, Yunanlı, Japon ve İranlı arkadaşlarıyla, hem o kadar ayrı ve uzak hem de şaşılacak kadar benzer koşullarda, sıralara oturup kursun başlamasını beklerlerdi. Ortaçağ köylülerini andıran kızıl sakallı hoca, bir peygamber sabrı ve yüzünde hiç eksik olmayan bir gülümsemeyle dillerinin dönmediği İsveççe kelimeleri tekrarlar dururdu.

Sonu gelmez ritmik inlemeleri artarken, büyük bir hızla ve gaz pedalından ayağını çekmeden, yeni bir dönemece girdi. Otomobilin ekseninden kaymasını, arkasının savrularak yoldan çıkmasını ve her şeyin sona erdiğini sandığı o dehşet anında tekrar düzeldiğini görmenin zevkini beklerken karşısında kocaman kahverengi bir şeyin belirdiğini fark etti.

Düşüncesinin donup kaldığı, felce uğradığı o kısacık anda ayağı birden frene gitti ama daha pedala bastığı anda otomobili durdurmasının imkânsız olduğunu anlamıştı. Bütün gövdesiyle duydu bunu, kılcal damarlarına yayılan ve kanını donduran dehşet duygusuyla, altındaki demir yığınının denetimsiz bir merkezkaç gücüyle savrulduğunu, kendisinin bu savruluşa en ufak bir etki yapamayacağını ayırt etti.

Tam önünde bir çift ıslak ve iri göz ona bakıyor gibiydi. Hayal meyal seçtiği çatal boynuzların altındaki o iri gözlere doğru hızla, uçarcasına yaklaşırken birden sarsıldı; omuriliğinde ve boynunda depremler hissederken bütün dünyayı dolduracak kadar büyük bir patlama duyduğu inancına kapıldı. Eski Volvo, patlamadan sonra da sürüklenmeye, savrulmaya devam etti ve bir süre çırpındıktan sonra, ormana bakar ve yolu enlemesine keser durumda hareketsiz kaldı.

Farlar, önündeki karlı ağaçları aydınlatıyordu. Ortalık sessizliğe gömülmüştü. Sanki bütün dünya donup öylece kalakalmıştı. Çıt çıkmıyordu. Orman sessizdi. Sami kapıyı açıp soğuk havaya çıktı. Yanakları kesilir gibi oldu hemen, soluk alırken içine buzlar doluyordu. Ancak o anda geriye bakmayı akıl etti. Karanlık yolda bir cisim duruyor, yanında da küçük bir şey hareket ediyordu. Tekrar otomobile bindi. Geri manevrayla Volvo'yu geliş yönüne çevirdi ve o zaman farların aydınlattığı karlı yolda yatan muazzam geyiği görebildi. Yavrusu başında dönüp duruyor, annesini yalıyor ve burnuyla dürtüyordu.

Sami'nin yüreği buz kesti! Gördüklerine inanamadan kapıyı açtı, otomobilden indi ve geyiğe doğru yürüdü. Omuz yüksekliği en az bir buçuk metre olan kahverengi bir geyik yatıyordu yerde! Çatal boynuzlarının biri, dibine yakın bir yerden kırılmıştı. Ağzından kan sızıyordu. Sami, geyiğin önünde yere diz çöktü. O iri ve nemli gözlerdeki ölüm acısını ve göz diplerinden usulca süzülen kanı gördüğü anda, yüreği dayanılmayacak kadar büyük bir merhamet duygusuyla kanırdı. Geyik, kan sızan köpüklü ağzıyla ve yaralı gözleriyle çaresizce bakıyordu ona. Sami bu iri ve güzel başa dokundu, alnının sert düzlüğünü ve biraz sonra uçup gidecek olan canın sıcaklığını hissetti. Ve aynı anda da elinin yavru geyik tarafından yalandığının farkına vardı. Yavru, pembe, sıcacık diliyle elini ıslatıyor ve başını ona sürtüp duruyordu.

Sami geyiğin kendisine dikilmiş gözlerine ve yavrunun sürtünmesine daha fazla dayanamayacağını, bir saniye daha geçerse yüreğinin infilak edeceğini düşünerek çıldırtıcı bir paniğe kapıldı ve geyiğin başını yere bırakarak yavruya hiç bakmadan, buzlu yolda koşa koşa Volvo'ya gitti. Tarifsiz bir aceleyle arabayı ters yöne çevirdi, gaza basarak, uçar gibi uzaklaştı oradan. Eskisinden de hızlı gidiyordu şimdi. Gözlerinden durmadan yaş akıyordu, yanakları sırılsıklamdı. İnlemelerinin hızı ve temposu artmıştı. Sayıklar gibi inleyip duruyor, bir yandan da öldürülmüş geyiklere ağıt yakan eski Anadolu türkülerinin dizelerini hatırlıyordu. Geyiğin dizlerine inen kandan, gözüne dolan karıncalardan söz ediyordu bir türkü. Sonra da "Kaç kuzulu ceylan, yad avcı geldi" diyor, geyiği kurtarmaya çalışıyordu. Ama bu geyik ve yavrusu, Volvo'nun hışmından kurtulamamıştı işte. Geyik son anda sıçrayarak biraz kenara kaçmamış olsaydı, ona tam ortadan bindirecekti ve belki kendisi de hayatta kalamayacaktı. Ne var ki geyik onu kurtarmış ama kendisine çarpılmasını engelleyememişti. Şimdi de soğuk ve karanlık orman yolunda buzlar üstünde yatarak acı çekiyor, yaklaşmakta olan mutlak ölümü bekliyordu. O öldükten sonra yavru geyik ne yapacaktı acaba? İçgüdüyle, annesinin öldüğünü ve artık hiç kalkmayacağını, yürümeyeceğini anlayacak, umudu keserek uzaklaşacak mıydı oradan? Yoksa gece boyunca annesini yalayarak ona can verebileceğini, ayağa kaldırabileceğini mi sanacaktı?

Gittikçe aydınlanmakta olan zihni, büyük bir suç işlediğini fısıldıyordu. Hadi geyiğe çarpması bir rastlantıydı ve bunu engellemesi mümkün değildi diyelim, peki, o yavruyu ve can çekişen anayı yol üzerinde bırakıp kaçmak olacak iş miydi? "Avcılar elinde kaç kuzun kaldı?" diyerek türküden bir dize daha mırıldandı. Aslında kaçmaması gerektiğini düşünüyordu. Yüreğine bir sustalı bıçak gibi dalan merhamet yüzünden kaçmıştı. Oysa böyle durumlarda cesaret gerekiyordu. Belki yaralı geyiğin acısını azaltacak bir yol bulur, yavruyu alıp daha güvenli bir yere götürebilirdi.

İçine sürüklendiği korku ve panikten dolayı pişmanlık duyuyordu şimdi. Epey uzaklaşmıştı ama sonunda kararını verdi, geri dönecek ve geyikle yavrusuna yardım edecekti. Böyle davranması gerekiyordu. Volvo'yu tekrar çevirerek, hızla, geldiği yolları yutmaya koyuldu. Ne kadar acı olursa olsun gerçekle yüzleşmekten kaçınmayacaktı. Çünkü nasıl olsa aklından çıkmayacaktı bu kaza, unutması mümkün değildi.

Karanlıkta bütün dönemeçler birbirine benziyordu. Her dönemeçten önce yavaşlıyor ve geyikle yavrusunu görme-

25

yi umuyordu ama her seferinde buz tutmuş yol bomboş oluyordu. Geyiği bulmayı umarak ve dönemeçlere dikkat ederek epeyce gitti. Artık geyiğe çarptığı yeri çoktan geçmiş olmalıydı ama geyik yoktu ortada, yavrusu da yoktu! Yol karanlık olduğu için adım başı durup kan izi arayamazdı. Kaza yerine en çok benzettiği dönemeçte durdu, yeri inceledi. Burasıydı işte, sonunda bulmuştu. Savrulmuş otomobilin tekerlek ve fren izlerinden burası olduğu belliydi. Bu dönemeçte vurmuştu ana geyiğe; ama ortada ne geyik görünüyordu ne de yavrusu! Kan izi de yoktu. Acaba kendisinden sonra gelen birileri geyiği kurtarmış mıydı? Yetkililere haber vermiş ve geyikle yavrunun alınıp götürülmesini sağlamış olabilirler miydi? Ya da yarası o kadar ağır olmayan geyik, kendine geldikten sonra yavrusunu alıp bir daha yollara yaklaşmaya tövbe ederek tanıdık ormanın sert buzulları arasına karışıp gitmiş miydi?

Yoksa?

Yoksa, bütün bunlar gerçekte hiç olmamıştı da Sami'nin düşünde mi gerçekleşmişti? Geyik de yavrusu da kaza da bir düş oyunu muydu? İyi ama geyiğin sıcaklığını, alın kemiğinin sertliğini bile duymuştu elinin altında! Nasıl bu kadar yanılabilirdi? Yavru geyik, dilinin olanca sıcaklığıyla elini yalamış ve sırılsıklam etmişti. Böyle bir şeyi hayal etmesi için düpedüz aklını kaçırmış olması gerekirdi ki kendisi deli değildi. Çeşitli sıkıntıları olabilirdi ama bu Kuzey mülteciliği henüz onu delirtmeyi başaramamıştı çok şükür!

Biraz düşündükten sonra, bu işi nasıl çözeceğini ve bundan nasıl emin olabileceğini kavradı. Volvo'yu gözden geçirecek ve çarpma izleri arayacaktı. Ancak böylesine kesin bir kanıt içini rahatlatabilirdi. Otomobile doğru yürüdü, Volvo'nun burnunu inceledi, buz tutmuş kaportasında elini gezdirerek çökmeler ve çarpma izleri aradı, ama aksilik bu ya, her tarafı yaralı bereli ve ezik olan Volvo'nun burnunda ne bir çöküntü vardı ne de bir iz! Otomobilin burnu pırıl pırıldı!

Sami o zaman, Kuzey akşamının dondurucu soğuk rüzgârını içine çekti ve ciğerlerinin yandığını hissederken bu kez ciddi olarak hastaneye gitmesinin şart olduğunu anladı. Durumu, düşündüğünden de ağırdı.

Yolun ıssızlığında büyük bir ürküntüye kapıldı; korku, yüreğinde kanat çırpıyordu. Pan tanrı her insan gibi ona da panlaşma, yani panik duygusunu hediye etmişti.

El yazıları

Ben bu romanın başkişisiyim ve şimdiye kadar okuduklarınız hakkında birkaç not düşmek istiyorum. Yazılanlara yalan diyemem; kitabın birinci bölümünde, hayatıma ilişkin pek çok doğru şey var. Yazar, anlattıklarıma sadık kalmış. Mesela geyik hikâyesi gerçekten başımdan geçti ve ben çok korktum.

Olayların çoğu doğru olmasına doğru, ama yazar arkadaşım kitabı bitirip de okumam için bana verdiğinde iyi ki daha önce bu konuda ısrar etmişim ve böyle bir anlaşma yapmışız, diye düşündüm. Hakkınızda bir roman yazılması, çiğ ışıklarla aydınlatılmış, kalabalık T-Centralen Metro İstasyonu'na çırılçıplak atılıvermeniz anlamına geliyor. Bu yüzden okuyuculardan önce kitabı görmek ve sizi utandıracak bazı şeyler varsa onları çıkarmak istiyorsunuz.

Stockholm'de yaşayan ve roman yazmak için çırpınan arkadaşım, hayatımı romanlaştırmayı önerdiği zaman, ileri sürdüğüm tek koşul bu olmuştu. Romanı okuyacak ve uygun görmediğim yerleri çıkaracaktım. Kabul etti. (Başka çaresi de yoktu zaten. Benim film tutkum gibi, o da aklını edebiyatla bozmuştu.)

Evleri çok küçüktü. Bu yüzden arkadaşım, romanı bitirmek için aynı mahallede, öğrencilere verilen ucuz çalışma odalarından birini kiraladı. Zaten ailesini geçindirmeye yetmeyen parasının bir bölümünü de buna harcama çılgınlığını gö-

ze almıştı. Allahtan çok ucuzdu burası. Küçük, çıplak ve basit bir odaydı. Hep geceleri çalışıyordu. Birkaç kere uğradım ona. Sonra, benim bu ziyaretlerimden çok rahatsız olduğu duygusuna kapıldım. Kafası benimle dolu ve benim üstüme kurgular yaparken roman kişisini karşısında görmek onu utandırıyordu galiba. Masaya tomar tomar üçüncü hamur kâğıt yığmıştı. Facit marka daktilosu sabahlara kadar tıkırdayıp duruyordu. Bitene kadar tek bir satırını bile göstermeyecekti bana. Aslına bakarsanız, elinde olsa hiç göstermeyecekti ama daha önce anlattığım gibi, bunu yapmasına olanak yoktu.

Onca sıkıntı içinde, roman yazma tutkusuna nasıl kapıldı anlamıyorum. Gerçekten yeteneği var mıydı, bazıları gibi sadece yazmak için mi yaşıyordu, yoksa basit bir heves miydi bu? Birçok politik mülteci gibi o da kültür işlerine meraklıydı ve bu merak onları ille de bir şeyler yazmaya itiyordu. Benim tanıdığım mültecilerin çoğu "sınıf tahlili" yapmaya çalışan ve "devrim koşullarının nasıl olgunlaştığını" ortaya çıkaran makaleler yazmak peşindeydi. Bu makaleleri, üç beş kuruş bulup çıkardıkları yerel dergilerde yayımlıyorlar ve İzvestia'da makalesi çıkan Lenin gibi hissediyorlardı kendilerini. Ama bizim arkadaş daha çok edebiyatla ilgiliydi. Okuduğum bölümlerin nasıl olduğuna, bir edebiyat değeri taşıyıp taşımadığına karar veremiyordum; çünkü metnin çok yakınında duruyordum, değerini ya da kusurunu algılayacak mesafe yoktu arada.

Arkadaşımın bir özelliğini daha söyleyeyim: Çok şişmandı. Fil hastalığına yakalanmış gibiydi. Hani bebeklikten itibaren tosuncuk gibi olan insanlar vardır ya, onlardandı. Tombul, sevimli yüzü hep kıpkırmızıydı. Karısı da kendisi gibi olduğu için bütün İsveçlilerin evlerini döşedikleri Ikea mağazasından aldıkları yatak birkaç kez kırılmış, sonunda mağaza onlara özel bir yatak imal etmek zorunda kalmıştı. Bir yere gittiklerinde ikisi aynı kanepeye oturmamaya dikkat ederlerdi. Ellerine geçen sınırlı paranın büyük bölümü yiyecekle-

re, hamur makinelerine, mutfak araç gereçlerine gidiyordu. Kendisi çok konuşkandı ama karısının sesini bile duyan yoktu. Hiç konuşmaz, sadece, üstüne düşen işleri makine gibi yerine getirirdi. Yazarımızın çocukluktan itibaren aşırı şişman oluşu, onu arkadaşlarından ayırmıştı gibime geliyor. Çocukların ne kadar zalim olduğunu herkes bilir. Belli ki onun da arkadaşları aşırı şişmanlığıyla sürekli alay etmişler, içlerine almamışlardı onu. Zaten o gövdeyle ve hemen tıkanıveren nefesiyle oyun oynamasına, spor yapmasına olanak yoktu. Bu yüzden, yalnız bir çocukluk geçirmiş olduğunu tahmin ediyorum. Çocukluğunda yalnız kalan insanlar genellikle bir sanat başarısıyla kendilerini göstermek isterler. Bu yüzden bütün sanatçıların çocukluk dönemlerinde kendilerini arkadaşlarından ayıran bir ameliyat, bir hastalık ya da sakatlık geçirdiklerine ve bu nedenle biraz uçuk olduklarına inanırım ben. Bizimkinin de durumu buydu ve amacı için beni kullanıyordu. Yakın bir arkadaşım değildi kendisi, ne yapacağını bilemezdim. Roman ilginç ve başarılı olsun, diye beni satabilir ve hakkımda bir sürü yalan da uydurabilirdi.

Aslında benim hiç yakın arkadaşım yoktur. Olmasını da istemem. Arkadaşlarım bunun farkında değil ama ben bu bağlantıların üstünde ya da dışındayım. Onlar gibi davranmaya, onlara benzemeye çalışıyorum, lakin içim farklı, işte romanı yazan zavallı arkadaşımın inemediği derinliklerden biri de bu. O beni, politik geçmişi olan ve Kuzey sürgününe savrulmuş, sıradan insanlardan biri sanıyor. Başımdan geçenleri, benden daha ilginç buluyor. İçimdeki derin ve köklü karanlığın farkında değil. Çünkü insanları konuşarak tanıyamazsınız. Konuşmak, canlı yaratıklar arasındaki en etkisiz iletişim aracı. Dil yalan söylüyor, olanları çarpıtıyor, insanlığın hiç bıkıp usanmadığı klişeleri tekrarlıyor. Bu yüzden, insanları dinlemek onları anlamak için yeterli değil.

Elden düşme aldığı ve bazı harfleri doğru dürüst basmayan, Türkçede çok kullanılan k harfini satırdan yukarı fırlatan hurdalık Facit makinede yazılmış üçüncü hamur kâğıt tomarını okuduğumda bazen kızdım, bazen de güldüm... Hem kendime hem de arkadaşıma.

Birçok şey doğruydu, beni utandıracak bir şey de yoktu doğrusu. Daha önce belirttiğim gibi, anlattıklarıma sadık kalmıştı; ama olayları zenginleştirmek için kendi izlenim ve deneyimlerini de katmıştı. Mesela Stockholm'e geldiğim ilk günü anlattığı bölümdeki abartılı istasyon sahnesi, kendi gözlemlerine dayanıyordu. Daha doğrusu kendi duygularına... Çünkü geriye bakınca daha iyi anlıyorum ki Stockholm'deki hiçbir şeyi, olduğu gibi göremiyorduk. Kentin her şeyi bizi kızdırıyordu. Otobüslerin, trenlerin tam dakikasında gelmesine bile sinirleniyor, neden hiç gecikmediklerine takıyorduk kafayı. Kenti pis, karanlık ve uğursuz buluyorduk. Kafalarımızın içindeki sürgün kenti buydu çünkü. Arkadaşımın anlattığı merkez garı sahnesi bu yüzden olağanüstü abartılıydı. Ama kendisine yakın bulduğu sahneleri, bildik mekânlara, tanıdık kişilere ait ayrıntılarla zenginleştirmesine bir itirazım yok. Bunun için onu kimse suçlayamaz. Nihayet roman yazmanın ve milyonlarca ayrıntı bulmanın yöntemlerinden biri de bu. Bu yüzden romanın neresini çıkaracağımı bilemiyordum. "Şu bölümü düzelt, burayı at. Şu cümleleri değiştir" desem bunu hemen yapacaktı ama böyle demek hiç gelmedi içimden.

Yine de olmamıştı, aksayan bir şey vardı. Eksiklik duygusuna kapıldım. Beni dıştan anlatıyordu, olayları sıralıyordu. İleriki bölümlerde başka arkadaşlarımızı da anlatıyordu elbette. Sanki sahnelenen bir oyunun aktörleriydik hepimiz, bense başoyuncuydum. Ona anlattığım bazı sırlarımı yazmaktan çekinmemişti. Doğrusu da buydu tabii; mademki anlatmıştım, artık benden çıkmıştı. Peki ya anlatmadıklarım? Ya dünyada kimseye söylemediklerim? Onlar ne olacaktı?

Bu yüzden, romanı okudukça içime yayılan eksiklik duygusunu gidermek için, ben de bazı notlar eklemeye başladım. Her bölümü okuyup bitirdikten sonra, boş kâğıtlar alıyor ve yazmaya başlıyordum: Birinci bölüme ek, ikinci bölüme ek... Sonra bir de baktım ki ekler uzayıp gidiyor ve kendi içinde bir yazı mantığı tutturuyor. Bu kadar sayfayı, yazara nasıl yutturacağımı bilemedim. Beş on düzeltmeye itiraz etmezdi ama neredeyse ayrı bir roman büyüklüğündeki düzeltmeleri nasıl koyacaktı kitabına?

Sonra bir gece, aklıma ilginç bir şey geldi. Neden onun yazdıklarıyla benim yazdıklarımı bir arada yayımlamıyorduk ki? Çok daha zengin ve derin olurdu kitap böylece. Hem dıştan hem içten bakış kurmuş olurduk. Gerçi onun cümleleri daha edebi, benimkiler daha yalındı ve üslup farklıydı ama bu bir avantaj bile olabilirdi. Eğer itiraz ederse bunun biçimsel bir yenilik olduğunu söyleyerek onu ikna etmeyi düşündüm. Bir ikna yöntemim daha vardı: Suç ve Ceza'nın satırları arasında Raskolnikov'un da notlarını okusaydık ve bu kasketli öğrenci koca Dostoyevski'nin yazdıklarını eleştirseydi fena mı olurdu? Aslında ne ben Raskolnikov kadar cesur bir kişiydim ne de o Dostoyevski kadar yetenekli bir yazardı; bana sorsanız onun tırnağı bile etmezdi ama olsun, biz de kendi dar ve soğuk mülteci dünyamızda bir şeyler yapmaya çalışıyorduk. Hem biçimsel yenilik yapmak için uydurmamıştık ki bu sistemi? Kendiliğinden doğmuştu. Daha doğrusu bir gereklilikti.

Kendisine bu fikri açtığım zaman, tahmin ettiğim gibi yüzünü ekşitti. Suratında, dayak yemiş köpek ifadesi belirdi ama birkaç gün sonra kabul etmek zorunda kaldı. Zaten, dediğim gibi, başka bir şansı da yoktu.

Köpek der demez, kitaptaki temel eksiklik aklıma geldi. Ben ömrüm boyunca bir köpek olarak yaşamıştım ama ar-

tık kesin kararım, bir kediye dönüşmekti. Kedi olacaktım. İşte yazarın bilemediği en temel konulardan biri buydu. Artık hayatımda bir köpek olarak yaltaklanmalara, bağlanmalara, başkalarını kendime bağlama çabalarına, başımı okşatmaya, sevgi ve sıcaklık ihtiyacı içinde insanların bacaklarına sürünmeye, kuyruğumla birlikte tüylü kıçımı da sallayarak sevimli görünme gayretine hiç yer yoktu. Uzun zaman önce bırakmıştım bunları. Köpek olduğum yıllarda hepsini yapmıştım, hem de fazla fazla; ama bu beni felakete götürmüştü. Ölümün kıyısına gelmiştim. Ölümün kıyısı, ölümün kendisinden daha feci bir şeydir, bunu yaşayarak öğrendim. Bağlanmalar yüzünden aklımı kaçırmanın kıyısında dolaşmıştım uzun süre. İçime karanlık yerleşmişti: Bir türlü söküp atamadığım, kusamadığım, çıkaramadığım bir koyu karanlık. Aşağı yukarı bir ay süren kusma dönemimde bile bu karanlığı boşaltamamıştım. Hep içimdeydi o. Sigourney Weaver'in oynadığı filmdeki yaratık gibi bir gün karnımı yarıp dışarı çıkmasını bekliyordum ama bu hiç gerçekleşmiyordu.

O dönemde yaşamayı unutmuştum sanki. Bunu birinin hatırlatması gerekiyordu. "Nefes almam gerek!" diye düşünmesem nefes almayacaktım.

Bütün bunlar bir köpek gibi bağlanmam, sevgi ve merhamet dilenmem yüzünden başıma gelmişti. İnsan denilen yaratıklara ilişkin düşüncelerimin yanlışlığı yüzünden. Dünyayı aydınlık ve sıcak, merhametli bir yer gibi düşünmem yüzünden. Bütün köpekler saftır zaten.

Oysa şimdi bir kediyim ben: Uzak, denetimli, soğukkanlı ve güçlü bir kedi. Eski Mısır'da, Beni Hassan'da yapılmış üç yüz bin kedi mumyasından biriyim: Onlar kadar soğuk, onlar kadar güçlü ve mağrur.

Bana bütün bunları Sirikit öğretti. Onunla aramızdaki ilişkiyi ne yazar biliyor ne de bir başkası. Zaten bilmelerine gerek de yoktu ama şimdi öğrenecekler. Sirikit'le yaşıyoruz.

Buradaki en önemli ayrıntı şu: Ben onu seçmedim, o beni seçti. Okuduğumuz romanlarda, gördüğümüz filmlerde ve gerçek hayatta hep kedileri otomobil ezer ve sahipleri ağlayıp dururlar. (Hani Michael Caine'in kedisi ezilir de uşağı benzer bir kedi bularak bunu ondan saklar ya, hatırladınız mı?) Sirikit bunun tam tersini yaşadı.

Mahallemizde yaşayan Katherine adlı iriyarı bir kızın kedisiydi Sirikit. Birçok İsveçli kız gibi o da sutyen takmazdı ve askılı elbisesinin kenarlarından taşan iri, beyaz göğüsleri insanların gözüne batardı. Katherine hafta sonlarında taverna dediğimiz yerde dans ederek kendinden geçer, giysisinin koltuk altı bölümleri terden geniş halkalar halinde sırılsıklam oluncaya kadar tepinir, sonra da önüne çıkan ilk oğlanı evine sürüklerdi. Birçok mülteci vardı bu sürüklenenler arasında. Birbirlerine, ballandıra ballandıra, kızla geçirdikleri aşk gecelerinin ayrıntılarını anlatır ve onunla ilgili çeşitli cinsel aşırılık hikâyelerini tekrarlarlardı.

O yıllarda, ülkelerinden uzak düşmüş bu "karakafa"lar, İsveçli kızlarda merhametle karışık bir egzotizm duygusu uyandırıyor olmalıydı ki en sümüklü mülteci bile kendi deyimlerince "Afrodit gibi" İsveçli kızlarla yatmayı başarıyordu. Aradan yıllar geçtikçe İsveçliler, kendi sistemlerini sömürdüklerine inandıkları "hilekâr ve kötü niyetli yabancılar"dan sıkıldılar ve bu dönüşümden sonra esmer erkeklere sadece diskolara, gece kulüplerine gidip yalanmak kaldı.

Sirikit, cumartesi geceleri pek çok erkek görmüş olmalıydı evde. Belki de bu yüzden Katherine'i bir gün otobüs ezince hiç üzülmedi. İriyarı kız, adamakıllı sarhoş bir durumda, gece yarısı otobüsünün önüne çıkınca şoförün fren çabaları hiç fayda etmemiş ve sıkışmış karların keskin ayazda buza dönüştüğü 21 Ocak gecesi ruhunu teslim etmişti.

Katherine öldükten sonra Sirikit, bir süre komşuların şefkati ve onu sahiplenmek isteyenlerin ilgisiyle kuşatıldı; ne var ki onların hiçbirine yüz vermedi. Önüne en nadide Whiskas mamaları koyanları selamlamadı, süt verenlerin yüzüne bakmadı, hiçbirine minnettar bir bakış fırlatmadı. Dili ve patileriyle zarif ağzını temizlerken kimseye borçluluk hissetmediği o kadar belliydi ki...

Sonra ne oldu dersiniz! Katherine'in ölümünden sonra gördüğü ilgiyle şımardığı düşünülen Sirikit, onca kişi arasından beni seçti. Geldi ve dairemin önündeki paspasa azametle kuruldu. Çünkü beni ve içimdeki kedileşme yeteneğini hissetmişti. Bu geliş, bir soru ya da rica içermiyordu. Bu bir bildiriydi, kraliçe beni şereflendiriyordu.

Evime girdiği ilk anda çevreyi süzdü, sürekli kıvrılacağı stratejik noktaları belirledi. Kitaplığın en üst rafı ve lacivert koltuğun şişman kolu onun mekânları oluverdi. Bu kurtarılmış bölgelere oturup çevreyi süzmek alışkanlığını geliştirdi. Saatlerce oturuyor, uyukluyor ve uyanık olduğu zamanlarda da evi ve beni gözlüyordu. Ben de onu gözlüyordum. Böylece karşılıklı bakışıp duruyorduk.

Benden sevgi beklentisi olmadığı o kadar açıktı ki ne gelip bacağıma sürünüyor ne sırtını kamburlaştırıp kucağıma sıçrıyor ne de yanımda yürüyordu. Ayrı, uzak, soğuk ve sessizdi. Ben de öyleydim. Onu hiç kucağıma alıp sevme girişiminde bulunmadım, hiç başını okşamak için elimi uzatmadım. Zaten böyle bir şeye cesaretim de yoktu. Sirikit'in böyle sümüklü ve şapşal duygusallık gösterilerine izin vermeyeceğini adım gibi biliyordum.

Onun bir Siyam olduğunu anlamanız için Sirikit adını duymanız gerekmezdi. Zalim, mavi gözleri, ipeksi tüyleri, üçgen yüzü, büyük kulakları ve uzun kuyruğu, kendi türünün en muhteşem örneği olması için yetip artıyordu bile. 1700'lerde Pallas diye birinin Rusya'da bulduğu kitabede anlatılan kediler gibiydi. Sirikit'in ataları yüzyıllar boyunca Siyam kraliyet sarayını korumuştu ve dünyada kimsenin bu kedilerden habe-

ri yoktu. Ta ki 1884'te, Siyam kralı, ülkesinden ayrılan İngiliz Konsolosu Gould'a ayrılış hediyesi olarak bir kraliyet kedisi verene kadar. İngiltere'ye getirilen kedi öyle büyük bir şaşkınlığa yol açmıştı ki kediseverler onun, "doğaya aykırı bir kedi hayaleti" olduğu düşüncesinde birleşmişlerdi. Bu kediler kraliyet ailesinin akrabaları gibiydi. Hatta bir gün prenses nehirde yüzerken yüzüğünü kaybetmemek için parmağından çıkarmış ve kedinin kuyruğuna takmış, kedi de kuyruğunu kıvırarak değerli yüzüğün düşmemesini sağlamıştı. O günden beri Siyam kedileri, ucu kıvrık kuyruklarla doğuyorlardı. Sirikit'in kuyruğu da böyleydi. (Bütün bunları, muhteşem yoldaşımı tanıdıktan sonra Akademi Kitabevi'nden parkamın içine sokarak yürüttüğüm bir kedi kitabından öğrenmiştim.)

Kimseye bağlanmazdı o. Katherine'e bağlanmadığı gibi, bana da bağlanmamıştı. Bir otobüsün altında kalsam, ertesi gün gidip bir başkasını bulacağı belliydi. Bu yüzden ben de aynı biçimde davranmalıydım. Sirikit ezilse, zehirlense, kudursa ya da herhangi bir biçimde ölse kılım kıpırdamamalı ve hemen yeni bir kedi aramaya girişmeliydim. Doğal olan buydu. Çünkü öteki türlü insan çok ama çok acı çekiyor. Ben, yıllar önce buna benzer...

Yoo! Bunu yazara anlatmadım, size de anlatacak durumda değilim. Şimdilik beni bağışlayın. Sizi küçük yalanlarla avlamaya çalışan yazarı düzeltmek için kaleme sarılan ben de gerçeği saklıyorum. Beni değiştiren, başka bir insan yapan, neşeli ve sadık bir köpekken, soğuk ve uzak bir kediye dönüştüren sırrı anlatmıyorum. Belki ilerde...

Yazarın benimle ilgili yanlışlarından biri de bana politik bir kimlik çizmesi. Ankara yıllarımızdaki siyasi ve kültürel atmosferin, politik bir bağlanmayı gerektirdiği doğruydu. O yıllarda birçok kişi böyleydi. Bu yüzden beni de o kalıba oturtmuştu. Ama ben solcu değildim ki, hiç olmadım. Sağcı da olmadım. Hiçbir şey değildim. Üniversitedeki öğrencilerin sağcı ve solcu olarak ikiye ayrılıp kantinde birbirlerini dövmeleri, bıçaklamaları ve hatta öldürmeleri bana çok anlamsız ve komik geliyordu. Çoğunun, arkadaş çevreleri öyle olduğu için sağcı ya da solcu kimliğini benimsediklerini düşünüyordum.

Politika iğrenç bir şeydi. Ben sinema kitapları okuyor, ünlü yönetmenlerin ders notlarını hatmediyor, Selznick üzerine yazılan koskoca kitaptan Amerikan sinemasının macerasını izliyor, Stanislavski'nin oyuncu yönetimi metodunu benimsiyor ve durmadan film seyrediyordum. Aslında o dönemin Ankarası'nda Stanislavski'yi beğenmek bir suçtu. Hayır, şaka yapmıyorum, ciddi bir suçtu ve bu Rus tiyatro yönetmeni yüzünden, ağzı burnu kırılana kadar dayak yiyebilirdi insan. Çünkü solcu aydınlar Brecht yönteminin, işçi sınıfı ideolojisine daha uygun olduğuna inanmışlardı. Kapitalist düzen, toplumu yabancılaştırdığına göre, sahnede bu durum bir kez daha yabancılaştırılarak aslına dönmeliydi. Bu yüzden aktör o rolü yaşamamalı ama eleştirmeliydi. Belki de ben buna tepki olarak Stanislavski'nin kitaplarını okumuş, onun aktörü aktör olarak kavrayan anlayışına yakınlık duymuştum. Çünkü solcuları sevmiyordum; sağcıları da sevmiyordum aslında, hiç kimseyi sevmiyordum. Çünkü insanlar beni incitiyordu. Onlarla ilişkilerimi bir türlü ayarlayamıyordum, doğal davranamıyordum. Bu yüzden insanlarla görüşmek yerine, durmadan film izliyordum. Genellikle Eisenstein göstermesine rağmen Sinematek, bazen ilginç filmler de oynatıyordu. Griffith ve Eisenstein da sinemanın ebeleriydi ama ebeliklerini bilmeleri yeterliydi doğrusu. O teknik düzeyle bizleri etkilemeleri çok zordu. O zamanın insanları değildik ki.

Dediğim gibi ben politik sürgün değildim, hiçbir zaman da olmadım. Stockholm'de herkes beni öyle sanıyor. "Zamanın *ruhu"na uygun bir durum bu, ama değilim. Peki, nasıl politik mülteci kimliği edindin derseniz, o ayrı bir konu ve henüz size anlatmadığım o dönüm noktasıyla ilgili. Çünkü politikayla uğraşan ben değildim, oydu ve o, benim hayatımdı. Şaşırıyorsun değil mi sevgili yazar arkadaşım? Tanıdığını sandığın birini hiç tanımadığını düşünmeye başladın. Bunları okuduktan sonra belki de sana oyun ettiğimi, seni aldattığımı, küçük düşürdüğümü söyleyeceksin. İnan ki ben bunların, bu aşırı duygusallıkların çok ötesindeyim ve avantaj bende. Çünkü sen yazacaklarını yazıp bitirdin, değiştirme şansın yok. Ben ise seni ve yazdıklarını eleştirmeye daha yeni başlıyorum.*

2

Sami Baran, bu olaydan yedi gün sonra hastanenin altıncı katındaki psikiyatri servisinde yatıyor ve ikiye bölünmüş olan dünyasını nasıl tekrar bir araya getirebileceğini düşünüyordu. Odayı iki yaşlı İsveçliyle paylaşmaktaydı ve yatağından biraz doğrulup baktığında hastane bahçesindeki fıskiyeli havuzu, yürüyüş yapan yaşlıları ve her biri bir ölüm çığlığını çağrıştıran ambulansları görebiliyordu. İsveç hastanelerindeki şaşmaz düzen ve hemşirelerin kız kardeş kadar yakın ilgisi onu çok şaşırtmıştı. Ayrıca hastaneye de benzemiyordu buraları. Türkiye'deki hastanelerde ağır bir ilaç kokusu olur ve bu koku, girdiği anda onu ürkütürdü. Çocukluğunda hastaneye her götürülüşünde büyük korkulara kapılmıştı. Ayrıca yemek kokuları da gelirdi, alüminyum kaplara yapışmış olan kokuyu ne yapsanız çıkaramazdınız. Bu yüzden çocukluğunun hastaneleri onun aklında sası sası yemek ve ilaç kokan yerler olarak kalmıştı. Burada ise ne yemek kokusu duyuluyordu ne de ilaç. Koridorlarda çiçekler, duvarlarda deniz, gemi, çiçek tabloları vardı. Dinlenme odaları, televizyon seyredilen bölümler son derece rahattı. En önemlisi de psikiyatri bölümündeki hastalara gündelik giysilerini giyme izni vermeleriydi. Böylece insan kendini otelde gibi hissediyordu.

İlk mülteci kışının ağırlığını atlattıktan sonra, tanıştığı arkadaşların yardımıyla göl kıyısında bir eve taşınmış ve üç yıl o evde, onlarla birlikte oturmuştu. Tavan arasındaki odasının camından uzun, hüzünlü çamlar, göl kıyısındaki sazlıklar ve yaz günleri toplu halde yüzen, gökkuşağı renkleriyle bezenmiş ördekler görünürdü. Orman içindeki küçük bir patikayı izleyerek varılırdı eve. İki katlı, geniş ve Kuzey ülkelerine özgü sarıyla boyalı, ahşap bir eski zaman konağıydı. Zamanında kralın seyisleri için yapıldığı söyleniyordu ve her köşesinde dile söze gelmeyen bir kasvet sezilirdi. Yaz geceleri, kırmızı bir aydınlıkla göle, oradan da eve dolan Kuzey göğü, camdan görünen yelkenliler, orman kuşlarının ötüşü ve reçine kokusu bile bozamazdı bu kasvet havasını.

Konuğu oldukları iri göğüslü Kristina, evini politik mültecilere açmıştı. Alt katta yaşlı, kendini beğenmiş ve şu dünyada çok az kişiye sevimli gelebilecek annesi oturuyordu. Ana kız hiç konuşmazlar, birbirlerini hiç görmezlerdi. Anne her gün garip kokular yayan yemekler pişirir ve üst kata çok ender, gerekli gördüğü zamanlarda çıkar, esmer sürgünlerle karşılaşmamaya özel bir dikkat gösterirdi. Alt katın öteki bölümünde Kristina'nın erkek kardeşinin oturduğunu duyarlardı. Onun yüzünü gören olmamıştı. Dört yıldır evine kapanmış, kimseyi görmeden, ağzından tek bir sözcük çıkmadan yaşıyordu. Onun bölümünden yayılan Arap müziği gün boyunca her köşede yankılanır, evin puslu kasvetini macun gibi yapışkan bir hale getirirdi.

Evde yaşayan bir canlı daha vardı: İri, lambur lumbur bir köpek! Beyaz tüylerini dökerek her yere girer çıkardı. Ev, görünmeyen ama oturduğu zaman herkesin üstüne yapışan beyaz, uzun tüylerle doluydu. Sami bir yere oturmaya korkar olmuştu, çünkü kalktıktan sonra en az bir saat tüy ayıklaması gerekiyordu. Hayvanı iğdiş ettirmişlerdi, bu yüzden bunalımları olduğu söyleniyordu. Bir gün Adil'in karısı Necla, artan yemeklerin, aynı tabaklarla sofradan alınıp köpeğin önüne konmasına, kendi tabağını, köpeğin uzun pembe diliyle, salyalarını akıta akıta yalamasına dayanamayıp sofradan kalkmış, ertesi sabah da eve kâğıt tabaklar getirmişti.

Yaşlı annenin, evde yaşayanlar arasında en fazla ilgiye değer bulduğu yaratık, köpekti; yaşlı yüreğini bir tek o ısıtabiliyordu belli ki! Evde Sami'den başka Adil'le karısı Necla, Orhan adlı genç bir çocuk ve Göran kalıyordu. Bu gruba sonradan Göran'ın sevgilisi Şilili Clara da katılmıştı. İsveçliler dışındaki herkes politik mülteciydi ve bu isimlerin hepsi takmaydı. Hiç kimse gerçek adını kullanmıyordu buralarda.

Evdeki bir başka anlaşmazlık da Kristina'nın her gün musluk başına astığı bulaşık listeleriyle ilgiliydi. Kâğıt tabak kullanımından önce oluyordu bu. Adlarını –daha doğrusu kendilerine yakıştırdıkları kod adlarını ki bunlar önemli günler ve eylemler için özenle seçilmişlerdi– bulaşık listelerinde gören sürgünler kendilerini aşağılanmış sayıyor ve Kristina'nın gözbebeği yerine buzlu cam takılmış gibi duran gözlerine bakarak, bin bir çileyle geçmiş mücadele günlerinden, olağanüstü coşkulu siyasi amaçlarından dem vuruyorlar, o bulaşık listelerinin gereksiz olduğunu anlatmaya çalışıyorlardı.

İşin kötüsü Kristina, bu konuşmalardan hiçbir şey anlamıyor, listeleri neden kaldırması gerektiğine akıl erdiremiyordu. Çözüm Clara'dan geldi. Yemek sonrası tartışmalarından iyice bunaldıkları bir gün ayağa kalktı, kirli kap kacağın birikmiş olduğu musluğa gitti ve Kristina'ya, Sami'ye, Orhan'a, Necla'ya, Adil'e ve Göran'a dönerek "Bundan böyle bulaşığı her gün ben yıkayacağım" dedi. Sami, bu özveri ve olağanüstü koruyucu kadınlık gösterisiyle sarsılıp Clara'nın bulaşık yıkarken bile inceliğini yitirmek şöyle dursun, zarafetini daha da belirginleştiren uçucu davranışlarını seyrederken, Kristina'nın bu işten bir şey anlamadığını ve belki de bunu Latin Amerika kadınının ezilmişliğiyle açıklamaya kalkacağını düşünüyor ve bu sığ düşünceden nefret ediyordu.

Daha ilk günden Clara'ya sırılsıklam âşık olmuştu. La-
tin ırkının dünyadaki tek mirasçısı olarak kabul ettiği, par-
lak abanoz saçlı, simsiyah gözlü Clara'nın yüzünde, tarifi
imkânsız bir hüzün seziyor ve burun kemiğinin tam üstünde-
ki ufacık kahverengi beni seyretmeye doyamıyordu.
Daha önceden burnunda ben olan birini düşünemezdi bi-
le; ama o küçücük, belli belirsiz kahverengi leke Clara'ya
müthiş yakışıyordu işte! Zaten ne yakışmıyordu ki? Kız, ev-
de karşılaştığı herkesi *"Hola!"* diye selamlıyor, o tok Latin se-
sindeki meydan okuyan hava ve sağlıklı gövdesinden fışkı-
ran asi enerji Sami'yi perişan ediyor, hazan yaprağı gibi tit-
remesine yol açıyordu.
Göran'ı daha önceden tanımıştı. Viking ilahlarına benzeyen,
sarı sakallı, mavi gözlü ve inanılmayacak derecede yakışıklı
bir İsveçli avukattı Göran ama Vikingler gibi sert değildi yü-
reği. Politik mültecilerin davalarını almakla, onların oturma
izinlerini ve çeşitli sorunlarını çözmekle ünlenmiş ve insanlar
arasına rastlantıyla düşmüş bir melek olarak tanınmıştı.
Göran, İsveç'te kaçak olarak yaşayan ve oturma izni için
kendisine başvuran Şilili kızı kanatları altına almış, bir gün
onu nazlı bir gelin olarak göl kıyısındaki eve getirip arkadaş-
larına tanıttığında Sami'nin yüreğine bir ateş düşürdüğünü
hiç fark etmemişti.
Bütün karşı koymasına rağmen, karasevdaya benzer bir
tutkunun, zehirli sarmaşıklar gibi içini sardığını duyuyor, bir
yandan da Clara'yı her görüşünde tomurcuk patlaması şenli-
ği yaşıyordu. Onca kişinin arasında Clara'yı, odaya girip çı-
kan bir sıcaklık, bir ışık olarak algılıyor, yüzünün ona doğru
olan yanı tutuşuyor ve çok yüksek bir kuledeymiş de kendini
aşağı atmaktan korkarmış gibi, Santiagolu genç kızın zeytin
karası gözlerine bakmaya çekiniyordu.
Sadece bir kez bakmıştı ona, bir tek kez bakmıştı –bir gö-
le bakar gibi– ve gözlerinde dip akıntıların ışıltılarını yaka-

lamıştı. Sanki Clara da ona öyle bakıyordu. Bakışların uzayarak bir yalım oluşturması, ancak yüreğin algılayabileceği çok kısa bir zaman parçasına sığmıştı ve arkasından Göran'a baktığında onun da kendisini süzdüğünü görmüştü. Rastlantı mı, sezgi mi, davranışları yöneten bir gücün düzenlemesi mi, bilinmez! Sonra yüreğini parçalayan bu aşka ve Göran'ın nazlı Clara'yı öpmelerini, okşamalarını seyretmeye dayanamayacağını anlayarak alıp başını gitmiş, Kungshamra'daki öğrenci odalarına yerleşmişti.

Ne var ki yüreği bir daha onarılmayacak biçimde kırılmıştı. Hastalıklar da bu sırada yapışmıştı yakasına. Hiç kimseyle konuşmuyor, arkadaşlarını görmüyordu. Stockholm'e ilk geldiği günlerdeki koyu yalnızlığa ve uçuruma düşüş duygusuna tekrar yakalanmıştı. Neler geldi başıma, neler, diye düşünüyor ve kendi kendine acıma denilen çürütücü, yok edici, gözden düşürücü, aşağılayıcı duyguya kapılıp gidiyordu.

Hastanedeki ilk günü koyu bir karamsarlıkla başlamıştı. Burada ne kadar yatacağını bilemiyor ve doktorların kendisini iyileştirmeyi başaramayacaklarını düşünüyordu. Ayrıca bomboş hastane günlerinde ne yapacak, nasıl vakit geçirecekti? Neyse ki bütün bu iç karartan soruların cevabı o akşam, odasına giren hemşireden geldi.

Sonradan adının Gunilla olduğunu öğreneceği ve arkadaş olacağı sarışın, güzel hemşire, ona, hastanede bir Türk daha olduğunu söylemiş, odasını tarif etmişti.

Aynı katta, karşı koridorda yatan yaşlı bir adamdı, beyninde ur vardı ve o akşam Gunilla'nın verdiği bu haber, Sami'nin yaşamını altüst edecek kadar önemliydi.

El yazıları

Ne yalan söyleyeyim, okurken kendimi kaptırıp gitmişim. İlginç şeyler anlatılıyor ama benimle ilgili konuları böylesine basite indirgemesi biraz ağırıma gitti doğrusu. Clara'yı ilk gördüğüm anda "karasevdaya benzer bir duygu"ya kapılıyorum ve bu aşk beni perişan ediyor. Başımı alıp o evden kaçıyorum, Kungshamra'ya gidiyorum, orada küçük bir oda tutup derdime yanmaya başlıyorum. Peki, bütün bunlar fazla yalınkat değil mi? Göl kıyısındaki evin ayrıntıları ve "evin içine dolan kırmızı Kuzey göğü" gibi tasvirler fena değil. Kristina'yla mülteciler arasındaki gerilim de kötü çizilmemiş ama bütün bunlar bir insanın hastaneye düşecek kadar bunalmasına yetmez. Yazarın anlatmaya çalıştığı aşk acısı böyle bir şey değil. Clara'nın güzel olduğunu kabul ediyorum; hem de çok güzel. Gerçekten beğeniyordum onu, ama ona karasevdayla falan bağlanmış değildim. O benim uzun süren uyku dönemimi sona erdiren, yüreğime ilk yaşam kıpırtıları, küçük heyecan titreşimleri salan kişiydi. Çünkü yıllar boyunca kablosu çekilmiş, ölü bir radyo gibi yaşamıştım. Hayatın diğer alanları gibi kadınlar da ilgilendirmiyordu beni. Ölü bir radyo havadaki frekansları algılayabilir mi hiç? Bu arada ilk bölümde yer alan, Astrid'le yatma hikâyesi de doğru değil. Hayatımda hiçbir İsveçliyle yatmadım. O olaydan sonra hiçbir kadına değil el sürmek, bakmamıştım bile. Kurumuştum, tükenmiştim, canım çekilmişti, değersiz bir tahta parçası kadar takır takırdım ama arkadaşım sorunca hiç kimseyle yatmadığımı itiraf etmeye utanmış ve Astrid hikâyesini uydurmuştum. O da saf saf yazmış. Çünkü o dönemde herkes birbiriyle yatıyordu, yazarın beni anlaması olanaksızdı. Bazı kızlar cuma geceleri dışarı çıkıyor ve ellerinde birer naylon torba taşıyorlardı. Metrolarda dolaşan küçük kızların ellerinde gördüğünüz bu torbaların içinde diş macunu, diş fırçası ve yedek don gibi en gerekli birkaç malzeme bulunurdu. Çünkü o gece eve dönmeyeceklerdi, nerede geceleyeceklerini de bilmiyorlardı. Arkadaşlarıyla birlikte diskoya gidecekler, orada uzun kuyruklar oluşturup saatlerce bekleyecekler, içeri girdikten sonra da bira içip deli gibi dans edecekler ve sabahın üçünde kendilerini kapacak bir oğlanın evine gidecekler, ertesi sabah bilmedikleri bir yatakta, tanımadıkları bir insanın yanında uyanacaklardı. 20 yaşına gelen bir kız her ırktan, her renk ve kültürden onlarca erkekle yatmış oluyordu ve bu durum, içlerindeki mutsuzluk ve tatminsizlik duygusunu artırmaktan başka bir işe yaramıyordu. O yıllarda, yani seks yaşamında bir milat olan AIDS öncesi dönemde, Stockholm böyleydi. Sonra her şey çok değişti. Sahnede çiftlerin canlı sevişme gösterisi yaptıkları Sexorama, Chat Noir gibi kulüpler kapatıldı, porno dükkânları kent yaşamının dışına itildi ve gençler, bir aile kurmayı, çocuk sahibi olmayı büyük bir amaç olarak benimsediler. İsveç muhafazakâr bir ülkeye dönüştü ama o yıllar, serbest aşk dönemiydi ve arkadaşım benim hiçbir kadınla ilgilenmediğimi, kadınların bana ormandaki ağaç, göl kıyısındaki kaya gibi göründüğünü bilemezdi. Çok uzun süren bir uyku dönemiydi bu. Doğrusu Clara'yi görmem, bu uykunun dağılmaya başladığının ilk işaret fişeklerini fırlatmıştı. Ona âşık falan değildim henüz ama olacaktım ve onun da görünenin çok dışında, ilginç bir kişiliği ve hikâyesi olduğunu öğrenecektim.

Sırım gibi derler ya, işte öyle bir kızdı Clara. Büyük bir iştahla ne bulursa yiyor ama kilo almıyordu. Onun yemek tutkusu, iştahı ve yediği şeyler hepimizi dehşete düşürüyordu. Dediğim gibi bu işteki en şaşırtıcı özellik, yediği bunca yemeğe rağmen hiç kilo olmamasıydı. Adil'in karısı Necla sürekli aç oturup sıkı rejimler (Scarsdale, karbonhidrat, Kanada pilot diyeti, üç günlük şok diyetler) yapmasına rağmen yağlanmayı önleyemezken, Clara eve gelen pizzaları yutuyor, bu arada üstlerini çok acı cayenne biberiyle kaplamayı da unutmuyordu. Kimilerinin ağzına süremediği kırmızı cayenne biberinden görünmez oluyordu pizzalar. Acı, ekşi, tuzlu şeylere aşırı bir düşkünlüğü vardı. Elinden tuzluk düşmüyordu.

Yani bu dünyada sağlıksız olarak adlandırılan ve uzmanların uzak durmamız için uyardığı ne varsa yapıyor, kolesterol bombardımanları, tuz-acı biber-yağ-hamur-çikolata tüketimi arasında sırım gibi ve müthiş sağlıklı yaşayıp gidiyordu. Giydiği en küçük beden jean'ler bile ona bol gelirdi ve açıkta bıraktığı göbeği ile pantolonun beli arasında mutlaka bir boşluk oluşurdu. Çünkü sert karnı neredeyse içbükeydi.

Çevik hareketlerinden, çok güçlü olduğunu anlıyordunuz. Sıkıydı yani. O incecik kolları ve zayıf gövdesinde inanılmaz bir güç saklıydı, iki erkeğin zor taşıyacağı koca koca bavulları, eşyaları kapıverirdi. Erkeklerin elinden ağır eşyaları kapıp taşıyan bu ince kız kadar şaşırtıcı bir şey görmek zordur. Evdeki ağır divanın yeri mi değişecek, daha herkes yaklaşırken o tek başına kallavi divanı itip köşesine götürüverirdi. Biri yolculuktan mı döndü, kapının önünden valizleri kaptığı gibi yukarı çıkaran yine Clara olurdu. Bu koca eşyalarla cebelleşirken kendi büyüklüğünün iki katındaki yiyecekleri yuvasına çeken karıncaları hatırlatırdı insana.

Eli ayağı çabuktu, çok çabuk. Düşünmeden önce harekete geçen insanlardandı; elini atıverirdi hemen, içgüdüleriyle yaşardı. Düzgün bacakları, küçük ve sert göğüsleri, ince gövde-

siyle harika bir vücuda sahipti.

Bir başka çelişki de yüzü ile vücudu arasındaydı. Gövdesi kar beyazı, yüzü ise renkliydi. Hiç makyaj yapmazdı ve buna ihtiyacı yoktu zaten. Yanakları ve dudakları sanki özel olarak renklendirilmiş gibi pembe, gözleri ise sürmeli dururdu. Ve bu incecik kız çok küfrederdi. Buna alışmanız için bir süre geçmesi gerekirdi aradan. Çünkü sık sık öfke nöbetlerine kapılır ve bu arada bir kamyoncu gibi küfreder, erkeklerin bile ağza almayacağı ağır sözler söylerdi. O kibar kızın ağzından birdenbire dökülüveren "İçine sıçarım böyle işin. Orospu çocuğu!" gibi küfürleri duyan birinin şaşırmaması imkânsızdı. Hele İsveçliler kulaklarına inanamazlardı. Çünkü İsveç dilinin en sık kullanılan küfürleri Fy fan, javlar, knepp i huvet *gibi masum sözlerdi ve bela, şeytan ve deli anlamına gelirlerdi. Clara'nın okkalı küfürleri böyle miydi ya! Öyle sunturlu küfrediyordu ki duyan onu Şilili bir avukatın narin kızı değil de hayatı Marsilya sokaklarında geçmiş bir sarhoş denizci sanırdı.*

Ama gözlerinde insanın içine işleyen bir sızı ve bir saflık vardı. Dürüsttü, hem de sapına kadar dürüst. Kendisini yıpratacak, kendine zarar verecek kadar dürüst.

Bir başka tutkusuna ilerde değineceğim ama şimdiden size bir ipucu vereyim: Bakireydi. Babasının sözünü tutarak evlenene kadar da öyle kalmaya yemin etmişti. Ben bunu çok sonra öğrenecektim. Göl kıyısındaki evde, geceleri Göran'la çekildikleri odalarında hiç de düşünülen şeyleri yapmıyorlarmış. Kardeş kardeş yatıyorlarmış aynı yatakta. Meğer o buram buram cinsellik kokan evde Clara'yla ben iki cinsiyetsiz kişi imişiz de birbirimizden haberimiz yokmuş.

Kadınlarla erkeklerin, hormonları gereği durmadan çırpınmaları ve biyolojik üreme yasasının gereklerini yerine getirmek için birbirlerinin içini deşip durmaları çok saçma geliyordu bana. İnsanlık tarihi kadar eski gelgitlerin bir sonu ve anlamı yoktu ki. *Cinsellik komik ve saçmaydı, ama sadece o değildi böyle olan; yemek de saçmaydı, içmek de, bunlara ait törenler de, masa süsleri de, ideolojiler de, politika da, spor da, basın da, edebiyat da, aşk da... Her şey ama her şey saçma sapandı. Değişimden önce uğruna canımı verebileceğim birçok şey, iğrenç bir bulaşık suyuydu artık. İçimdeki karanlık, beni yaşayanlar dünyasına yaklaştırmıyordu. Göl kıyısındaki evden ayrılmamın nedeni de aşk meşk değildi. Sadece, o insanlardan sıkılmıştım. Adil'in uçsuz bucaksız ihtirasları, önemli adam olma çabaları, kocasının güçsüzlüğünü görüp bunu itiraf etmekten aciz olarak yaşayan Necla'nın pısırıklığı, Göran'ın hayatı pembe pamuk şekerli bir lunapark olarak gören aptalca iyimserliği, Kristina'nın evin her yanına bulaşan, neredeyse havada görülebilir hale gelen hormonları beni çok bunaltmıştı. O genç çocuk da kafamı ütüleyip duruyordu babalık davasıyla. Kısacası bana göre bir yer değildi. İnsanlardan iğreniyordum.*

Evde yaşayanlardan iğrenen bir başka kişi de Kristina'nın annesi, İsveçli yaşlı hanımefendiydi. Ailesinin bir kanadı İngiltere'ye dayanıyormuş. Bu yüzden Hanımefendi Deborah, büyük bir soyluluk iddiası içindeydi. Zaten İsveç'te inanılmaz bir İngiliz hayranlığı vardır. İki kanallı devlet televizyonunda hep İngiliz dizileri oynar ve orta sınıf İsveçliler oynayan her diziye göre evlerindeki mobilyayı değiştirmeye çalışırlar. O zamanlar A Family at War *oynuyordu galiba. Familjen Ashton adıyla gösteriyorlardı ve Sergelstorg'daki bir mobilya mağazası, o dizide görülen gül ağacı ve akaju İngiliz mobilyasından satıyordu. Daha sonra* Onedin Linjen *başladı ama bu dizi gemilerde geçtiği için mobilyaları ona benzetme olanağı yoktu.*

Neyse... Mrs. Deborah, İngiliz olmayan her şeyden iğreniyor, Kont Bernadotte'a dayanan İsveç soyluluğuna (hanedanın kökü Fransız olduğu için) şöyle böyle dayanabiliyor ama geri kalanların insan olduğunu bile reddediyordu. Ama ne yazık ki akılsız kızı eve bir sürü Türk, Japon, Faslı, İranlı, Şilili doldurmuştu. Mrs. Deborah akşamüstleri, göle karşı bir kadeh sherry yudumlarken, kara suratlarını görmese bile hep bu barbarları duymak zorunda kalıyordu. Yalnız bir gün salonda hep birlikte İngiltere-İtalya futbol maçı seyredilirken dayanamamış ve yukarı çıkarak salondakilerin arasına katılmıştı. Bütün mültecilerin İtalya'yı tuttuğunu söylemeye bile gerek yok tabii. Buna kızan Mrs. Deborah "Şu seyircilerin tezahüratına bakın!" dedi. "Eng-land, Eng-land... Ne kadar zarif, değil mi? Başka hangi ülkenin ismi bu kadar zarif tınlayabilir! Düşünün: Moroc-co, Tur-kiet, İ-ran. Hiçbiri olmuyor. Eng-land, Eng-land." Bu sözü ciddiye alma eğiliminde olan Adil dışında hepsi güldü.

Dediğim gibi evden ayrılma nedenim aşk değildi. Zaten cinsiyetsizdim. Sirikit de cinsiyetsizdi. Ya da bana öyle geliyordu. Onun dışarı çıkıp erkek kedi aradığını, iki üç gece kaybolduktan sonra yüzü gözü yara ve tırmık içinde döndüğünü hiç görmemiştim. Okuduğum kitapta dişi kedilerin yılda bir kez kızışma dönemine girdikleri yazılıydı. Bu dönemdeki birleşmeden sonra yavruluyorlar ve bir yıl boyunca cinsiyetten uzak yaşıyorlardı. Ancak yavruları ölürse doğa onlara bir kez daha şans tanıyor ve aynı yıl bir kızışma dönemine daha giriyorlardı. Sirikit de belki böyleydi ama ben onun hiç erkek haytalara takıldığını sezmemiştim. Bebekleri olmuş muydu, benden önceki yaşamında neler geçmişti, Katherine'den önce kimin kedisiydi, nerede doğmuştu? Bunları hiç bilmiyordum.

Aslına bakarsanız diğer kedilere de benzemiyordu o. Dış görünüşü gibi kişiliği de farklıydı. Eski Mısır'da yapılan üç yüz bin kedi mumyasından söz etmiştim ya, işte o mumyalardan bazıları Avrupa'ya getirilmiş. Sirikit belki de o mumyalardan biriydi. Bazen gerçekten mumyaya benzetiyordum onu. Hiçbir za-

man, hiçbir şeye ve hiçbir kişiye ihtiyacı olmayan, bağlanmayan, sevmeyen, sevilmeyen muhteşem yaratık... Niye bazı kültürlerde kediye tanrı olarak tapıldığını anlamaya başlamıştım. Bir gün ilginç bir şey gördüm. Kungshamra'nın arkasında, göle inen ormanda yürüyorduk. Sirikit benim önümdeydi. Sık sık yaptığımız gibi göle kadar yürüyecektik. Ben orada, kilisenin işlettiği açık hava kahvesinde bir fincan kahve içecektim ve geri dönecektik. Sözünü ettiğim göl, Clara'nın yaşadığı evin önündeki gölden farklıydı. Zaten Stockholm göllerle, denizlerle, ormanlarla doludur. On binlerce ada vardır ve her dönemecin ardında bir gölle karşılaşılmasına şaşırmamak gerekir. Havanın hiç kararmadığı uzun ve aydınlık yaz gecelerinde müthiş görünür bu göller. Suyun bittiği yerde yeşil ağaçlar başlar. Kayalar dramatiktir. Kışları ise bu göller donar ve insanlar üstünde yürürler.

İşte, o yaz gecesi göle doğru inerken Sirikit'in bir an durakladığını gördüm. Gövdesi gerildi, öne doğru fırladı ve iri bir tavşanın üstüne atladı. Sonra gözlerimin önünde, bir saniyeden bile kısa bir sürede tavşanı öldürdü. İri hayvan tek bir çene hareketiyle ölmüştü. Buna hayret ettim ve eve dönünce kedi kitabından bu işin nasıl olduğunu öğrenmeye çalıştım. Sirikit tavşanı boğmamıştı, buna yetecek bir süre geçmemişti. Sadece dokunmuştu ve hayvan ölmüştü. Kitap, kedilerin karada dolaşan köpek balıklarına benzediklerini ve o çok güçlü çeneleriyle kendilerinden büyük yaratıkların omuriliklerini tahrip ettiklerini anlatıyordu. Dişlerin omuriliğe ulaşması milyonda bir ihtimaldi ama kediler bu dişlerdeki sinirler sayesinde her şeyi hissedebiliyor, aldığı bilgileri çok süratli bir biçimde beyne aktarabiliyor ve bu duyarlılık onları bir tek ısırışla omuriliğe ulaştırabiliyordu.

Bu, vahşi kedilere ait bir alışkanlıktı. Mezopotamya ve Mısır'da dört bin yıl önce evcilleştirilen kediler artık bu davranışı unutmuştu. Çünkü insanlar onlara başka bir "kedi ahlakı" aşılamıştı. Aslında her evcil kedinin bu tip öldürme yeteneği vardı ama bunu kullanmıyordu. Belki de dört bin yıl, evcilleşmek için yeterli bir süre değildi. Köpekleri bu hale getirmek yirmi beş bin yıl sürmüştü. Sirikit, binlerce yıl öncesinden gelen davranışı unutmamıştı demek ki. Atalarının insanlar tarafından evcilleştirilmeden önceki içgüdülerine sahipti. Bu, beni biraz korkutmadı değil. Aynı evde yaşadığım ve akşama kadar kitaplık rafında ya da televizyonun üstünde uyuklayan bu uysal yaratığın, aslında bir ölüm makinesi olduğunu öğrenmek tuhaf duygular uyandırdı içimde. Eski yıllarımda böyle bir şey görsem kediden nefret eder ve ondan kurtulmanın yollarını arardım. Çünkü bir canlının öldürülmesi midemi bulandırıyor, beni hasta ediyordu. Kan göremez, kasap dükkânlarına bakamazdım bile; ama uzun zaman önceydi bunlar. Değişime uğramadan önce. Şimdi tavşanın ölümünü kayıtsızca seyretmiştim. Daha doğrusu seyretmeye çalışmıştım. Çünkü içimde yine bir şeyler kanat çırpmıştı ama bu duyguyu yatıştırmıştım hemen. Mademki ben yavaş yavaş Sirikit'e benzeyecektim, o zaman bu davranışları benim de benimsemem gerekiyordu. Sadece kediler değil, bütün dünya böyleydi. Ya av oluyordun ya avcı. Ya kedi ya tavşan. Ya ölen ya öldüren.

Bir zamanlar insanların niye ot yiyen canlıları yediklerine takmıştım kafamı. İstisnalar bir yana bırakılırsa canlılar dünyasının etoburları, birbirlerini değil, otla beslenen hayvanları yiyorlardı. Ormanda et yiyenler birbirlerine saldırmıyorlardı. Yem olma kaderi sadece ceylanlara, keçilere, koyunlara, tavşanlara, ineklere, kısacası otla beslenenlere aitti. Onlar zararsızdı. Otla besleniyor, kimseye saldırmıyor ve dünyaya zarar vermiyorlardı. Bu yüzden kurban oluyorlardı işte. İnsanlar da –bazı istisnalar hariç– hep ot yiyen hayvanlarla besleniyorlardı.

Dediğim gibi: Ya kedi olacaktın ya da tavşan. Sirikit bir kediydi. Kediliğinin gereklerini yerine getiriyordu. Bunu hep hatırlayacaktım. Özellikle de hastanede.

3

Gece yarısı odasından çıktı, karşı koridora geçti. Gunilla'nın söylediği 605 numaralı odayı aramaya koyuldu. Kimseciler yoktu ortada. Nöbetçi doktor ve hemşireler odalarında oturuyor olmalıydılar. Üzerinde "605" yazan kapıyı yavaşça açıp içeri girdiğinde tek kişilik odada yaşlı bir adamın uyumakta olduğunu gördü. Elmacık kemikleri çıkık, esmer bir adamdı. Sami birden adamı tanıdığı duygusuna kapıldı, sanki bu yüzü daha önce görmüştü. Bu kaim ve isyankâr kaşları, ağzıyla burnu arasındaki olağandan büyük mesafeyi, tıraş olduğu halde yüzüne lacivert bir gölge gibi düşen sık sakal ve bıyığını bir yerden hatırlayacaktı.

Kahverengi yaşlılık lekeleriyle dolu iki çaresiz elin, yorganın üstünde iki küçük hayvan gibi kıpırtısız duruşuna bakıyor, bir yandan da bu kadar heyecanlanmasına ve yüreğinin güm güm vurmasına şaşıyordu.

Neden sonra yatağın ayakucundaki hasta tabelasına bakmayı akıl etti. Tabelayı okur okumaz heyecanının boşuna olmadığını kavradı. Bu adamla hiç yüz yüze gelmemişti ama resmini gazetelerde görmüştü. Şimdi de reostalı ışığın az aydınlattığı odada, karyolasında kıvrılmış yatan adamla doğan bu yakınlığın inanılmaz yoğunluğunu yaşıyordu.

Hayatında en çok nefret ettiği insandı bu. Yıllarca ölümünü arzuladığı düşmanıydı ve şimdi çok az bir çabayla yaşlı adamı yok edebileceğini hissetmek, tadına doyulmaz bir içki gibi sarhoş ediyordu Sami'yi. Elmacık kemikleri çıkık, çenesinin altında gerdanı torbalanıp sarkmış yüze bir yastık bastırmak yeterliydi ama o hastanede onu, büyük ve dayanılmaz acılar da bekliyor olabilirdi. O zaman adamın ölüm acılarını, yüzünün ölüm karşısında kasılmasını, gözbebeklerinde büyüyen korkuyu yakından izleyecek, bunun tanığı olacaktı. Loş ışıkta gözlerinin altı morarmış, kulaklarından kıllar fışkırmış sıradan bir adam olarak yatıyordu. Beyaz yorganın üstünde duran lekeli elleri korkunçtu. Başucunda bir şişe limon kolonyası ve bir kitap duruyordu.

Sessizce odadan dışarı süzüldü, loş ışıkta bile yer döşemesi parlayan, iki yanına çiçekler yerleştirilmiş koridorlardan geçerek odasına gitti. Daha sonra yattı, kalktı, yeniden yattı ve adamın odasına gitme isteğini zorla bastırarak, tiryakilere ayrılan *rökrummet*'te sigara içti durdu. Hiçbir şey eskisi gibi değildi artık. Bu o muydu, gerçekten o adam mıydı, gazetelerdeki resimlerine benziyor muydu? Böyle bir rastlantıya inanması çok zordu. Nasıl mümkün olurdu bu? Ankara'daki yaşamı milattan önce gibi geliyordu ona ve bu hayattan süzülüp gelen bir hayalet bu Kuzey hastanesinde karşısına çıkmıştı. Hayalet miydi gerçekten?

Derken hafiften uç gösteren bir kuşku yüreğini kemirmeye başladı. Acaba yine hayal mi görmüştü? Bir psikiyatri hastasının, aynı hastanede yatan bir düşman yaratması doktorları hiç şaşırtmazdı doğrusu. Yolda çarpmış olduğu geyik gibi bir hayal miydi adam? Geyiğin yaralı gövdesinden yükselen sıcaklığı duymamış mıydı? Küçük yavru elini yalamamış mıydı? O zaman onların gerçek olduğuna emindi. Belki şimdi 605 numaralı odada yatmakta olan adamı da gerçek sanmaktaydı. Düşündükçe bu ihtimal akla yakın geliyordu. O adamı görmüş olamazdı. Belki de o yatakta yatan hasta bir İsveçliyi, düşmanına benzetmişti. Bir süre düşününce bu işin böyle olduğuna karar verdi, hayal görüyordu.

Yine de tutmayan bir şeyler vardı. Gunilla'nın hastanede yatan Türk'ten söz ettiğini kulaklarıyla duymuştu. O da mı hayaldi acaba? Sonra yatağın ayakucundaki tabelada bakanın adını okumuştu. En iyisi yine gidip bakmaktı. O adam olup olmadığını anlamasının en iyi yolu buydu. Önce lavaboda yüzünü soğuk suyla yıkadı. Ensesini bile buz gibi suyla ovuşturdu, sonra yine sessiz koridorlardan geçerek 605 numaralı odaya gitti. Yatağın ayakucuna geldi. Yanılmamıştı. Yatakta hasta ve perişan durumda yatan adam oydu; yıpranmış, avurtları çökmüş, kahverengi lekelerle damgalanmış yüz ona aitti. Gözleri açık değildi ama yine de gazetelerde yüzlerce kez gördüğü ve ezbere bildiği bu yüzü tanıyabiliyordu. Oydu işte. Hem bu işte aykırı, akla uymayan bir yan da yoktu. İsveç tıp alanında çok ileriydi ve birçok ülkeden hasta gelebiliyordu. Özellikle Türk devlet adamları yurt dışındaki tedavilere çok meraklıydılar. Nasıl olsa kendi ceplerinden beş kuruş çıkmıyor, bütün masrafları devlet tarafından karşılanıyordu. Daha çok Amerika'ya giderlerdi bunlar. Cleveland'da *by-pass* ameliyatı olurlardı. Demek ki bu emekli bakana da İsveç'te tedavi uygun görülmüştü. Bunları düşünüp hasta tabelasında yazan ismi bir kez daha okuyunca iyice *kanaat getirdi ki* bu hasta adam, kendi acılı geçmişinden savrulup gelen bir hayalet değil, bir bakan *eskisidir.* Ama yine de geyik tecrübesinden kalan bazı kuşku kıvılcımlarını yok etmek için hastaya yaklaştı ve alnına dokundu. Terli ve sıcak bir alındı bu. Aynen geyik gibi onun da alın kemiğinin sertliğini duyuyordu. O sırada hastanın huzursuzca kıpırdandığını fark etti, koridorda da ayak sesleri vardı. Herhalde hemşireler olağan gece ziyaretlerinden birini yapıyorlardı. Belki de hastayı uyandırıp ateşini ve tansiyonunu ölçeceklerdi. Pek anlamıyordu bu işlerden. Hemen odadan çıktı. Hemşireye rastlamadı. Belki de başka bir odaya girmişti. Heyecandan yüreği çarparak odasına gitti, yatağına uzandı ve o loş ışıkta gözlerini tavana dikerek uzun uzun düşündü. Sami Stockholm'e geldiğinde yaşlı adam hasta değildi, belki hastalığı başlamıştı da kendisi farkında olmamıştı. Sağlıklı, iriyarı, korkutucu, kudretli ve acımasız bir adamdı ve her şeyden önemlisi bakandı. Sami gibilerle arasında kuruluşlar, maroken kapılar, özel kalemler ve polis konvoyunun içinde akan zırhlı siyah otomobiller vardı. Bacalardan yayılan isli dumanın, lapa lapa yağan karın aklığını almaya çalıştığı bir akşamüstü saatinde, Ankara'da, onu değil de konvoyunu ve otomobilini böyle görmüştü. Üşümüyordu ama elinde tuttuğu kestane dolu küçük kesekâğıdının sıcaklığı hoşuna gidiyordu. Atatürk Bulvarı'ndaki ağaçlara tüneyerek ortalığı çığlıklarıyla inleten ve herkesin ya şapkasında ya da eprimiş memur giysilerinde geçici damgalar bırakma alışkanlığında olan sığırcık kuşları susmuştu. Pabucunun sağ teki su alıyordu ve o, hiç hoşlanmadığı ama görmek zorunda kaldığı birini bekliyordu. Yolun kesilip bütün araçların durdurulduğunu ve konvoyun, o dünyaya ait olmayan bir ilahi güç gibi geçtiğini o zaman görmüştü.

O çarpıntılı gece, sabaha karşı yattığında dalar gibi oluyor, sonra kendi kendine düş görmediğini hatırlatmak istercesine sıçrayarak uyanıyordu. Dört yataklı odada birlikte kaldığı iki İsveçli hasta derin uykulara dalmıştı. Düş görmediğini kavradığı anda içi nefretle kanırıyordu. Adam gerçekti, karşı koridorda savunmasız, yaşlı ve hasta, yatıyordu işte.

Biraz dalar gibi oldu, yine sıçrayarak uyandı. O kısacık anda bombaların patladığını duymuştu, şarjörler dolup boşalıyordu. Sonra sessizlik kapladı ortalığı. Ve sonra bir tek bomba daha patladı, çıplak geceyi yırtan bir ışık yandı, ışığın içinde gözleri oyulmuş bir kuş döndü durdu, döndü durdu. Şimdi kulağına sürekli bir ağlama sesi geliyordu. Annesi miydi ağlayan, yoksa başka biri mi? Ya da sığırcıklar mı ötmeye başlamışlardı?

Sami kan ter içinde fırlayıp oturdu ve "O adam benim geçmişim" diye düşündü. "Ne yazık ki kahrolası geçmişim."

Sonra daha fazla dayanamayarak koridor girişindeki telefon makinesine bir kron attı ve göl kıyısındaki evi aradı. Güç bela uyandırdığı ve kızgınlığını saklamaya gerek görmeyen Kristina'dan, Adil'i istedi. Ona "Hastaneye gel!" dedi. "Sana bir sürprizim var."

Sami ertesi sabah yaşlı adamı koridorda yürürken gördü. Duvara tutuna tutuna ilerliyordu, en ufak bir sarsıntıda yere düşecek gibiydi. Çok hasta olduğu belliydi. Gözlerinin altındaki torbalar mordan da öte siyaha dönüşmüş ve yanaklarına kadar sarkmıştı. Resmen kararmıştı adamın yüzü, iğrenç bir surattı bu ve saçları da dökülmüştü.

Her gece odasına gidiyor, onun buruşmuş, mavi beyaz çubuklu pijamasının içindeki iri ama yığılmış, bitkin gövdesini, kalın ensesini ve tepesi açılmış başını seyrediyordu. Bu pijamayı tanırdı. Çünkü Sümerbank'ın çıkardığı klişe pazenlerden biriydi ve o zamanlar her evde bu ya da buna benzer bir pijamalık kumaş bulunurdu. Sami'nin öğretmen olan babası İhsan Bey, bu mavi-beyaz çubuklu pazenden bir top getirmiş ve bununla bütün aileye pijama dikilmişti. Mahallede terzilik yapan Mualla Abla'nın evde diktiği pijamalar geldiği gün Sami, babası ve küçük oğlan kardeşi aynı pijamaları giymişler ve evin değişmez alışkanlığı olarak, sobaya arkalarını verip bir süre yeni pijamaların tadını çıkarmışlardı. Dahası var: Annesi artan kumaştan salona ve yatak odasına perde yaptırmış, bununla da yetinmeyerek salondaki kanepeyi de bu kumaşla kaplatıvermişti. Böylece evin içinde nereye baksan mavi-beyaz çubuklu pazeni görür olmuşlardı. O dönemin iktisat anlayışına çok uygun bir durumdu bu. Kimse yadırgamıyordu, çünkü öteki komşuları, ahbapları da böyleydi.

Yıllardan beri görmediği mavi-beyaz çubuklu pijama Sami'yi geçmişinin derinliklerine, ailesine ve unutmaya yüz tuttuğu Türkiye yaşamına doğru çekiyordu. Çünkü o pazen, Türkiye idi, zalim ve sevecen babasıydı, çocukluğuydu, geçmişiydi. Ülkenin kokusu, rengi böyle basit şeylere siniyordu işte. Böyle anlarda Sami yaşlı adamı, o yabancı hastane koridorunda, uzak kalamadığı, gece gündüz her anını, her düşüncesini merak ettiği bir tanıdık olarak algılıyordu.

Saatlerce başında bekliyor, az ışıklı hastane odasında yatağın ayakucuna dikiliyor, düzensiz bir uykuyla çırpınan, ölüme yakın, kırışıklar içindeki yüze bakıyordu. Daha ilk gün, yataktaki ihtiyarla arasında görünmez bir bağ oluşmuştu sanki.

Adamın başucunda beklerken, yüzü bazen öldürücü bir nefretle kasılıyor, bazen de yorgun ve aldırmaz oluyordu. Adam, bu ifade değiştiren, renkten renge giren yüzü görmeden yatmaktaydı. Sami için geceleri adamın odasına gitmek bir alışkanlık, vazgeçemediği bir tat olmuştu. Gündüzleri de koridorda, koridorun ucundaki odada, yemekten sonra televizyon odasında hep izliyordu onu. Adamın mavi beyaz çubuklu pijaması, başucundaki Eyüp Sabri limon kolonyası şişesi ve Cemal Paşa hatıratı, manyetik bir alan gibiydi.

Hasta tabelasını okumuş, sonra da Gunilla'ya yaşlı adamdaki hastalığın ayrıntılarını sormuştu. Ondan öğrendiğine göre yaşlı adamın beynindeki ur günden güne büyüyor ve baskı yaparak davranış bozukluklarına yol açıyordu. Gunilla bir sürü tıp terimiyle açıklamaya çalışıyordu durumu: Sol frontal lobda gliablastom oluşmuştu. Beynin sol yarısında bulunan merkezler bozuluyor, adamın sağ koluna felç iniyor, motor konuşma kusurları görülüyordu. Hastanın bulantısı ve şiddetli baş ağrısı vardı. Gunilla bu hastalığın kişilik bozulmalarına, unutkanlığa yol açtığını da eklemişti. Sami'nin anladığı kadarıyla yaşlı adamın durumu ağırdı. Kortizon vererek ödemi çözmeye çalışıyorlardı. Elektrosefalografide alfa yerine delta ritmi çıkıyordu. Ağrısı çok artıp konuşma güçlüğü çektiğinde Gunilla hastaya Fortecortin ve 8090 mg. Prednizolon veriyordu. Bunları alınca biraz rahatlıyordu yaşlı adam, konuşması geri geliyordu.

Haftada üç kez, yaşlı adamı en alt kattaki kurşun kaplı odaya indirdiklerini görüyordu Sami. Orada adamın başını mürekkepli kalemle işaretliyorlar, on dakika kadar 4000 radyasyon ışın tedavisi uyguluyorlardı. Bu seanslardan sonra yaşlı adam bitkin çıkıyordu yukarıya. Tedavi günleri sağlam hücrelerinde şişme görülüyor, bulantısı artıyor, aşırı bir hassasiyet içinde ağlama, bazen de küfretme krizlerine giriyordu.

Adamı, duvarlara tutunup sağ bacağını sürükleyerek birkaç kez Sami'nin odasının önünden de geçmişti. Günden güne yok oluyordu. Ur büyüyordu, belki daha da büyüyecek bir intikam tümörüydü o. Sami'nin ayak bileklerindeki elektrik işkencesi izlerinin, öldürülen arkadaşlarının, kaçaklığının, bu Kuzey ülkesindeki ağır ve karanlık kışların bedeliydi. Gece onun odasına gidiyor, saatlerce onu seyrediyor, yüzünün her kıpırtısında, her nefes alışında sona yaklaştığını düşünmekten zevk alıyordu. Bu zevk olmasa, yaşlı adamı öldürmesi işten bile değildi. Gece yüzüne bir yastık bastırmak yeterliydi. Adamı her an boğabileceğini bilmek hoşuna gidiyordu. Yaşamına son verebileceği kadar yakın ve savunmasız oluşunu hissetmek çok hoştu doğrusu. Artık çok iyi tanıyordu bu yüzü. Burnu ve kulakları kıllarla kaplıydı.

Bir öğleden sonra beklenmedik bir şey oldu ve yaşlı adam Sami'nin odasına girdi. Sami o sırada yatakta uzanmış yatıyor ve ihtiyarı düşünüyordu ki onun kapıdan içeri süzüldüğünü gördü ve hemen gözlerini kapatıp öylece yattı. Kalbi küt küt atıyordu. Sakinleşmeye çalışıyor ama kendine söz geçiremiyordu. Adamın yürüyüşünden çıkan hışırtıları duyuyordu. Ağır adımlarla, terliklerini sürüyerek odanın ortasına kadar geldiğini anladı. Uzun bir sessizlik oldu. Sami gözlerini kapalı tutmakta güçlük çekmeye başladı. Sımsıkı yumduğu gözkapakları acıyordu. Üstelik ağzına sığmayan soluğunu da denetlemesi gerekiyordu. Aradan bir süre geçince "Niçin?" diye düşündü. "Niye saklanıyorum ki?"

Ve gözlerini açıp yataktan fırladı, yaşlı adamın karşısına dikildi. Boyları aynıydı. Yaşlı adam koyu kahverengi, iri gözleriyle onu süzüyordu. Altları torbalanmış gözleri mor halkalarla çevrelenmişti. Aslında iriyarı bir adamdı ama hastalık ve yaşlılık onu çökertmişti. Geniş omuzları düşmüş, başı boynunun içine kısılmış, yorgun ve bitkin durumda sendeleyerek ayakta duruyor ve Sami'ye bakıyordu.

Uzun bir sessizlik oldu. Odadaki iki İsveçli hasta, bu garip durumu göz ucuyla süzüyor ve İskandinavya'nın yazılı olmayan altın kuralı gereği, hiçbir müdahalede bulunmuyorlardı.

Bir süre sonra yaşlı adam "Küçük olarak size düşer ama" dedi, "ilk ziyarete ben geldim."

Sami önce ne diyeceğini bilemedi, sonra kendisini de şaşırtan heyecanlı bir sesle "Ben sizin ziyaretinizi istemiyorum" yanıtını verdi.

Adam gözlerini kıstı. "Gurbette iki Türk'üz" dedi. "Aramızda kan bağı var. Birbirimize destek olmak zorundayız. Türkçe konuşuyoruz ikimiz de. Ben bunların dilinden tek kelime anlamıyorum."

Sami bu kez daha sert: "Ben sizin Türkçenizi de Türklüğünüzü de istemiyorum" diye bağırdı. Adamı sarstığını düşünüyordu.

Ama tam tersine, yaşlı adamın gülümsediğini gördü. Yüzünün sağ yanı aşağı doğru çekilmişti, gülümseme bu çarpıklığı daha da artırıyordu.

Adam gülümseyişini bozmadan, alay eder gibi "O halde neden geceleri odama gizlice giriyorsun delikanlı?" diye sordu. "İlgilenmiyorsan, niye gece gündüz beni izliyorsun?" Bu soru üzerine Sami sustu. Ne diyebilirdi ki! Adamın o hasta ve yaşlı haliyle kendisine hâlâ meydan okumakta olduğunu fark etti. Sinirlendi, boynundan başına doğru bir sıcaklık yükseldi. Adamın suratına iki yumruk patlatmak, o iğrenç ağzı ve yüzü dağıtmak istiyordu. Yumruklarını sıkmaktan parmaklarının acıdığını hissetti. Bir yandan da soğukkanlı, denetimli ve zalim davranamadığı için kendine kızıyordu. Çünkü soluğu ağzına sığmaz olmuştu ve yüreği sanki ağzında atıyordu. Konuşsa, küfretse sesinin titremesine engel olamayacaktı. Sirikit'ten öğrendiği ne varsa yitip gitmişti şimdi ve öfke onu aciz kılıyordu.

Sonra, yaşlı adamın yavaş yavaş kapıya yöneldiğini gördü. Terliklerini sürüyerek gidiyor, sağ bacağını zor kımıldatıyordu. Adam tam kapıdan çıkacağı sırada tehlikeli bir biçimde sendeledi. Dengesi bozulmuştu. Kapı pervazına kafasını vurmak üzereyken Sami atılıp kolundan tuttu adamı. Düşünmeden, kendiliğinden yaptığı bir hareketti bu ve yapar yapmaz da pişman olmuştu; ama artık yaşlı adamı kolundan kavramış durumdaydı. Her şey öyle ani olmuştu ki ikisi de şaşkınlık içindeydi.

Sami bunu niye yaptığını bilemiyordu. Birazcık düşünme, karar verme fırsatı olsaydı böyle davranmazdı kuşkusuz. İleride bu yüzden çok kızacaktı kendine.

Yaşlı adam Sami'yi uzun uzun süzdü "Teşekkür ederim evlat!" diye fısıldadı, sonra ayağını sürüye sürüye kendi koridoruna doğru yürüdü.

Bu ilk karşılaşmadan sonra, geceleri adamın odasına gitmedi Sami. Arada sırada onu koridorda duvara tutunarak yürürken ya da televizyon odasında bir dergi karıştırırken görüyordu. Birbirleriyle konuşmuyorlardı.

Bir kez, koridorun ucundaki, çam koltuklarla döşenmiş çiçekli televizyon odasında bir program izlerken yaşlı adam da odaya girmiş ve iki koltuk ötesine oturmuştu. Dört İsveçli hasta daha vardı. Bir akşamüstü saatiydi ve camdan, dışarıda lapa lapa kar yağdığı, yağan karın rüzgârda savrulduğu görülebiliyordu. Program bittikten sonra Sami çıkıp giderken adam onu durdurmuş ve "Biraz önce televizyonda 'kalabalık' diye bir söz geçti. Onu bizden mi almışlar?" diye sormuştu.

"Evet!" demişti Sami. "Bizden almışlar ama burada 'panik' anlamına geliyor." Sonra tek kelime eklemeden çıkıp giderken adamın yine "Teşekkür ederim. Çok teşekkür ederim!" dediğini duymuştu.

Başka bir durum olsa Sami "kalabalık" kelimesinden yola çıkarak Osmanlı'da on iki yıl kalan Kral XII. Karl'a, bizde uzun süre kalması nedeniyle "Demirbaş Şarl" adını verdiğimizi, Poltava Savaşı'ndan sonra bize sığınmış olmasına rağmen İsveç'te, Türklerin onu esir tuttuğunun öğretildiğini, oradan gelirken "kalabalık" gibi kelimelerle birlikte, "köşk"ten bozma "kiosk" kavramını ve sözcüğünü, çiçek aşısını, vergi sistemini ve lahana dolmasını getirdiğini anlatırdı. Çünkü bu, İsveç'te yaşayan Türklerin değişmez konularından biriydi. Geldiği ilk aylarda Consum'dan alışveriş yaparken raflarda duran bir konserveye gözü takılmıştı. Üstünde *kåldolmar* yazıyordu ve lahana dolması resmi vardı. Onca özlediği Türk yemeklerine kavuşma sevinciyle konserveyi hemen alıp eve koşmuştu. Kutuyu açtığı zaman gördüğü şey gerçekten de lahana dolmasıydı ama ne yazık ki bu dolma şekerliydi. Şekere bulanmış bir dolma düşünülemezdi bile, ağza sürülemezdi. Dolmayı onca güzel yapan annesi bu cinayeti görse herhalde hüngür hüngür ağlardı. Konserveyi olduğu gibi çöpe attı. Akdenizli midesi, Kuzey'in her şeyi şekerle yeme âdetine alışamamıştı bir türlü. Ekmek hatta balık bile şekerliydi. Alışveriş yaptığı süpermarketlerde bir şey alırken paketin üstünde yazılanları uzun uzun inceliyor ve şekersiz bir yiyecek bulmaya çalışıyordu. Bir seferinde hamsiye benzettiği *sill* balığı almış ve onun da şekerli çıktığını görünce bu kadarını tahmin edemediği için kendine kızamamıştı bile. Kendisinden daha önce gelmiş olan Türkler, İskandinav mutfağına alışmış, hatta bu mutfağın yemeklerini sevmeye başlamışlardı. *Smörgåsbord* denilen açık büfenin dünya çapında ün yaptığını öğrendikten sonra, bu mutfağa bakış açıları değişmişti. Sami bu konuda biraz tutucuydu. Annesinin yemeklerini özlüyordu. İsveç mutfağında sevebildiği tek şey susamlı *knäckebröd* ekmeği ve sosis, patates kızartması anlamına gelen *pyt i panna*'ydı. Akdenizlilerin onca sevdiği sarmısak burada neredeyse tabuydu. Sarmısak kokan birine tahammül edemiyordu İsveçliler. Genellikle Türklerin oturduğu Rinkeby Mahallesi'ne giden metroya bu yüzden "Sarmısak Treni" adını takmışlardı. Çünkü işçilerin çoğundan sarmısak kokusu yükseliyordu.

Aslında yemek konusunda çok anlaşmazlık yaşıyorlardı. Göl kıyısındaki evde o melek gibi Göran'la bile bu konuda tartışma çıkmıştı. Sami sabah kahvaltısında zeytin ve peynir yerken Göran zeytinin sabah yenilmeyeceğini, içkiyle beraber alınan bir "delikates" olduğunu söylemez mi? Sami kendi ülkesinde yetişen ve çocukluğundan beri hiçbir sabah kahvaltısında ihmal edildiğini görmediği zeytinin uğradığı bu hakaret karşısında çok kızmıştı. "Sen nereden bileceksin?" diyordu. Göran ise ısrar ediyor ve zeytinin sabah yenilemeyeceğini öne sürüyordu. Bunun üzerine Sami, Clara'ya dönmüş ve "Sen bundan iyi bilirsin! Söyle!" demişti. Clara güzel kara gözleriyle bir süre ikisine de bakmış, melek Göran'ı üzmek istemeyerek ama kişiliğine sinmiş olan dürüstlük duygusuyla "Sabah da yenir!" demişti. Sami içinden teşekkür etmişti bu güzeller güzeline. Ama zeytin tartışması, *blodpudding* ve beyin konusundaki şiddetli kavganın yanında hiç kalırdı. Bu kez kavgayı çıkaran Kristina olmuştu. Türklerin hayvan beynini meze niyetine yemelerine çok kızıyor ve dünyada bundan daha büyük bir barbarlık olamayacağını söylüyordu. Türkler de ona İsveçlilerin yediği kan pudingini hatırlatıyor ve esas bunun barbarlık olduğunu haykırıyorlardı. İsveçli çocukların, adına *blodpudding* denilen donmuş kan yemesini hiç akılları almıyordu ama Kristina da beyin yeme fikri karşısında dehşete düşüyordu.

Bir başka kavga da ev sahibi iri memeli Kristina'yla temizlik konusunda yaşanmıştı. Kristina lavaboyu tıkıyor, içine su dolduruyor sonra bu suda yüzünü yıkıyordu. Türkler ise suyu musluktan sürekli akıtıyorlardı. Kristina bir gün Adil'e sinirlendi ve "bu uygar ülkede hiç olmazsa yüzlerini yıkamayı öğrenmeleri gerektiği"ni söyledi. Ondan sonra kopan kavgada iki taraf da kendi yaptıklarının hijyen kurallarına daha uygun olduğunu savundular. Türkler akarsuyun temiz olduğunu öne sürerek lavaboya doldurulan ve içinde yüz yıkanan suyun kirlendiğini iddia ediyor, İsveçliler ise en temiz yöntemin kendi yaptıkları olduğunu, akan suyun sıçradığını ve ilkellik sayılması gerektiğini söylüyorlardı. Bu tartışma sonuçsuz kaldı. Herkes yüzünü bildiği gibi yıkamaya devam etti.

Sami bir gün adamı sedyeyle asansörden çıkardıklarını gördü. Sırtüstü yatıyordu, yüzü kireç gibi olmuştu, boynuna kadar beyaz pikeler örtülmüştü üstüne. İki şakağında mavi izler vardı. İlk bakışta öldüğünü düşünmüştü ama yaşlı adam hastane bodrumundaki kurşun kaplı odada uygulanan elektrot tedavisinden geliyordu.

Adamın hastanede tek başına büyük bir yalnızlık ve korku

içinde yaşadığını gözlemlemişti. Türkçeden başka dil bilmediği için kimseyle konuşamıyordu. Tek başına yattığı –ücretini, büyük bir olasılıkla Türk devletinin örtülü ödenekten karşıladığı– hastane odası, cama çizilmiş gibi duran kayın dallarından başka görüntüye izin vermiyordu. Başucundaki bir şişe Eyüp Sabri kolonyası, eski asker ve siyasilerin anıları, iner kalkar yatak, reostalı, ışığı ayarlanabilir lamba, bütün dünyasını çevreliyordu. Bir keresinde odasının önünden geçerken, Sami adamın hemşireye el kol işaretleriyle bir şeyler anlatmak istediğini görmüştü. El ayasını tavana doğru yükseltiyor ve hemşireye *lumiére, lumiére,* diyordu. Türkiye'deki yaşlı devlet memurlarının çoğunun ortaokul döneminden hatırladığı birkaç Fransızca kelimeden biri olmalıydı bu.

Başka bir gün televizyon odasında *Aktüellt* akşam haberlerini izlerken ekranda Türkiye haritası görünmüş, sonra ülkedeki gösteri ve çatışmaları konu edinen bir özet yapılmıştı. Sami, yaşlı adamın, yine iki koltuk ötesinde hiçbir şey anlamadan televizyon izlediğini, Türkiye haritasını görüp *Turkiet* sözünü duyunca oturduğu çam koltuğun kenarlarını sıkı sıkıya kavradığını sezmişti. Ekrandaki görüntüler değiştikten sonra bile adamın gerginliği azalmamış, Sami de hiçbir şey anlatmadan, yüzüne bile bakmadan çekip gitmişti.

Doğrusu onun da hastanedeki günleri boş ve sıkıntılı geçiyordu. Psikologlar onunla her gün konuşuyorlardı. İlkinde, genç bir İsveçli doktor onu önündeki koltuğa oturttuktan sonra, daha önceki hastane kayıtlarını çıkarmış ve "Sizin kalbiniz hasta!" demişti.

"Evet!" diye yanıtlamıştı doktoru.

"Midenizde de ülser var!"

"Evet!"

"Karaciğeriniz de işlemiyor!"

"Evet!"

"Safrakeseniz de hasta!"

Sözün burasında doktor gülmeye başlamış ve "Genç bir adamda bu kadar hastalık olabilir mi sizce?" diye sormuştu. Sami "Olabilir!" demişti. Ya da en azından bazıları olabilirdi ama gerekli tedaviler uygulanmamıştı. Doktor "Neden?" demişti. "Yabancı olduğunuz için mi acaba?" Sami bu soruyu da "Olabilir!" diye yanıtlamıştı ama direnci ve kendine güveni giderek azalıyordu. Bunda her gün verilen bir dizi ilacın ve psikologların günlük konuşma seanslarının da etkisi vardı, belki de yaşlı adamın varlığı onu kendini dinlemekten çekip kurtarmıştı.

Bir gün, güzel hemşire Gunilla odasına gelerek doktorun yaşlı adamla anlaşamadığını ve bir çevirmene gerek duyulduğunu söyledi. Kendisiyle gelmesini istiyordu. Sami gidip gitmeme konusunda bocalamaya bile fırsat bulamadan Gunilla'yla koridorda yürümeye başladıklarını fark etti. Odaya girdiğinde doktor elini sıkmış, onunla konuşmaya başlamıştı. Yaşlı adam kahverengi gözlerini ikisine dikmiş, hiçbir şey anlamadan endişeyle onları süzüyordu. Doktor, yaşlı adamın kaç gündür bir şey sormaya çalıştığını ama aralarında ortak bir dil olmadığı için anlaşamadıklarını söyledi ve yardımcı olmasını istedi. Sami doktorun söylediklerini çevirdi. Yaşlı adam teşekkür etti ve hastaneye geldiği günden beri bilinmez bir karanlık içinde kaldığını anlattı. "Meçhulün karanlığı..." diyordu. Karısıyla oğlu getirmişti onu Stockholm'e ve bir iki gün kaldıktan sonra dönmüşlerdi. Türkiye'deki teşhis doğru muydu? Arada bir gelip giden elçilik memurları yardımcı olamıyorlar, daha doğrusu ondan her şeyi saklıyorlardı. Son zamanlarda da pek ortalıkta göründükleri yoktu doğrusu. Kendisini her gün biraz daha kötü hissediyordu. Ağrıları dayanılamayacak kadar artmıştı. Şimdi gerçeği öğrenmek istiyordu. Ölecekse bile bunu bilmeliydi, ölmeden önce düzenlemesi gereken binlerce ayrıntı vardı. Kortizon almadığı saatlerde çok acı çekiyordu. Yaşama şansı ne kadardı? Daha doğrusu var mıydı böyle bir şans? Yaşlı adam eline geçen fırsatı heba etmeme duygusuyla durmadan konuşuyor, Sami de bunları İsveç diline çeviriyordu. Neden sonra sustuğunda doktor bir süre düşündü. "Şunu belirtmem gerekir ki durum pek umut vermiyor!" dedi. "Ama siz kendi yurttaşınızı daha iyi tanırsınız, bunu söylemenin üzerinde ne gibi etkiler yapacağını bilemem. Çevirip çevirmemekte serbestsiniz."

Sami, yaşlı adama doktorun pek umutlu olmadığını, yakında öleceğini tahmin ettiğini söyledi.

"Biliyordum" dedi yaşlı adam. "Kurtuluş olmadığını zaten biliyordum. Yine de insan bir tuhaf oluyor. Peki, bir zaman tahmini yapabilir mi?"

Doktor "Tümörün büyümesini durdurmaya çalışıyoruz" dedi. "Bu çalışmalar ne zaman noktalanır, bilemem. Üzülerek belirtmek zorundayım ki bu süre çok uzun değil."

Sami, doktorun söylediklerini eksiksiz olarak ve büyük bir zevkle çevirerek yaşlı adamın yüzüne karşı idam hükmünü okumuş oldu. "Beyninizde kanser tümörü olduğunu söylüyor doktor!" dedi. "Hiçbir şekilde iyileşme olanağı yokmuş. Her an ölebilirmişsiniz. Her gece uyuduğunuzda sabaha sağ çıkmama ihtimali büyükmüş ama bu bile iyi bir sonuç sayılırmış. Çünkü çektiğiniz ağrılar gittikçe artacak ve sizi korkunç bir ölüme götürecekmiş. O kadar acı çekecekmişsiniz ki doktorlara sizi öldürmeleri için yalvaracakmışsınız. İsveç'te böyle bir şeye izin verilmiyor, biliyorsunuz. O acıları çekmekten kurtulmanız mümkün değilmiş. Morfin bile dindirmeyecekmiş o korkunç acıları. Ur, kafanıza girmiş bir lağım faresi gibi beyninizi yavaş yavaş kemirip bitiriyormuş."

Bunları anlatırken adamın mor suratının sarardığını, gözlerinin korku içinde yuvalarında dönmeye başladığını görüyor ve bundan büyük bir zevk alıyordu. Hayat, ne güzel bir fırsat çıkarmıştı önüne böyle. Cellatla burun buruna konuşabilmek ve onun korkudan kasılmış suratını seyretmek ne büyük bir hediyeydi.

Doktor çıktıktan sonra adam su içti, gözlerini kapatıp bir süre dinlendi, kendine geldi ve Sami'ye teşekkür etti. "Sizi buraya Allah gönderdi" dedi. "Şu son günlerimde yanımdaki tek vatandaşım, tek dostum sizsiniz. Herkes beni terk etti. Ankara'dakiler adımı bile duymak istemiyorlar. Gazetelerde her gün aleyhimde bir sürü yazı çıkıyor. Herkes bir dönemin suçunu benim omuzlarıma yıkarak rahatlamak istiyor. İşte politika böyle acımasız bir şey bizim memlekette. Bir zamanlar yanıma girebilmek için araya adam koyanlar, iş ve torpil rica edenler, hatta yalvaranlar, şimdi adımı almıyorlar ağızlarına. Gözden düşmek korkunç bir şey delikanlı. Kapınızı kimse çalmıyor. Ailem, öz ailem bile benden kurtulmayı beklemekte. İyi ki siz varsınız. Varlığınız bana teselli oluyor. Hastalığınız ciddi mi, geçmiş olsun!"

Sami biraz önce idam hükmünü bildirdiği adama karşı garip bir ezikik duydu ve "Bilemiyorum" dedi. "Araştırıyorlar. Onlara kalırsa her şey psikolojik."

El yazıları

Film Stockholm'de, Sveavagen'deki Rialto Sineması'nda Gökboet adıyla oynamıştı ve ben filmi iki kez üst üste görmüştüm. Akıl hastanesinde isyan başlatan ve otoriteye karşı çıkan adam rolünde Jack Nicholson eşsizdi. Belki de en iyi performansıydı bu. Filmin sonunda Kızılderili arkadaşı ona büyük bir iyilik yapıyor ve yüzüne yastık bastırarak öldürüyordu onu. Çünkü beynine verilen elektroşoklardan sonra bir bitkiye dönüşmüştü. Yaşaması mümkün değildi.

İşte, şimdi ben de yaşlı adama böyle bir iyilik yapabilir ve gece, beyaz yastığı suratına bastırarak soluksuz kalmasını sağlayabilirdim. Hem kimse de şüphelenmezdi bundan. Bir ayağı çukurda, beyninde ur olan adamın cinayete kurban gitmesine kim ihtimal verir ki? Hastane yatağında ölen bir adama kim otopsi yapar?

Gökboet filminde Jack Nicholson'a bir iyilikte bulunuyordu arkadaşı. Ben de yaşlı adama iyilik mi yapacaktım? Yoksa korkular ve ölüm acılarıyla boğuşmasını izlemek daha mı zevkliydi? Neyse, bütün bunları düşünecek ve karar verecek zamanım vardı. Adam benim elimdeydi nasıl olsa, savunmasızdı. Ne istersem yapabilirdim ona. Luis Buñuel'in Endülüs Köpeği'ndeki gibi, gözünden ustura bile geçirebilirdim.

Bazen arkadaşıma anlatmadığım şeylerin, vicdan azabı-

na benzer utancını yaşıyorum. Doldurduğum kasetlerde adamı daha önce hiç görmediğimi, tanımadığımı söylemiştim. O da haklı olarak Ankara Atatürk Bulvarı'ndaki resmi otomobil konvoyu sahnesine yer vermiş. Oysa gerçek bu değildi. Adamı görmüştüm. Hem de gördüğümde yüzü bana çok yakındı, soluğu sarmısak kokuyordu. Bana bir şeyler söylüyor, beni ikna etmeye çalışıyordu ama ben kendimde değildim ki! Ne dediğini bile anlamıyordum. Sonradan düşününce yerli yerine oturttum. Ve o karanlık, acı dolu yıllarda, adam benim en büyük düşmanım oldu. Günlerce, onu öldürmenin çarelerini araştırdım. Bir intihar saldırısı yapmaktan başka çarem yoktu. Çok iyi korunuyordu çünkü. Bu yüzden Marighella'nın Şehir Gerillası *kitabını alıp bomba yapmasını bile öğrendim. Üstüme bombalar bağlayıp otomobilinin önüne atabilirdim kendimi. Ya da bir görüşme talebiyle makamına girebilirdim ama nasıl olsa arama yaparlardı. Zaten benimle görüşüp görüşmeyeceği de belli değildi. Belki de kalabalık bir yerde yanına sokulabilirdim. Hiç sinemaya gitmez miydi bu adam? Hiç karısıyla alışverişe çıkmaz mıydı? Her gece hayal kuruyor ve adama garip, akla gelmemiş öldürme yöntemleri uyguluyordum.*

Ankara'da bir gece yarısı, kapıdaki nöbetçileri atlatıp oturduğu eve giriyordum. Yatak odasında karısıyla yan yana uyuyordu. Odanın içini horultular kaplamıştı. Önceden hazırlamış olduğum kalın paket bandını ağzına yapıştırıveriyordum hemen. Aynı işlemi karısına da uyguluyordum. Böylece ikisi de ses çıkaramıyorlardı. Ağızlarındaki kalın kahverengi yapışkan bantlarla ve iri gözlerle seyrediyorlardı beni. Bu kez ellerini ve ayaklarını bantlıyordum. Sucuk gibi bağlanmış oluyorlardı. Sonra kadını banyoya götürüp kilitliyor ve adama işkence yapmaya başlıyordum. Stanley Kubrick'in Otomatik Portakal'ıyla *tetiklenen hayal gücüm, bir insana acı vermenin ve onu korkutmanın bütün biçimlerini tek tek gözden geçiri-*

yordu. Bu sahnedeki en korkunç şey, ağzı bantlı olduğu için bana yalvaramaması, bir şey soramaması ve hiçbir açıklama yapamamasıydı. **Eğer konuşabilseydi, kendisinin de emir kulu olduğunu, olayda bir suçunun bulunmadığını, en az benim kadar üzüldüğünü, şu genç yaşta böyle bir delilik yapmamamı falan söyleyecekti ama konuşamıyordu işte. Dilini kullanamıyordu ve ben de bir şey söylemiyordum. Büyük bir sessizlik içinde, hiç konuşmadan ve hiç sinirlenmeden, soğukkanlılıkla onu kesip biçiyordum. İşte, Buñuel'in, gözü biçen usturası o günlerde aklıma gelen sahnelerden biriydi.**

Tahmin ettiğiniz gibi bunların hiçbirini yapamadım. En ufak bir girişimde bile bulunamadım. Bana göre değildi ki bu işler. Kan görünce bayılan, zayıf ve iradesiz biriydim. İntikamımı almaya yetecek gözü karalık yoktu bende.

Bunun üzerine, yuvarlandım. Dibi olmayan uçurumlara yuvarlandım, her gün biraz daha düştüm ve sonunda bu uzak Kuzey ülkesinde, adam bana pijamalarıyla, savunmasızca teslim edildi. İlginç değil miydi bu?

Söylediklerimin size bilmece gibi geldiğini biliyorum. Çünkü olayı arkadaşıma anlatmadım, anlatamadım. Bu yüzden o da yazamadı tabii. Beni değiştiren, başka bir insan yapan, hayatımı yıkan olayı hiç kimseyle konuşmadım. Kimseyle dertleşmedim. Ne İsveç'teki politik mülteciler bildiler ne de diğerleri.

Ama belki şimdi sırası gelmişti artık.

Kungshamra'daki evin küçücük salonunda oturmuşum. Sirikit kitaplığın üst rafından tek gözüyle beni izliyor. Sigara üstüne sigara içiyorum. Masadaki küllük dolmuş durumda ve ağzımda zehir gibi bir tat, başımda delici bir ağrı var. Şakaklarım zonkluyor, damarlarım atıyor.

Arkadaşım beni bir memur ailesinin çocuğu olarak anlatmış. Çünkü elinde ailemle ilgili yeterli bilgi yok. O da beni kendi bildiği yaşama oturtuyor. Kendisi bir öğretmenin oğlu, o yaşamı iyi biliyor. Roman yazarken galiba en önemli şey, kendi deneyimlerini, yazdığın kahramanlara mal etmen. Babamın Ankara Küçükesat'ta orta boy bir dükkânı vardı. Hani şu süpermarket adıyla moda olanlardan. Dedemden geçen bakkallık geleneği, babam ve amcamın işleri büyütmesiyle daha modern ve daha büyük bir işletmeye dönüşmüştü. Anladığım kadarıyla iyi para getiriyordu ve babam bu yüzden liseden sonra okumamın gereksiz olduğuna, dükkânın başına geçmeme karar vermişti. Ama ben süpermarket işini sevmiyordum. Üniversitede felsefe okumak ve sonra da filmler yapmak istiyordum. O dönemde henüz Tarkovski'yi bilmiyordum ama bana göre felsefe ile sinema arasında derin bağlar vardı. Babama böyle bir şeyi söylemeye cesaret edemezdim. Zaten çocukluğumdaki korkunç dayakların yarattığı korku, beni babamdan ayıran bir Çin Seddi gibi aramıza dikilmişti. Onunla konuşmam mümkün değildi. Aile geleneğine uyarak önce annemi inandırdım bu projeye, o da her zaman olduğu gibi zalimsevecen babamı ikna etti ve ben üniversite sınavlarına girdim. Sonuç beklediğimden de iyiydi: Hem istediğim bölümü kazanmıştım hem de İstanbul'da okuyacaktım.

Böylece evimden uzakta, İstanbul'da, bekâr öğrencilik günlerim başlamış oldu. Ayazpaşa'da küçücük bir daire tutmuştum. Ankara'dan gelen para yetiyor da artıyordu bile. Beyoğlu sinemalarında oynayan her filmi görüyordum. Parkamın cebinden sinema kitapları eksik olmuyordu. O sıralarda parka giymek tehlikeliydi ama çok pratik olduğu için vazgeçemiyordum. Yoksa parka, polisin sizi tartaklaması, sağcıların öldüresiye dövmesi için yeterli olan bir kimlik yerine geçiyordu. Ülke gerilim içindeydi. Üniversitede sağcılarla solcular birbirlerini öldürüyorlardı ama beni hiç ilgilendirmiyordu bu durum.

Biliyorum, bu söze inanmanız zor! Her gün en az otuz kişinin öldürüldüğü ve bir iç savaş yaşandığı günlerde nasıl sa-

kin kalabilirdi ki insan? Her gece kahveler taranıyor, otobüs duraklarında bekleyen insanlara ateş ediliyor, yazarlar, üniversite hocaları, emekli politikacılar, gazeteciler katlediliyordu. Kentin karanlığı daha da artmıştı sanki ama bütün bunlara rağmen hayat devam ediyordu. İnsanlar doğuyor, ölüyor, yemek yiyor, gülüyor, ağlıyor, hasta oluyor, aile ziyaretlerine gidiyorlardı. Herkes korkuyordu ama yine de yaşamını sürdürüyordu.

Ben de bu insanlardan biriydim. Sağcılarla solcuların ülkeyi bir arenaya çevirmelerine fena halde içerliyordum. Okulda bu gruplardan uzak durmaya özen gösteriyordum. Bazen önlerinden geçerken "Diskocu, burjuva piçi!" falan gibi küfürler duymuyor değildim ama aldırmıyordum. Sadece sokakta dikkatli olmaya çalışıyor, serseri bir kurşuna kurban gitmemek için özen gösteriyordum.

İşte bu yüzden, bir sabah ihtilal olduğunu öğrenince sevinmedim desem yalan olur. Askerler idareye el koydu ve sıkıyönetim ilan edildi. Artık güvendeydik. Askerler, bu anarşistlere göz açtırmazdı nasıl olsa. İstanbul caddeleri, tanklarla, silahlı nöbetçilerle, kimlik kontrolleriyle, aramalarla doldu. Bunları her gördüğümde memnun oluyordum. Çünkü birilerinin çıkıp bizi anarşistlerden, eli silahlı haydutlardan kurtarması gerekiyordu ve hükümet bu görevi yerine getiremediği için askerler işe el koymuştu. "Yaşasın ordu!" diye bağırıyordu halk ve ben de onlara katılıyordum: "Yaşasın şanlı ordu!"

İşte Filiz'i o günlerde tanıdım.

Elden düşme bir video kameram olmuştu. Yüksekkaldırım'da, Almanya'dan gelen birinden almıştım. Görebildiğim her şeyi çekmeye çalışıyordum. Bir gün üniversitenin halk oyunları kulübüne uğradım. Dans edenleri çekecek, hareketli ayak figürlerinden, Amerikan bel planına geçişler yapacaktım. Kızlı erkekli bir grup galiba Bitlis oynuyorlardı. Uzun uzun kameraya aldım bu hareketli dansı. Büyük salon, istediğim her türlü çevrinmeye izin veriyordu.

O akşam evde, çektiğim kaseti video cihazına takıp izlemeye başladım. Renkler, ışık ve hareketler mükemmeldi; zoom'larda netliği yitirmemiş, kamerayı hiç sallamamıştım. Bir gün şaryoyla çalışıp bu zoom işine de son verecektim elbette, çünkü güzel bir şey değildi. Hiçbir büyük yönetmen zoom yapmıyordu. Sadece Hitchcock bir merdivende, kamera aşağı doğru hareket ederken ters bir zoom hareketiyle çok ilginç bir duygu yakalamıştı. Büyük bir ustalıktı bu doğrusu. Derken gözüm bir kamera hareketine takıldı. Oyuncular arasındaki genç bir kızın yüzüne yaklaşmıştım. Özel bir nedeni yoktu bunun ve bu çekimi hatırlamıyordum. Kendiliğinden bir ayrıntıydı işte. Kız da hiç dikkatimi çekmemişti ama evde onu izlerken pembeleşmiş yüzündeki ifade, kara gözlerindeki sevimlilik ve hareketlerindeki uyum çok hoşuma gitti. Saf bir güzelliği vardı. Küçücük bir kız gibi görünüyor, insanda sarılma, koruma, öpüp okşama isteği uyandırıyordu. Kaseti başa alıp tekrar tekrar o bölümü seyrettim. Zoom yaptığım sırada başını sola doğru çeviriyor, hafif bir gülümsemeyle arkadaşına bakıyordu. O kadar çok seyrettim ki o bakışı, ezberledim. Kasetin başka bölümlerinde de o kızı izliyordum artık. İnce, narin bedeninde çok hoş bir şeyler vardı. Eğilip kalkması, dans figüründe ayağını öne atması öbür kızlardan farklıydı. Başlığının altından fırlayan siyah perçemi yüzüne düşüyor ve o da her seferinde asi bir baş hareketiyle arkaya atmaya çalışıyordu onu. Oyun bitip soluk aldıklarında da alt dudağını şişirerek kendi yüzüne aşağıdan yukarı doğru üflediğini görmüştüm. Her hareketi son derece sevimliydi bu küçük kızın. Kameraya da hiç bakmamıştı. Sabaha kadar, o kadar çok seyrettim ki kaseti, kızı neredeyse yıllardır tanır gibi oldum.

Ertesi gün okulda onu aradım ama bulamadım. Hangi bölümde okuduğunu bilmiyordum. Aksi gibi o gün folklor çalış-

ması da yoktu. Haftada bir toplanıyorlardı. Sabırsızlıkla er-
tesi haftayı bekledim. Kameramı alıp halk oyunları salonu-
na gittim. Oradaydı. Kız arkadaşlarıyla çene çalıyordu. Yi-
ne danslarını çektim. Bu kez odak noktam o küçük kızdı. Her
hareketini, her sıçrayışını, her gülümseyişini kaydediyordum.
Oyun bittiği halde çekmeyi sürdürdüm. Sonra yanına gidip
"Merhaba!" dedim.

Büyük bir doğallıkla "Merhaba!" diye yanıtladı beni.
Sonra aramızda şöyle bir konuşma geçti:
"Üniversitenin sinema kulübü için danslarınızı çektim.
Ama bu oyunlarla ilgili bilgiye ihtiyacım var."

"Tamam. Şefimiz Turgut Abi her türlü bilgiyi verir. Şura-
daki uzun boylu... Görüyor musunuz!"

Görüyordum tabii ama işime gelmiyordu.
"Yok canım" dedim. "O kadar ciddi değil. Benim soracağım
bir iki ufak şey sadece. Son oynadığınız Bitlis miydi?"

"Evet!" dedi, "Bitlis'ti."
Bu arada yürümeye başlamıştı. Ben de yanında yürüdüm.
"Geçen gün de çekmiştim" dedim. "O kadar güzel olmuş ki."
"Yaa?" dedi.

"Evet" diye devam ettim. "Kaseti görmenizi isterdim çünkü
en çok siz varsınız içinde."

Yine, "Yaa!" dedi ve "Niye?" diye sordu.
"Bilmem ki" dedim. "Kendiliğinden öyle olmuş. İsterseniz
size kaseti vereyim, akşam seyredin."

"Sağ olun ama bizim evde video aleti yok" dedi.
"Komşularınızda falan..."
"Onlarda da yok."

"O zaman" dedim, "bir gün arkadaşlarınızla birlikte bana
gelirsiniz, orada seyrederiz."

"Aaa, çok iyi olur!" dedi hemen. Açık yürekli davranıyor ve
yeni tanıştıkları erkeklerin talepleriyle karşılaşan kızların ge-
leneksel çekingen tavırlarını göstermiyordu. Öyle bir doğallı-

ğı vardı ki ister istemez etkileniyordunuz. Sizden hiç kötü bir şey beklemediği o kadar ortadaydı ki.

"Şimdi ne yapacaksınız?" diye sordum. "Kantinde bir şey içelim mi?"

"İyi olurdu ama" dedi, "yolum uzun. Gitmeliyim."

"Nerede oturuyorsunuz?" dedim.

Evleri "Taa Kartal'da"ymış. Hava da yağmurlu olduğu için trafik ağırlaşırmış ve değiştireceği iki otobüsle bir buçuk saatlik yolculuktan sonra, akşam yemeğine yetişebilmesi için hemen yola çıkmalıymış.

"Aaa!" dedim. "Şu rastlantıya bakın. Ben de Kartal'da bir akrabama akşam yemeğine gideceğim. Arabam var. Sizi bırakayım."

Bu hileyi anlayıp beni tersleyecek mi, diye bekledim ama tam tersi oldu. Yüzü birden aydınlanıverdi.

"Ne iyi olur!" dedi. "Çok teşekkür ederim. Öyle de yorgundum ki..."

Benim her türlü aşağılık numaramı, büyük bir doğallık ve açık gönüllülükle karşılıyor ve bana sanki dünyanın en iyi, en saf, en dürüst insanıymışım gibi davranıyordu. Daha sonra, bütün insanlara böyle davrandığını görecektim. Bu onun kültürünün, geleneğinin bir parçasıydı. İnsanların iyi olduğuna inanıyordu. Kimseden kötülük beklemiyordu.

Üniversiteden Kartal'a kadar yolumuz bir saatten fazla sürdü. Yağmurlu İstanbul'da, Boğaz Köprüsü sık sık tıkanıyordu ve biz sohbet edip duruyorduk. İyi ki annem o külüstür, elden düşme Volkswagen'i almıştı bana. Bir radyosu bile vardı ve biz lafa dalıp konuştukça alttan alta İstanbul İl Radyosu'ndan yayılan caz müziği duyuluyordu.

Yolda birkaç kez durulduk. Askerler arama yapıyorlardı. Arabayı kenara çektik, ışıkları yaktık. Sıramız gelince bir astsubay kimliklerimizi inceledi, yüzümüze dikkatle baktı ve "Hadi geçin!" dedi. Herhalde iki mutlu çocuk gibi görünüyor-

duk. Mutluyduk da. Durmadan şaka yapıyor, vara yoğa gülüyorduk. Daha tanışalı iki saat olmamıştı ama Kartal'a geldiğimizde birbirimizi iyice tanır gibiydik. Galiba o da benden hoşlanmıştı. Kartal'da gösterdiği ara sokaklara sapıp eski bir apartmanın önünde durdum. Teşekkür etti, arabadan kayar gibi çıktı ve yağmurun altında bir an durup bana el salladı. Sonra sekerek apartmandan içeri girdi. Arkasından bakakaldım. Âşık olmuştum. Adı Filiz'di.

Ertesi akşam, "En yakın arkadaşım" dediği Pınar'la bana geldiler. Videodaki bandı izledik. Filiz'in hareketlerini yorumladık, şakalar yaptık ve köşedeki pizzacıda yaptırdığım sucuklu pizzaları yedik. Saat dokuza doğru külüstür Volkswagen'le Kartal'a bıraktım onları. Gece 12'de sokağa çıkma yasağı başlayacaktı ve benim o saatten önce eve dönmüş olmam gerekiyordu.

Bu kez dönüş yolunda, eve iyice yaklaşmışken durdurdular ve herhalde yalnız başıma, genç bir öğrenci olduğum için biraz daha fazla ilgilendiler benimle.

Kara yağız, sert bir jandarma eri "Bu araba kimin lan?" dedi.

En efendi sesimle "Benim!" dedim.

O yıllarda bir öğrencinin otomobil sahibi olması pek görülmüş şey değildi.

"Kim aldı sana bunu?"

"Babam..." (Küfredeceğini bildiğim için annem diyememiştim.)

"Hay babanın şarap çanağına sıçayım" dedi, sonra sordu: "Baban ne iş yapar senin?"

"Tüccar" dedim. "Süpermarketi var."

"Yani milleti kazıklıyonuz!" dedi. "Haram parayla araba neyin alıyonuz! Orospu çocukları!"

Sakin olmaya çalışıyordum, zaten başka çarem de yoktu.

Omzunda asılı duran makinelinin karanlık ağzı bana doğru bakıyordu ve o anda sırf keyfi öyle istediği için ateş edip beni öldürse hesabını soran olmazdı. O da bu öldürme yetkisinin farkındaydı ve "İstanbullu zengin piçin" eline böyle düşmüş olmasından büyük bir zevk alıyordu. Otomobil sahibi olmamdan hiç hoşlanmamıştı. Hurdaya atılacak hale gelmiş olan mavi Volkswagen, ona kim bilir nasıl görünüyordu? Kaybolmuş bir Anadolu köyünün yoksulluğundan gelen, eline silah verilmiş bu genç askerin, hepimize karşı öldürücü bir nefretle dolu olduğunu sezdim. Elindeki ehliyet, kimlik ve ruhsata, iğrenç böcekleri süzer gibi baktı. Onları anlamsızca evirip çevirdi. Belli ki bir yerden takmaya çalışıyordu ama elinde bir dayanak yoktu.

Sonra belgelerimi geri verdi ve "Hadi siktir git!" dedi. "Bir daha buralarda dolaşma!"

O sırada stadyumun yanından geçiyordum. Bu benim evimin yoluydu. Oralarda dolaşmayacaktım da ne yapacaktım? Ayrıca ona neydi! Şehirde kimin nerede dolaşacağına bu er mi karar verecekti? Ama bunların hiçbirini söylemedim tabii.

"Peki komutanım!" dedim ve efendi efendi arabamı sürüp uzaklaştım.

Aklım Filiz'deydi. Mutluydum, içim içime sığmıyordu. Bu yüzden hakaret bile etseler koymuyordu.

Ertesi gün tatildi, öğle vakti buluşup sinemaya gidecektik. "Pınar seni çok iyi bulmuş!" dedi. "Çok tatlı çocuk diyor."

"Demek geçer notu aldım" dedim. Derken de bütün bunların ucuz romantik filmlerin basmakalıp diyalogları olduğunu fark ettim: Kötü senaristlerin, kötü diyalogları. İlk akla gelen uyduruk şeyler. Ama bundan hiç rahatsızlık duymuyordum. Böyle basmakalıp aşk sözleri, cilveleşmeler, basit konuşmalar hoşuma gidiyordu. Zaten bu tip filmlerin garip bir duyarlılığı vardır. Çok kötü yapılmışlardır ama zayıf bir anınızda, içtenlikleriyle sizi etkileyebilirler. Bir yandan filmin ne kadar *kötü yapıldığını, acemilikleri düşünüp bir yandan burnunuzu çeke çeke ağlayabilirsiniz.*

O gün Fitaş Sineması'nın kuyruğundaydık. Bir Antonioni özel gösterimi vardı. Sinemada ona sokuluyor, bacağımı bacağına yaslıyor ve saçlarının mis kokusunu içime çekerek kulağına fısıl fısıl açıklamalarda bulunuyordum. "Bak şimdi açı değiştirdi. İkili plan çekiyor." "Bu diyalogu karşılıklı çekip kurgulayacak yerde, kamerayı çevrelerinde sürekli dolaştırıyor. Böylece tek çekimde, kesintisiz veriyor diyalogu. Aslında çok zor bir iş bu. Büyük ustalık ve zamanlama istiyor."

Neredeyse haftada üç dört kez sinemaya gidiyorduk ve ben ona filmcilik üstüne bildiğim her şeyi anlatıyordum. Genellikle sağ üst köşede beliren işaretten 20 dakikalık bobinin bitmek üzere olduğunu, şimdi öteki makineye geçileceğini, sinemaskop ve 1.166 oranlarının farkını, filmin sonunda bobinin tozlanmış olacağından finalin yaklaştığını, kovalamaca sahnelerinde kameramanın kucağına alarak koştuğu steadycam kamerayı anlatıp duruyordum.

Bir gün övgü bekleyerek "Nasıl?" dedim. "Filmleri daha iyi anlamaya başladın şimdi değil mi?"

"Yok ya kardeşim!" dedi. "Biraz film seyretme zevkim varsa o da kayboldu. Kendimi konuya veremiyorum ki." Kıkır kıkır gülüyordu.

"O zaman sen de cahil kal!" dedim.

"Olur" dedi, "cahil kalayım. Evde sana güzel güzel yemekler pişirip ortalığı süpüreyim."

"Tamam" dedim, "kimya okumak senin neyine. Yemekleri kimya formüllerine göre mi hazırlayacaksın?"

İşte böyle saçma sapan konuşuyor ama sürekli, birlikte kuracağımız yaşama göndermeler yapıyorduk. Bunun böyle olacağından hiç kuşkumuz yoktu. Her söze gülüyorduk. Bir gün evde çok doğal biçimde öpüşüverdik. Yatağa yuvarlanıp biraz debelendik, kazağını sıyırıp sert göğüslerini öptüm, kokularından başım döndü ama hepsi o kadar. Acelemiz yoktu.

Bu kısa sarılmalar bile onun gövdesindeki dişi enerjiyi duymamı ve kendimden geçmemi sağlamıştı. Ben bu kızı çok, ama çok seviyordum. Onunla birlikte korku filmi seyretmeye doyamıyordum. Çünkü korku filmi yönetmenleri için ideal bir seyirciydi. Sahiden korkuyordu. Filmdeki kadının bacağına aniden bir el yapışınca "Ay!" diye bir çığlık atıyor ve bacağını çekip divanda dertop oluveriyordu. Bu tip filmlerin alışılmış numaralarından biri olan sessizlikteki ani patlamalarda ödü kopuyor, çığlık çığlığa bağırıyordu. İşin garibi bütün bunların ona çok yakışmasıydı. Müthiş sevimliydi Filiz.

Tek sorunum, benim dışımda bir hayatı olmasıydı. Genellikle solcuların bir araya geldiği üniversite toplantılarına gidiyor, onlara yakın duruyordu. Zaten ailesi de dar gelirli, Güneydoğulu bir aileydi. Babası iş kazası geçirip sakat kalarak emekliye ayrılmış bir sendikacıydı. Uzaktan ve bölük pörçük sözlerden anladığım kadarıyla rejime muhalif bir aileydiler. Filiz zaman zaman folklor kulübüne, bazen de dergi mergi gibi hiç aklımın ermediği, hatta tehlikeli bulduğum toplantılara gidiyordu. Ona bir şey olacak, diye aklımı kaçırıyordum. Sıkıyönetim hepsini toplayıp götürse ben onu nerede, nasıl bulabilirdim ki? Ülkenin en önemli politikacıları hapisteydi. Her gün tutuklamalar yapılıyor, insanlar sabaha karşı evlerinden alınıp götürülüyorlardı.

Ankara'daki evimizin karşısında öğrenciler oturuyormuş. Annem şafak vakti gelen askeri kamyonların bütün öğrencileri götürdüğünü anlattı telefonda. "Anarşistmiş bunlar galiba. Allah korudu bizleri. Kimin kim olduğu belli olmaz bu zamandaaaa" diyordu.

Annemin bu aaaaaa uzatmalarında hep bir incelik vardır. Gittikçe tizleşerek biten bu melodik uzatma "Aman bak neler oluyor neler, başımıza taş yağacak" anlamları içerir. Böy-

le öngörülerde bulunarak da her türlü felaketten uzak kalmayı garantilemiş olur.

Çok hoş bir insandır annem. Arkadaşları gibi o da her olayı mutfak zamanlamasına göre anlatır: "Tam fasulyemi ayıklayıp soğanımı soymayı bitirmiştim, tencereye koyacaktım ki sokaktan bir gürültü geldiğini duydum." O sırada, iki kişinin ölümüyle biten bir trafik kazasından söz etmektedir ama sizin bunu anlamanız biraz zaman alır. "Sabah kalktım. Geceden ıslattığım barbunyayı süzeyim de kara suyu çıksın, diye mutfağa gidiyordum ki tam o sırada askerler koşarak bizim sokağa daldı." Annemin arkadaşları da böyle konuşur. Eminim insanoğlunun aya ilk olarak ayak bastığı saniyeyi bile, tencerede soğan öldürmeyle birleştirerek anlatır bunlar. Ve yaptıkları yemekten birinci tekil kişi mülkiyetiyle söz açarlar: Etim, fasulyem, barbunyam, soğanım, pırasam, kıymam, böreğim... Ama dediğim gibi annem iyi insandır, babama hiç benzemez, merhametlidir ve tek çocuğu olan beni çok sever. Hiçbir isteğimi kıramaz.

Filiz'le evlenme isteğimi geri çeviremeyeceğinden emin olmam da bu yüzdendi zaten.

4

Kuzey karanlığının erkenden çöktüğü o hüzünlü akşamlardan birinde, yaşlı adam, Sami'yi televizyon odasında yapayalnız sigara içerken buldu ve yanına oturarak "Hayallere mi daldın delikanlı?" diye sordu.

El yazıları

"Evet!" diye cevap verdim. Sorusunu cevapsız bırakıp bırakmama konusunda epey tereddüt etmiş ve uzunca bir süre sessiz kalmıştım ama sonunda bu yaşlı adamdan, bu canlı cenazeden mi çekineceğim diye düşünüp "Evet!" dedim. "Hayallere daldım." Odada uzun süre tek başıma oturmuş ve sigara üstüne sigara yakıp durmuştum. İnsan genellikle kendini sürgün yaşamının gündelik ayrıntılarına kaptırır gider ama bazı anlar vardır ki önceki yaşamı her şeyin önüne geçiverir. Yaşlı adam odaya girmeden önce Mehmet'i düşünüyordum ve bu bana azap veriyordu. Oysa vurdulu kırdılı çocukluk dünyasındaki tek gerçek zaferimdi bu. İlkokulda en yakın arkadaşımdı; hani canciğer derler ya, öyleydik işte. Babası, bizim markette çalışan kambur bir adamdı. Oturduğumuz apartmanın bahçesindeki "müştemilat" dedikleri bölümü de onlara vermişti babam. Bu yardımlar sayesinde kıt kanaat geçinebiliyorlardı. Mehmet'e benim eski giysilerim veriliyordu. Okula birlikte gidiyor, daha sonra da mahalledeki oyunlara katılıyorduk. Diğer çocuklarla ilişkileri kuran hep Mehmet'ti. Beni de yanında gezdiriyordu.

Çocukluk günlerinde, boş geçen öğle sonraları felakettir. İnsan ya bir kenara çömelip elindeki tahtayı yontmaya başlar ya da rengârenk misketleri anlamsızca birbirine vurmaya. Bu sıkıntıdan kurtulmanın tek yolu, tekmelene tekmelene canı çıkmış, yüzlerce kez yamalanmış topu alıp boş arsa-

da maç yapmaktır. Bu maçlardan birinde koşturup dururken birdenbire dünyam karardı, gözlerimde yıldırımlar çaktı ve yere yığıldım. Kendime geldiğimde Mehmet kaygılı gözlerle bana bakıyor ve "Kusura bakma" diyordu. "Fark edemedim, kafa kafaya tokuşmuşuz..."

Diğer çocuklar da Mehmet'in arkasından bakıyordu. O anda yine kendimi onlardan çok ayrı, çok yalnız ve zavallı hissettim. Neden diğer çocuklar gibi olamıyordum bir türlü? Neden onlar gibi saldırgan, neşeli, vurdumduymaz ve oyuncu değildim. Ömrüm boyunca peşimi bırakmayacak içedönüklüğün ve diğerlerinden ayrı olduğumu duyumsamanın ilk belirtileriydi bunlar. Üzerime titreyen annem bu manzarayı görseydi ne yapardı acaba? Durmadan üşüteceğimden korkan, sokağa çıkarken gömleğimin uçlarını pantolonumun içine sıkıca sokan, sabaha karşı beşte uyandırıp zeytinyağına batırılmış bir dilim ekmek yedirdikten sonra tekrar uyutan o şişman kadın, dış dünyanın yumruklarını, tekmelerini bilmiyordu ki!

Müthiş utandığımı hatırlıyorum. O yabancı çocukların bakışları altında ne yapacağımı bilemiyordum. Mehmet korkmuştu, özür dileyip duruyordu. Onun, yardım için uzanan elini iterek ayağa kalktım. "Hayvan herif, ben de sana vuracağım" dedim. Şaşırdı. Öteki çocuklar gülmeye başlamışlardı. Mehmet "Hadi ordan yaa!" dedi.

"Vuracağım!" dedim. "Bal gibi vuracağım, sen de hiçbir şey yapmayacaksın."

"Niyeymiş?" dedi Mehmet. "Ben de sana patlatırım, elini sür de gör." Sinirlenmişti.

Bunun üzerine "Bir dakika baksana sen!" dedim. Kulağına fısıltıyla bir şeyler söyledim. Mehmet kıpkırmızı oldu, yüzüme ağlayacakmış gibi yalvaran gözlerle bakmaya koyuldu. Diğer çocuklar bu işe çok şaşırmışlardı.

"Şöyle dur!" dedim Mehmet'e. "Kıpırdama."

Mehmet öylece durdu ve kendini hiç sakınmadan gelecek

yumruğu beklemeye koyuldu. Çok garip bir durumdu bu. Daha önce yüzüne yumruk inmesini bekleyen bir insan görmemiştim.

Biraz bekledim, bu anın zevkini çıkardım, sonra Mehmet'in burnunun üstüne bir yumruk patlattım. Elini bile kaldırmamış, kendini hiç sakınmamıştı. Burnu kanamaya başladı, şakır şakır kan akıyordu, cebimden bir mendil çıkarıp verdim. "Hadi sil şunları bakalım!"dedim. "Şimdi ödeştik."

Sonra beni hiçbir zaman adam yerine koymamış olan mahalle çocuklarının şaşkın bakışları arasında yürüyüp gittim. İçim içime sığmıyordu, büyük bir zafer kazanmış, kendimi kanıtlamıştım ve birkaç gün sonra başlayacak vicdan azabının bir ömür boyu süreceğini bilemiyordum henüz.

Mehmet iki üç gün benden uzak durdu. Sonra nasıl olduğunu anlayamadığımız biçimde yaşamın görünmez örümcek ağlarıyla yine birbirimize bağlandık. O, yumruk olayını unuttu gitti. Bense hiçbir zaman aklımdan çıkaramadım. Daha önce de söylediğim gibi Mehmet'in babası bizim dükkânda çalışıyordu. Bizimkiler, kambur olduğu için hiçbir yerde çalışamayan bu yoksul adamcağıza acımışlar ve iyi kötü bir iş vermişlerdi. Pek bir şeye yaradığı da yoktu ya, adam ailesini bu parayla geçindiriyordu.

O gün Mehmet'in kulağına "Ben de sana vuracağım; yoksa yaptığını babama anlatırım, o kambur babanı hemen işten atar!" demiştim.

Bugünden geriye bakınca bu zalim sözün Mehmet'i nasıl etkilediğini daha iyi anlayabiliyorum. O korkunç yoksulluk tehdidi Mehmet'in elini ayağını kesmiş ve çocuk gururunu yok etmişti.

Bu alçaklığı nasıl yapabildiğimi hiç anlayamadım. Herhalde çok yaralanmış, çok küçük düşmüştüm. İnsan küçük düştüğünü hissedip kendini korumaya girişince karşısındaki hiç aklına gelmiyor ve dünyanın en zalim yaratığı kesilebili-

yor. O sırada ben de incinen gururumu tamir etme derdindeydim ve gözüm Mehmet'i görmemişti.

Bir yıl sonra kambur adamcağız ne olduğunu anlayamadığım bir hastalıktan öldü. Beni, kaldıkları küçük eve götürdüklerinde, yataktaki adamın iyice küçülmüş, çocuk kadar kalmış olduğunu görmüştüm. Adam öldükten sonra Mehmet'le annesi, uzak bir ildeki akrabalarının yanına gittiler. Onları bir daha görmedim ama çocuğun burnuna attığım yumruk ve onun kıpırdamadan, put gibi duruşu hiç aklımdan çıkmadı. İntikamın bile bir düzeyi vardı; alçakça olmamalıydı.

O zamanlar, hayatımın sonraki yıllarında öğreneceğim bir sözü bilmiyordum. Seneca diyordu ki:

"Kötülük etmeyi istememek başka, bilmemek başkadır."

"Peki, nedir bu hayallerin bakalım!"

Yaşlı adam birkaç kez tekrarlamıştı sorusunu. Tuhaf bir anımda yakalamıştı beni; onunla konuşmak istiyor muydum, istemiyor muydum belli değildi. İnsanın anadilinde dertleşme ihtiyacı, bazen her şeyin üstüne çıkıyor. Ormanların kar altında kaldığı, göllerin ve caddelerin buz tuttuğu bir Kuzey gecesinde, herkesin uyuduğu hastanede, iki kişinin alçak sesle Türkçe konuşması çok garip bir durumdu.

Adama "Doğduğum yerde ölmek isterdim" dedim. "Oradan hiç ayrılmayıp doğduğum evde, o sokakta, o tanıdık bildik insanlar arasında ömür sürer, sonra da huzur içinde ortalıktan kaybolurdum. Eğer daha adil bir ülke olsaydık, eğer bu kadar işkence, yolsuzluk, vahşet, yalan sarmasaydı ortalığı... Eğer politikacılar bu kadar iğrenç olmasalardı..."

Başını sallayarak dinliyordu beni. Başka hiçbir tepki vermiyordu. "Eğer politikacılar bu kadar iğrenç olmasalardı!" diye tekrarladım. "Mercimek kadar beyinleriyle ülkeyi mah-

vetmeseler, toplumun doğal dengelerini bozmasalardı. Muazzam salaklıklarına bakmadan toplum mühendisliğine soyundular ve sonuçta ülke elimizden kayıp gitti."

Hırıltılı bir sesle "Nefret ediyorsun bu adamlardan, değil mi?" diye sordu.

"Evet" dedim. "Hem de öldüresiye nefret ediyorum."

Ne diyeceğini, nasıl bir tepki vereceğini merak ediyordum.

Elini omzuma koydu, gözlerimin içine baktı ve "Al benden de o kadar!" dedi. "Ben de nefret ediyorum bu adamlardan."

Sonra siyasi rakipleriyle ve kendisini gözden düşürenlerle ilgili saçma sapan şeyler anlatmaya girişti. Gereksiz ayrıntılara giriyor, bazı isimleri hatırlayamadığı zaman "Hay Allah! Neydi o herifin adı, tam da dilimin ucunda!" diye bekletiyor ve art arda bir sürü olay sıralıyordu. Bu adamların en belirgin özelliklerinden biri de fikirler üzerine yoğunlaşamamalarıydı. Hemen kişileri konuşmaya başlar ve onlarla ilgili sonu gelmez ayrıntı labirentlerine dalarlardı.

Bir süre sonra onu dinlemeyi bırakmıştım.

Biraz önce ona anlattığım şeyleri düşünüyor, siyasi kargaşanın yaşanmadığı uygar bir ülkenin yurttaşları olsaydık Filiz'le hayatın tadını nasıl çıkarabileceğimizi gözümün önüne getirip acı çekiyordum. Yanımdaki adama duyduğum nefret büyüyordu.

Bunları size neden benim anlattığımı merak etmişsinizdir belki. Arkadaşım, bu bölümü iyice abartmış ve yaşlı adamla aramızda geçen diyalogu bir sürü gereksiz sözle doldurmuş. Bu yüzden yaşlı adamın sorusundan itibaren onun bölümünü attım ve kendim devam ettim.

"Evet delikanlı!" diyordu yaşlı adam. "Haksız mıyım?"

Adamın ne dediğini duymamıştım. Belli ki bir şeyler sorup duruyordu bana.

"Tekrarlayın!" dedim.

"Sizin anlattıklarınızın hiçbiri hayal değil diyorum" dedi

bunun üzerine. "Keşke öyle olsaydı, keşke böyle olmasaydı türünden şikâyetler... Hepsi geçmişe yönelik. Hiç geleceğe ait bir hayalin yok mu senin?"

O zaman dehşetle, geleceğe ait hiçbir hayalimin olmadığının farkına vardım. Ziyan olmuş bir yaşamın arkasından ağıt yakıyordum ve ileriye dönük hiçbir şey söylemiyordum.

Bunun üzerine bir süre ne diyeceğimi bilemedim, sonra içimden adama zalimce sorular sormak geldi:

"Peki" dedim. "Sizin gibi genç ve sağlıklı bir kişinin geleceğe ait hayalleri neler?"

Adam alaycı sözlerime aldırmadı ve "Artık genç değilim ama şu hastalığı atlatırsam" dedi, "ben de bu güzel ülkeye yerleşirim. Gelirim beni kıt kanaat yaşatmaya yeter. Burası çok hoşuma gidiyor. Zaten sekiz milyon nüfus... İnsanlar söz dinliyor, olay yok, vukuat yok... Burayı yönetmek çok kolay. Bizim Konya valisi, İsveç başbakanından daha zor bir iş yapıyor."

"Neden?" diye sordum.

"Çünkü" dedi, "bizim insanlarımız azgın. Durup durup karışıklık çıkarıyorlar. Berbat bir toplum. Tepelerinden balyozu kaldırdın mı hemen bir azgınlık yapıyorlar. Bu yüzden sürekli ezmen gerekiyor."

"Siz iğrenç bir adamsınız!" dedim ama bunu o kadar fısıltı halinde söylemiş olmalıyım ki adam duymadı ve hayallerine devam etti.

"Burada küçük bir ev tutarım. Tenha sokaklarda her gün yürüyüşe çıkarım. Ankara'daki üç dairemi satarsam o para beni yıllarca yaşatır. Tertemiz yiyecekler, pırıl pırıl bir hava. Gel keyfim gel... Ankara'da oturup ölmemi bekleyen o hayırsızlara da miras falan kalmaz. İnsan hasta babasının yanına gelmez mi yahu? Çok ağırıma gidiyor."

Çenesi iyice düşen adamı kendi konuşmasıyla baş başa bırakıp yanından ayrıldım.

Koridorda giderken...

Arkadaşım bu bölümü şu cümleyle anlatıyor:

"Sami, yaşlı adamdan ayrılıp odasına gitmek üzere uzun koridorda yürürken ölüme yakın bir adamdaki geleceği tasarlama gücüyle, geçmişe takılıp kalmış ve hiçbir hayali olmayan kendisi arasındaki derin çelişkiyi düşünmeden edemedi."

Arkadaşım haklıydı.

Gerçekten de ölmek üzere olan yaşlı adamdaki bu yaşama arzusu ve hayal kurma yeteneği beni sarsmış ve önümde bir kara delik gibi duran gelecekten hiçbir şey beklemediğimi bir kez daha hatırlatmıştı.

Ama onun bilmediği bir şey, beni daha çok yaralıyordu: Mehmet'i ve onun kanayan burnunu hatırladıkça belki de o yaşlı adam kadar alçak olduğumu düşünmeden edemiyordum.

Adam bir gün bu yönümü yakalayacak ve bana "Kötülük de iyilik de şartlara bağlı delikanlı" diyecekti. "Belki de benim yerimde olsan sen de aynı şeyleri yapardın."

5

Hastanenin giriş katındaki kantinde oturdukları sırada, Necla'nın yuvarlak yüzünde şaşkınlıkla açılmış gözleri ve Adil'in "Olamaz!" diyerek ayağa fırlaması karşısında neredeyse gülecekti Sami. Ne de olsa biraz zaman kazanmış ve yaşlı adamın Stockholm'de, kendisiyle aynı hastanede oluşu düşüncesine alışmıştı ama durum Adil ve Necla için inanılmayacak bir sürpriz içeriyordu. Neyse ki işin ciddiyeti onu gülmekten alıkoydu. Necla bir süre önce eline geçen Türk gazetelerinden birinde adamın hasta olduğunu, yurtdışına tedavi görmeye gideceğini okumuştu ama rastlantının böylesi bin yılda bir olurdu. Adil'e göre bu tip adamlar, iktidardan düşüp devirleri geçince hastalanıyorlardı. Acımasızlığıyla ün yapmış "olağanüstü dönem bakanı"na da aynen böyle olmuştu işte. Liderinin gözünden düşmüş, yeni kabineye alınmadığı gibi Meclis'e bile sokulmamış ve o vahşi dönemin bütün suçlarını taşıyarak bir kenarda acı çekmeye mahkûm edilmişti. Ara dönemler geçtikten sonra, bütün pis işleri üstlenen maşalar kurban veriliyordu.

Sıkıyönetim döneminin kudretli kişisiydi bu adam. Belli ki ülkeyi yöneten askerlerin güvenini kazanmıştı. O da bu güvenin hakkını vermek için kraldan fazla kralcı davranıyor ve askeri rejimin kılına zarar gelmemesi için, üstüne vazife olan olmayan her şeye karışıyordu; ama her şeyin bir bedeli vardır elbette. Kudretli bakan da bu bedeli, askeri idare düştükten sonra, sivillerin intikam oklarına hedef olarak ödedi. Basın, onun hakkında çok ağır yazılar yayımladı. Parti arkadaşları kendisinden soğudular. Hatta birkaç davada yargılandı. Yani bir bakıma bütün maşaların başına gelen kararmayı yaşadı. İşi bitince tutup bir kenara atıverdiler. Ne var ki şimdi önemli olan bu değildi. Yaşam önlerine tarihi bir fırsat çıkarmıştı. Bu durumda nasıl davranacakları ve yaşlı adamı ne yapacakları konusunda ortak bir karar almaları gerekiyordu. "Devrimci pratiğin ateşinde çelikleşmiş arkadaşlarla hemen o gece bir toplantı yapılacak" ve alınacak karar Sami'ye bildirilecekti.

Adil hep böyle kitap gibi konuşurdu işte ve bu yüzden Sami'nin içine fenalıklar basardı. Hem toplantıda alınacak kararı da şimdiden biliyordu.

Ertesi gün Bülent, hastaneye, Sami'yi ziyarete geldiğinde heyecanlıydı, korkmuştu, üzgündü. Akşam göl evinde yapılan toplantıyı bir türlü içine sindiremiyor, orada alınan karardan dehşete düşüyordu. Siyasi sürgünlerle uzun süredir devam eden düşünce ayrılığının su yüzüne çıktığı, destelerin ayrıldığı nokta oydu.

Göl evindeki toplantıdan çıktığında sabaha az kalmıştı. Hâlâ çalışan gece otobüsünü beklerken heyecanlıydı Bülent, içi içine sığmıyordu. Yumuşacık bir kar yağmaktaydı. Böyle geceler kar yağdığında Stockholm kışının ayaza çekmiş, don tutmuş soğuğu biraz kırılır ve insan neredeyse üşümezdi. İyi ki de öyleydi, çünkü belediye bütün otobüs duraklarını, delikli bir metal duvarla kaplamıştı. Sanki dondurucu Kuzey rüzgârı özellikle o deliklerden girsin de insanın ciğerini kavursun, diye yapılmış bir uygulamaydı bu ve Bülent'in sinirine dokunuyordu. Bir Akdeniz ülkesine yakışırdı o duraklar olsa olsa, ama belediyenin bunu niye yaptığını da biliyordu.

Ayyaşlar ve uyuşturucu müptelaları, kapalı, sıcak duraklar bulurlarsa oralara çöreklenip sabahlayacaklardı. Onlara böyle bir yuva yaratmaktansa herkesin üşümesi tercih edilmişti. Stockholm'de ayyaşlara sık sık rastlardınız. Kesekâğıdına koydukları şişenin ağzından sık sık bir fırt çeker ve önlerine kim çıkarsa tebelleş olurlardı. Kokuları dayanılmazdı. Bluejean giyer ve tahta pabuçlarını tıkırdata tıkırdata dolaşırlardı. Ne var ki bu kılık sadece ayyaşlara özgü değildi. Hemen hemen herkes bu üniformaya bürünmüştü Stockholm'de. Bluejean, anorak ve *träskor* denilen tahta ayakkabılar. Bunlar dışında bir kılığa rastlamak zordu. Ancak bazıları ideolojik renklerini göstermek istercesine başlarına ya da boyunlarına Filistin şalı sararlardı. Vietnamlıları destekleyen FNL ve kadın hareketinin öncüsü Grup 8 mensupları, böyle dolaşmaya bayılırdı.

Bir saate yakın bekledikten sonra gece otobüsü geldi ve Bülent dalgınlıktan, cebinde aylık *femtikort* olduğunu unutup bir avuç bozuk parayla bilet aldı. Evi kent merkezine uzak, yüksek bir binanın sekizinci katındaydı. Eve sessizce girmeye çabalamış, karısını ve çocukları uyandırmadan yatağa süzülmeye gayret etmiş ama sonra uyuyamayacağını anlayıp kalkmış, salonda bir iki dolaştıktan sonra, uyanıp gelen karısına, şiddetin onları orada da bulduğunu söylemişti. Süheyla mahmur gözlerini açarak ne şiddeti olduğunu sorduğunda da "Cinayet!" demişti. "Onu öldürmeye karar verdiler!"

"Kimi?" dedi Süheyla.

O zaman Bülent hastanede yatan ihtiyar adamı, eski bakanı anlattı ve onu öldürmeye karar verdiklerini söyledi. Yaşlı adam öldürülecekti. Bu iş Adil'in başının altından çıkmıştı. İçlerinde en ateşlisi olan Adil, uzun zamandır boşlukta kalmış da yaşamı böyle bir fırsatın doğmasına bağlıymış gibi, şehvetle sarılmıştı yaşlı adamı öldürme fikrine. Uzun süredir eylemsiz kalmış ve Kuzey'in dondurucu laboratuvarında kış uykusuna yatmış gibi görünen devrimci ruhun şahlanışı olacaktı bu ona göre. Devrimci fikirler hayata geçirilecekti. Pratiğin ateşi... falan gibi yüzlerce kavramla süslemişti konuşmasını. Bu düşünceye en çok Bülent karşı çıkmış ama yalnız kalmıştı. Necla doğal olarak kocasını destekliyor, Nihat gibi genç çocuklar da ustaları olarak belledikleri Adil'in etkisinde kalıyorlardı. Eylem düşüncesi onlara da heyecan vermişti. Bülent artık eylemin önlenemeyeceğini düşünüyordu. Karısına "Şiddetten nefret ediyorum ama ne yazık ki şiddeti durdurmak da şiddet kullanmayı gerektiriyor" dedi.

Yine de kolay teslim olmamış ve son bir umut kapısını aralık bırakmak için, toplantı sonunda bir önerisini kabul ettirmişti. Politik mülteciler genellikle ülke grupları içinde yaşamıyor, birbirleriyle sık sık görüşüyor ve böylelikle, kendilerini anlamayan İsveçlilere karşı bir dayanışma içine giriyorlardı. Türk politik mültecilerin de Clara gibi Şilili, İranlı, Uruguaylı, İspanyol, Faslı arkadaşları vardı. Hepsi aynı kaderi paylaşıyorlardı. İşte, Bülent toplantı sonunda bu yoldaşların varlığına dikkat çekmiş, onların karışmayacağı bir eylemin yanlış olacağını öne sürmüş ve eyleme uluslararası bir nitelik kazandırmak için, bu dostların da fikrini almak, hatta onları eyleme katmak düşüncesini ortaya atmıştı. Böyle bir toplantıda sağduyulu insanlar çıkıp Adil'i eylemden vazgeçirirler, diye düşünüyordu. En çok da bütün mültecilerin üstünde garip bir etki bırakan Clara'ya güveniyordu. Bu öneri Adil'in çok hoşuna gitmişti. Çünkü eylem daha da büyüyecekti. Duraksamadan kabul etti. Ertesi akşam toplanıyorlardı.

Bülent'i sarı sakalları, yuvarlak tel gözlükleriyle sokakta gören kişi Türk olduğunu tahmin edemezdi ama üniversiteyle bir ilişkisi olduğunu sezebilirdi. Bir yıllık bursla Stockholm Üniversitesi'ne gelmiş, tam Türkiye'ye dönmek üzereyken fakültede asistan olarak çalıştığı döncmde desteklediği bir öğrenci işgalinden dolayı hakkında soruşturma açıldığını öğrenmişti. Bu durum üzerine bursu uzatmanın çarelerini aramış ve Türkiye'ye dönüşünü belirsiz bir tarihe ertelemiş ama aklı hep dönme düşüncesine kilitlenmişti. Son yıl içinde iki kere iyiden iyiye dönmeye niyetlenmişlerdi. Her gün kısa dalga Ankara Radyosu'nu dinliyor, en ufak haberlerden anlam çıkarmaya çalışıyordu. Siyasi havada hafif bir yumuşama sezdiler mi, karı koca dönmeye karar verir, arkadaşlarının da yardımıyla ev eşyasını toplarlardı. Tam o günlerde öldürmeler gene hızlanır, gazetelerdeki ürkütücü haber ve resimler bütün cesaretlerini kırar, dönüşlerini ertelerlerdi. En gerekli birkaç şey dışında sarılıp sarmalanıp odaya yığılmış olan eşya bir iki ay böylece bekler, sonra bir ucundan yavaş yavaş açılıp yerleştirilirdi. Derken yeni bir yumuşama havası, yeni bir toplanma seferberliğine neden olurdu. Böylece dört kez toplanıp tekrar yayılmışlardı. Artık onların taşınma kararları kimseyi inandırmaz olmuştu, hele kızları hiç inanmıyordu. Kaç kez çocuğun okuluyla konuşmuş, kaydını sildirmiş, sonra tekrar göndermişlerdi.

Bülent bir gün *T-Centralen* denilen merkez istasyonunun metrosunda beklerken parlak giysili, dövmeli İsveçli serserilerin genç bir kızı trenin altına ittiklerini görmüştü. Tren çığlıklarla durana kadar kız altında yitip gitmişti. Parçalanışını kimse görmemişti. Sadece düşerken attığı çığlığı duymuşlardı. Tren durduktan sonra istasyona taş gibi bir sessizlik çökmüştü. Orada bekleyen yüzlerce kişi vardı ve kimse birbirinin gözünün içine bakamıyordu, görmemiş, duymamış olmayı yeğleyen bir kalabalıktı bu. Sami'ye bunları anlatan Bülent, en çok o sessizlikten ürktüğünü söylemişti. O günden sonra da kızını iki hafta okula göndermedi. Çünkü çocuk okula metroyla gidip geliyordu.

O kış Stockholm'e çok siyasi mülteci gelmişti. Önceleri toplu olarak öğrenci yurtlarında ya da büyük evlerde kalıyorlar, şehrin sokaklarında birlikte dolaşıyorlardı. Ürkek ve tedirgindiler. Üzerlerinde soğuktan koruyan kürklü parkalar ya da deri taklidi gocuklar olurdu. Nedense hiçbiri eldiven takmazdı. Soğuktan büzülür, arada bir yumruk yaptıkları ellerini sıcak nefesleriyle ısıtmaya çalışırlardı. Akşamüstleri sokak lambalarının ve araba farlarının önünde kar savrulurken onları Normalmstorg'daki Palmhuset kahvesinde plastik fincanlarla *Gevalia* kahvesi içerken görürdünüz.

Bülent'in sürgünlerle ilişkisi iyi başlamıştı ama aylar geçtikçe birçoğuyla aralarında görüş ayrılığı baş göstermişti. Onun korumaya çalıştığı denge, ötekilere göre anlamsızdı. Hep arada kalmış olmaktan yakınıyordu. Çok dertlendiği bir gün karısına "Yanlışa karşı çıkıyorum ama doğruyu gereken güçte savunamıyorum" demişti. "Ben biraz korkağım galiba!" Karısı onu "Bütün entelektüeller korkak olur!" diye teselli etmişti. "Çünkü korku, düş gücünden kaynaklanır."

Politikanın bunca içinde olmasına rağmen Bülent, politikasız bir dünya özlediğini söylüyordu ya da en azından o uzak kalmalıydı bu körlükten.

Bülent ertesi sabah hastaneye Sami'yi görmeye gidip akşamki toplantıyı ve alınan "cezalandırma" kararını anlattığında Sami, bunu zaten sabahın köründe telefon eden Adil'den öğrendiğini söyledi. O gece bir toplantı daha yapılacaktı ama ikisi de kararın değişmeyeceğini biliyordu. Hastanenin giriş katındaki kantinde *wienerbröd* çöreği ve kahve alarak oturdukları masada Bülent, Sami'ye eylemin yanlışlığını anlatmaya çalışırken kendi açmazlarına, şahsi çıkmaz sokaklarına dalıyor ve her zamanki doğal serinkanlılığını koruyamıyordu.

Kendi deyimiyle "iki boksörden birini tutmak zorunda olmadığı"nı anlatmaya çalışıyordu hep. Bütün dünya boksörlere bakmaktan hakemleri, yani oyunun kurallarını kimin koyduğunu unutuyordu. Toptan katılmalara karşıydı, kimsenin kendi yerine düşünmesini istemiyordu. Sistemleri aşan bir bireysel özgürlük arayışı ve onuruna sahip olduğunu düşünüyordu ama ne zaman kendi kafasıyla düşünme özgürlüğünü savunsa düzen koruyucularının da düzen yıkıcılarının da karşısına dikildiklerini görüyordu.

Ona göre bu dünyanın çözümü politika değildi. Kitle heyecanlarından, coşmuş kalabalıkların bilinçsiz kabarmalarından ürküyordu. Solna Futbol Stadyumu'ndaki bir maçı örnek gösteriyordu. Sami'nin de gittiği o gece maçında, İsveç'in AIK takımıyla Galatasaray karşılaşmıştı. Tribünleri dolduran binlerce Türk, ellerinde salladıkları bayraklar ve kısılmış sesleriyle Galatasaray'ı destekliyordu. Tam o sırada kimden çıktığı bilinmeyen bir "Bayrağı yırttılar!" söylentisi kalabalığı çileden çıkarmış ve stadyumdaki Türkler, kendilerinden daha az olan İsveçlilere saldırıp dövmeye başlamışlardı onları. Stadyum birkaç dakika içinde savaş alanına dönüvermişti. İşte Bülent'i her zaman ürküten kabarış, ayrıntılara inmeyen, her an, her isteyenin kullanabileceği kaba güçtü. Kimin, hangi bayrağı, ne zaman, nerede yırttığı gibi sorular sorulamazdı. (Daha sonra böyle bir şeyin olmadığı, hiçbir bayrağın yırtılmadığı da ortaya çıkmıştı zaten.) Aynı kalabalık, bir başka gücün etkisinde çok farklı davranabilirdi. Ona göre sorun siyasi çelişkilerden değil, iki tarafın da kendilerine benzemeyen insanları yok etme tutkusundan kaynaklanıyordu. Onlar birbirlerini anlıyorlardı. Aynı şiddet dilini konuşmaya alışkındılar.

Bölünmüş bir dünyada, sağduyulu kalmaya çalışan ve herhangi bir takıma girmeyen adama duyulan kuşku, sonunda o insanın çarmıha gerilmesiyle sonuçlanıyordu.

Sözün burasında cebinden bir gazete çıkarıp göstermişti Bülent. Stockholm'de Adillere yakın bir grubun ayda bir yayımladığı Türkçe gazetede Bülent'ten "hain" olarak söz ediliyor, Bülent, "halkın mücadelesini satan çıkarcı" olarak nitelendiriliyordu. Oysa kendisi hiçbir zaman bu kavramlar çerçevesinde davranmamıştı. Kahraman olduğunu öne sürmemişti ki hain olsundu. Aslında Adil'le anlaşabilecek bir tip değildi o ve ilk kavgaları o gazetedeki yazılar yüzünden kopmuştu. Adil, ona bir öneride bulunmuş ve son derece önemseyerek çıkardığı iki yapraklık gazetede yazmasını istemişti. Bülent de boş bulunup kabul etmişti bu öneriyi, başına gelecekleri nereden bilsin! İlk yazısını götürüp vermiş, sonra yazının yayımlanmadığını görünce Adil'e bunu sormak cesaretini göstermişti. Bu cesaretinin bedelini Adil'in uzun nutuklarına katlanarak çekmek zorunda kalmıştı sonra da! Onun basit bir göçmen gazetesi sandığı şey, aslında tarihsel bir belgeydi. İlerde devrim müzelerinde sergilenecek değerli bir yayım organıydı o. Sonra gazetenin yönetimi kendisindeydi. Bir çocuğun bile gayet iyi bileceği gibi, gazeteleri yazarlar değil yöneticiler çıkarırlardı, dolayısıyla onların sözü geçerdi. Bu yüzden Bülent'in yazısını yayımlamakla ona bir lütufta bulunuyordu ve bunun ne zaman olacağına ancak o, yani gazete yöneticisi karar verirdi. Bu uzun ve yorucu söylev sonunda Bülent anladı ki Adil kendisini bir gazete patronu, karşısındakini ise onun yanında çalışan bir zavallı olarak görme eğiliminde. Her zamanki gibi sinirleri bozuldu ve eve dönüp Süheyla'ya uzun uzun Adil'in ne zıpır, ne utanmaz, ne iğrenç bir mahluk olduğunu anlatıp içini boşalttı. Yazısı hiçbir zaman yayımlanmadı o gazetede ama onun yerine Bülent'in bir "hain" olduğunu belirten yazılar çıkıyordu işte.

Bu yazılardan sonra yurtdışında yaşamanın da kendisi için tehlikeli olduğunu düşünüyordu, kim bilir kaçıncı kez dönüş hazırlıkları içindeydi. Yaşlı adamı öldürme girişimi ise yanlışların en büyüğüydü. Geçmiş dönemde herkes üstüne düşen rolü oynamıştı ama şimdi davranışlarını seçme hakkına sahip olmalıydılar. Sami'ye, kendisinin muhtemel cellat olarak seçildiğini anlatıyor ve bu işi yapmaması için yakarıyordu.

Oysa Sami işi hiç bu noktadan algılamamıştı. Yaşlı adamla bir arada bulunmanın yarattığı ilk heyecan ve adama duyduğu öfke, yerini merak ve oyalanma duygusuna bırakmıştı. İlk anda, o ulaşılmaz adamın elinin altında olduğunu bilmesi, ona garip bir zevk vermiş, isterse adamı öldürebileceğini bilmenin ürpertici tadını yaşamıştı. Adillerle konuşması da bu çerçevedeydi. Ama şimdi iş ciddileşiyordu ve cinayet artık bir oyun olmaktan çıkıyordu. Bülent'in ziyareti, Sami'yi içine sürüklendiği düş dünyasından kurtarıp yalın gerçeklerle baş başa bırakmıştı. Zaten yaşlı adamın varlığını haber verdiği andan itibaren, bu noktaya varacaklarını biliyordu. Adil telefonda "Cezalandırma kararı alındı!" demişti. Şimdi bir plan yapılacaktı. Sami, bu plandaki infaz memurunun kim olacağından kuşku duymuyordu.

Politik sürgünler, eylem günlerine geri dönüyorlardı. Stockholm buzulundaki kış uykusu bitmişti.

Sami o akşamüstü televizyon odasında oturmuş, ekrana bakarken, nedendir bilinmez, birdenbire ruhu ve bedeniyle acılı geçmişine savruldu. Bir süredir susturduğu, yaşamından çıkardığı ve böylece karabasanlarından kurtulduğu geçmişi birden geri geliverdi. Yalnız belleği değil, gövdesi de hatırlıyordu.

Sırtı askeri hapishanedeki ürpertiyi hatırlamıştı, her sabah saat 9'la 10 arasında gelen ürpertiyi... Geceleri sabaha kadar işkenceye götürülme anını bekler, garnizon kapısından içeri giren her otomobil sesinde yüreği ağzına gelirdi. Her sabah saat 9'la 10 arası ana kapıdan içeri haki renkli bir resmi kamyonet girerdi. Tutuklular demir parmaklıkların önünde birbirlerini ezerek kamyoneti görmeye çalışırlardı. Çünkü biliyorlardı ki sabah mesaisine başlayan sorgu timi, emniyet müdürlüğünde ve hapishanede tutulan herkesin listesini önlerine koyar ve o gün sorgulayacakları kişileri seçerlerdi. Sonra kamyonet, kurbanları alıp götürürdü. Gidilen yeri gören yoktu. Nerede olduğunu, hangi yöne gidildiğini anlayamazlardı. Çünkü haki renkli kamyonete binmeden önce tutukluların eline kelepçe vurulur ve gözlerine siyah bant bağlanırdı. Görevliler ellerinde bantlar ve kelepçelerle kendi koğuşlarına doğru yürürken yürekleri güm güm atmaya başlayan tutuklular, kelepçe şakırtıları kulaklarında büyüyerek o gün kimlerin isminin okunacağı sorusuna odaklanırlardı. Bu çok zor bir andı. Ama bekleyiş belki bundan da zor, daha da yıpratıcıydı. Adının okunması ölüm gibi bir şeydi ama ölümü beklemenin, ölümden daha ağır olduğu durumlar da vardı. Tahta ranzasında uzanırken götürüyorlardı, tespihini hapishane usulü parmaktan parmağa aktarırken götürüyorlardı, alüminyum kaplardan mercimek yemeği yerken götürüyorlardı, çay içerken, sigara sararken götürüyorlar, durmadan götürüyorlardı. Tutuklular hep o anı düşünüyor, işkenceden dönüşte koğuşun ortasına çuval gibi atılanların anlattıklarını bir bir kendi gövdelerinde düşleyip eskitmeye çalışıyorlardı. Kurban töreninin soğuk, kıyıcı kurallarının eksiksiz yerine getirilişi, beyinlerine neşter parlaklığında yerleşiyordu. Gövde hazırdı artık acıya; ama beyin değildi.

Götürülen kişiler birkaç gün boyunca yoklamalarda "var" sayılırlardı. Dehşet verici bir şeydi bu. Resmen hapishanede görünüyorlardı, isimleri oradaydı ama gövdeleri başka bir yerdeydi. Bilinmeyen, konuşulmayan, resmi olarak varolamayacak bir yerde... Yoklamalarda bu kişilerin adı okunuyor ve cevap beklenilmeksizin yanlarına "orada" olduklarını belirten işaret düşülüyordu. Birkaç gün sonra yalnız isimleri varolmuyor, gövdeleri de dönüyordu hapishaneye. Daha doğrusu gövde demeye layık ne kalmışsa... Döndükleri ilk gün inanılmaz acılarla kıvranıyorlardı. Koğuştaki herkes kendisini o kişinin bakımıyla görevli sayıyor ve ağır bir hastanın başında bekler gibi konuşmadan, saygılı bir sessizlikle kurbanın kendine gelmesini bekliyorlardı. Vücudu çok örselenmiş olanlar, yatakta yatma acısına dayanamıyor ve hasar görmüş cinsel organlarını korumak için bazen iki sandalye arasına tuhaf bir pozisyonda tünemeyi tercih ediyorlardı. İkinci gün biraz daha kendilerine geliyorlar ve merak edilen ayrıntıları anlatmaya başlıyorlardı. Gittikleri yer korkunçtu. Yaşamları boyunca bir kez daha oraya gitmeye, o mekânı görmeye dayanamazlardı. Yapılanların en hafifi elektrik işkencesiydi. Daha sorgudan geçmemiş olanlara öğüt vermeyi de unutmuyorlardı bu arada. "Çok bağırın!" diyorlardı, "Avazınız çıktığı kadar bağırın!"

Sonra garip bir şey oluyor, bu dayanılmaz trajedi kendi mizahını yaratıyor ve herkes anlatılan ayrıntılara gülmeye başlıyordu. Koğuş duvarlarında çılgın erkek kahkahaları çınlıyordu. Anlatanın kendisi de gülüyor ve sanki bir işkence töreninden değil de çok komik bir hikâyeden söz eder gibi, anlatısını gülünç öğelerle süslüyordu.

Beyin ameliyatı geçirmiş olan ve bu yüzden kafası tıraşlı bir üniversite asistanı vardı. Kafa derisinde ameliyat izleri pembe çizgiler halinde görünüyordu. İşkence başlarken cellatlara, beyin ameliyatı geçirdiğini anlatmıştı. Bunun onları bir derece korkutacağını, ellerinde kalmasından ürkeceklerini düşünmüştü. Başına toplanmış olanlar merakla soruyordu: "Peki ne oldu? Ne dediler!"

"Ne olacak!" diyordu genç asistan. "Elektrik telinin bir ucunu getirip yeni kapanmış ameliyat dikişinin tam içine soktular."

Sonra da kendisi başta olmak üzere bütün koğuş çılgın bir gülme krizine yakalanıyor ve gözlerinden yaş gelene kadar kahkaha atıyorlardı. Sami'ye bu kahkahalar, ağlamaktan daha korkunç geliyordu.

Bir başka arkadaşları, cellatların işkence sırasında pide yediklerini anlatıyordu. Dışardan pide getirtmişler ve bir yandan yerde yatan çocuğa elektrik işkencesi uygularken bir yandan da hangisinin kıymalı, hangisinin peynirli pide istediğini tartışıyor, ayran şişelerini bölüşüyorlardı. Bafra pidesinin ağzının açık mı kapalı mı olması gerektiği konusundaki hararetli tartışma, cinsel organına elektrik verilen çocuğun çılgın feryatlarına karışıyordu. Cellatlar "Sus lan!" diyorlardı bazen. "Ne biçim erkeksin sen. Karı gibi bağırma!" Bir başkasını boğazına kadar toprağa gömmüşlerdi. Gömülü bulunduğu odada, kafes içinde sarı bir kanarya görmüştü ve nedense en çok sinirini bozan, acı çektiren şey olarak o kanaryayı anlatıyordu. Ona göre, kanarya o dünyaya ait değildi. Dış dünyanın güzelliklerini hatırlatıyor ve o cehennemin tutarlılığını bozuyor, insana garip şeyler çağrıştırıyordu. O kanarya olmasa işkenceye daha kolay dayanacaktı.

Koğuşta komün halinde yaşıyorlardı. Paraları, yaşamları, çayları, sigaraları, gazeteleri ortaktı. Ama her sabah saat 9'la 10 arasında bu ortaklık dağılıyor ve hepsi tek başına, avdan kurtulmayı uman birer hayvan gibi hissediyorlardı kendilerini. O anda dostluk yoktu, sıcaklık yoktu, şefkat yoktu, dayanışma yoktu, hiçbir şey yoktu.

Ellerinde kelepçeler ve siyah göz bantları taşıyan görevliler avluya bakan demir parmaklığın önüne gelip ellerindeki kâğıttan isimleri okumaya başladığında bütün mahkûmlar yapayalnızdı.

Eğer kendilerininki değilse her okunan isimden sonra bir rahatlama duyuyor, hele üç isim okunup bitince müthiş bir sevince kapılıyorlardı. Avcıların saçmaları altında can veren sürünün içinde deli gibi koşarak kendini çalıların ardına atan bir karacanın yaşam sevinciydi bu. O günü de kurtarmışlardı. Görevliler ertesi sabah yine gelecekti ama yirmi dört saat, koca bir ömür gibiydi.

Derken, isimleri okunan üç arkadaşlarının farkına varıyor, onlar dışarı çıkarılıp gözlerine siyah bant, ellerine kelepçe vurularak kamyonete bindirilirken tuhaf bir utanç duygusuna kapılıyorlardı. Sanki arkadaşlarını satmışlar, kendileri yerine onları kurban vermişlerdi.

Bir sabah sırası gelip de gözü bağlanmış, elleri demire vurulmuş durumda kamyonete bindirilirken Sami, hiçbir şeyi değil, o anda arkadaşlarının kapıldığı utanç ve suçluluk duygusunu düşünecekti. Çünkü o anda bulup bulabileceği tek insani sıcaklık buydu.

Sami bir süredir ne olduğunu anlamadan bakmakta olduğu ekranın Stockholm'deki Noel hazırlıklarını gösterdiğini fark etti. Şehirden canlı yayın yapıyorlardı. Hamngatan, Normalmstorg, Strandvägen görünüyordu. Vitrinler Noel çamlarıyla donatılmıştı, caddeler kalabalıktı, elleri rengârenk hediye paketleriyle dolu kürklü insanlar akın akın geçiyordu. Kungsträdgården'de gençler müzik eşliğinde buz pateni yapıyorlardı. Stockholm'e lapa lapa kar yağıyor ve ortalığı bir masal kentine çeviriyordu. Şehrin ve sokak fenerlerinin üstüne beyaz bir dantel örtülüyor gibiydi.

Stockholm artık *jul* törenine hazırdı.

El yazıları

Stockholm Noel şenlikleri yapıyor, biz bir cinayet hazırlıyorduk. Oysa ne devrim ateşi vardı benim kanımda ne teori pratik saçmalıkları... Eğer bu işi benim yapmamı istiyorlarsa koşullarıma uymak zorundalardı. Koşulum, adamın 3 Ocak günü öldürülmesiydi. Mutlaka 3 Ocak akşamı olmalıydı bu iş. Hatta mümkünse belli bir saat ve dakikada. Akşam saat 7 ile 8 arası. Koşulum buydu.

Bülent, Stockholm'dekiler arasında en sevdiğim kişiydi ama bu işte beni anlamıyordu. Eylem peşinde olanlara uyduğumu sanıyordu ve buna karşıydı. İçimden ona öyle hak veriyordum ki... Aklı başında, gerçekçi bir insandı. Kendini paranoyaya falan kaptırmıyordu. Türkiye gibi ülkelerde ezilmeye en aday tipler, böylelerinin arasından çıkar. Çünkü fazla yumuşaktırlar. Aynen benim eski halim gibi... Köpek yıllarım gibi.

O dönemde, ne hapishane biliyordum ne işkence... Baskı altındaki korkutucu şehirler bana bayram yeri gibi geliyordu. Çünkü annemle konuştuktan sonra evlilik işi bir aile kararına dönüşmüş ve bizimkiler İstanbul'a "kız istemeye" gelmişlerdi. Gerçi Filiz içlerine sinmiyordu, bunu hissedebiliyordum ama aldırmıyordum bile.

Aslına bakarsanız Filiz'e itiraz etmiyorlardı. Annem onu çok sevdiğini, "çıtı pıtı hanım bir kız" olduğunu tekrarlayıp duruyordu komşularına ama ailesinden ve kökeninden hoş-

lanmamışlardı. Akça pakça bir Rumeli ailesi olarak Doğu kökenlilerden pek hazzedilmezdi bizim evde. Sık sık "Anadolulular kara kuru olur!" gibi önyargılar duyulurdu. Beğenilmeyen biri için "Ne olacak Anadolulu işte!" denirdi. Bu sözlerle de ailenin Rumeli geçmişine, evlad-ı fatihan oluşlarına, beyaz tenlerine, yeşil gözlerine gönderme yapılırdı. Üsküp'teki çiftlikler anlatıla anlatıla bitirilemez, her anlatışta biraz daha büyütülür, müftü dedelerin bembeyaz sakalları, bahçede yetişen meyvelerin tadı, bir efsane gibi kuşaktan kuşağa aktarılırdı.

Balkan Harbi'nde "gâvur"un zalimliği, kaçarken tencerede bırakılan tavuk ve yollarda açlıktan annelerin bebeklerini terk etmeleri gibi ayrıntılar da hiç eksik olmazdı.

"Allahtan helal paraymış da getirdikleri altınlarla buralarda hayırlı bir iş kurabilmişler" diye atalara dua edilirdi durmadan.

Evde her gün ıspanaklı kol börekleri, lor peyniriyle yapılan biber kızartmaları ve tatlılar hazırlanırdı. Rumeli yemekleri dışında hiçbir yemeği beğenmezlerdi. Ve bu aile şimdi Kürt kökenli bir ailenin kızını istemeye gidiyordu.

Filiz'e bunların bir bölümünü anlattığım zaman onun da dertli olduğunu gördüm. Bir dokun bin ah işit gibiydi durum. Onların ailesinde de Rumelililere "muhacir" denir ve "suyun öte yanından gelenler" olarak niteledikleri bu kişilere hiç güvenilmezmiş. Rumeli yemeklerinden, inanlarından, "onların kendini beğenmişliğinden" nefret edilirmiş. Anadolu'nun insanları savaşta kan dökmüş ve düşmana karşı savaşmış ama bu "muhacirler" sonradan gelip en iyi yerlere konmuşlar. Onun için zengin olmuşlar tabii. Devlet, kendilerinden esirgediği parayı muhacirlere yedirmiş. Filiz'e göre böylece iki aile arasındaki gelir farkı da açığa çıkmış oluyordu. Daha doğrusu Filizinkiler kendilerini böyle rahatlatıyorlardı.

Bunları konuşuyorduk ama ciddiye aldığımız yoktu. Gülü-

yorduk. Birimiz muhacir, birimiz Doğulu şivesiyle konuşuyor birbirimizi kızdırıyorduk.

Ben "He gurban!" diyordum.

O da beni "Te be yav!" diye cevaplıyordu.

"Seni koca Kürt!" diyordum.

"Seni koca Arnavut!" diyordu.

Bu saçma sapan sözlere öyle çok gülüyorduk ki karnımıza ağrılar giriyordu. Yatağın üstüne yuvarlanıyor, orada da birbirimizi yumrukluyorduk.

"Sen bana öyle dersin ha! Al sana! Al sana!"

Gülmekten katılmış bir durumda "Yapma Filiz" diyordum.

"Gerçekten dayanamayacağım, yapma!"

Sonra sahiden canım yanmış gibi yapıp onu yakalamak üzere davranıyor ama bu kılıçbalığı gibi kızı elimden kaçırıyordum. Haydi, evin içinde bir kovalamaca. Bazı günler yastık kavgası bile yaptığımız oldu, diyeyim de şaşırın. Bu arada gürültüden bıkan komşular duvara vurmaya başlıyorlardı. Susuyorduk ama bir gülme kaynıyordu içimizden. Kendimizi mutfağa atıp kıkır kıkır gülüyorduk. Bir araya geldik mi çocuklaştığımızı keşfetmiştik. Hiç utanmıyorduk bundan. En basmakalıp, en klişe, en ucuz sözleri söylüyorduk ve bunlar bize yepyeni, ulaşılmaz, kanatlı şiirler gibi geliyordu.

Galiba aşk, utanç duyusunun ortadan kalkması demek. İki kişinin birbirine karşı hiçbir şeyden, hiçbir düzeysizlikten utanmaması demek... Filiz'le birbirimize öyle cümleler kullanıyorduk, öyle sözler söylüyorduk ki bir üçüncü kişinin bunları duymasına dayanamazdık.

Bunca yıl sonra bile bu notları alırken bir çocuk basitliğiyle yazdığımı fark ediyorum. Romanı yazan arkadaşımı sinirlendireceğini bile bile kısa, doğrudan ve basit cümleler kuruyorum. Çünkü Filiz'le yaşadığımız o kısa mutluluk döneminin safiyetini başka türlü açıklayamam. Gerçek bir masumiyetti bu. Masumduk, eğleniyorduk, çocuktuk, çocuklaşmaktan zevk alıyorduk, taklitler yapıyor, en adi aşk sözlerini tekrarlıyor, kendimizi fotoroman duyarlılığına bırakıyor ve aptalca şeyler söylüyorduk. Bir oyuna kaptırmıştık kendimizi. Ankara'daki yalnız, kuşkucu, herkesten kaçan, soğuk entelektüel yıllarımın tam tersi bir yaşam coşkusuna kapılmıştım. Artık dünyayı vizörden seyretmiyor, hayatla arama mercekler koymuyordum. Filiz'in basit yaşamı ve genç kız neşesi beni altüst etmişti. Bu yüzden Filiz'i anlatırken kullandığım dil ve üslup yüzünden okur beni bağışlasın, yazar da...

Devam ediyorum: Bir gün babamın kullandığı Peugeot'la Kartal'daki apartmanın kapısına dayandık. Babamın gözünde bu gri araba öyle kıymetliydi ki dünyada ondan daha güzel bir otomobil bulmak mümkün değildi. Bir de onu mutlaka kendisinin kullanması gerektiğine inanıyordu babam. "Bozarsınız, bu arabanın dilinden anlamazsınız!" diyordu.

Filizler en üst katta oturuyorlardı. Şişman ve yüksek tansiyonlu annem altıncı kata çıkana kadar kıpkırmızı kesildi, nefes nefese kaldı ama yine de bir şey belli etmek istemiyordu.

İki ailenin bir araya gelişini filme çekseniz, daha önce o sözlerin edildiğini mümkün değil anlayamazsınız. Herkes öyle sevimli, öyle cana yakın ve kibardı ki muhacir de olsa, Güneydoğulu da olsa sahtekârlıkta üstüne yoktu bizimkilerin. Kadınlar hemen birbirlerinin boynuna sarıldılar. Rujları bulaştırmamak için yanak yanağa değdirip dudaklarını büzerek havaya öpücükler kondurdular. Erkekler derin sohbetlere daldılar. Filiz'in babasının fabrikada kaybettiği kolunu bile fark etmemiş göründüler, ceketin boşlukta sallanan koluna hiç bakmadılar. Bunun yerine, mutlaka bir ortak konu ya da tanıdık bulmak merakı içinde epey çabaladıktan sonra bazı kişileri tanıdılar ya da tanırmış gibi yaptılar. Birbirlerine öyle sorular soruyorlardı ki duyanlar babamın bütün Rumelilileri, Filiz'in babasının da milyonlarca Kürdü tanıdığını sanabilirlerdi.

Çaylar, kekler, börekler, kahveler, pastalar dağıtıldı. Filiz, babama kahve getirirken gözünü fincana dikmiş, robot kesilmişti. Çünkü "Bir dökersen yandın. Babamdan dayak yersin! Senin gibi acemi gelinlere çok kızar. Onları ham yapar!" demiştim. (İşte, bir adi espri daha!) Benim bu aptal sözlerimi hatırlıyor ve gülmemek için dudaklarını ısırıyordu. O bildik âdetler yerine getirildi. Babam yerinde doğrulup öhö öhö yaptı ve bir tören havasına girerek bu ziyaretin amacını bildirmek istediğini söyledi. Herkes kulak kesildi. Oysa yine herkes, onun neler söyleyeceğini adı gibi biliyordu. Şehirlerarası otobüs mola yerinde durduktan sonra şoförün mikrofonu alıp uzun süre üflemesi ve mola verildiğini söylemek için herkesi uzun süre kıvrandırması gibi bir şeydi bu.

"Allah'ın emri, peygamberin kavli..." sözleri bile tekrarlandı. "Eh çocuklar birbirlerini beğenmişlerse, eh Allah da yazmışsa..." gibi zorunluluklar da yerine getirildikten sonra babam baklayı çıkardı ağzından. Meğer asıl müjdeyi sona saklamış: Ayazpaşa'da oturduğum kiralık dairenin sahibiyle konuştuğunu ve o daireyi bizim için satın alacağını söylemez mi! Bu kadar mutluluk çok fazlaydı doğrusu. Filiz'in heyecanlandığını hissettim.

Yüreğimin ulaşılmadık bölgelerinde babamı bağışladığımı hissediyordum.

Annem her zamanki gibi dudaklarına iliştirdiği hafif yapay gülücükle, gözlerini sehpanın kenarına dikmiş oturuyor ve bu işlerde rolü yokmuş tavrına bürünüyordu. Ama başoyuncu oydu.

Sonrası, bildiğiniz evlilik hazırlıkları, nüfus kütüklerine yazılar, ortak hayaller, evi döşeme kavgacıkları falan filan...

Sirikit, birden kalktı. Zalim gözlerini dikmiş bana bakıyor. Kungshamra'daki evin salonunda artan elektriği algılıyor ga-

liba. Sözü dolaştırıp duruyorum ve anlatmam gerekeni anlatamıyorum çünkü. Sigaradan başım dönüyor, kanım zehirlenmiş gibi. Sirikit masanın üstüne sıçrıyor. Sırtını kamburlaştırmış, başımda dolaşıyor.

İşte o gün. Yani 3 Ocak...

Emektar Volkswagen'le Kartal'a giderken perdeleri konuşuyorduk. Ben tül perde olmalı diyordum. O da benim kıskançlığımdan dem vurarak "Kim görecek ki evi?" diyordu. "Kumaş perde yeter. Hem ben tül perdeden nefret ederim. Utanmasan bir de plastik çiçek koyacaksın."

"Evet" diyordum. "Unuttun mu: Ben bir küçük burjuva piçiyim!"

Bunun üstüne eliyle yüzümü okşuyor, sevimli sevimli "Can can!" diyordu. Beni en sevdiği zamanlarda böyle seslenirdi: "Can can!"

Trafik çok yoğun olduğu için dönüp ona bakamıyordum ama gülümsedim. Yüzümü okşayan elini öptüm.

Tekrar "Can can!" dedi.

Karlı bir gündü. Böyle günlerde İstanbul trafiği iyice kilitlenir. Çünkü arabalar hem ağırlaşır hem de çok kaza yapar. Bostancı'ya kadar böyle gittik. Sonra trafik açıldı. Daha rahat yol almaya başladım. İstanbul İl Radyosu'nda eski parçalar çalıyordu şimdi: Sealed with a kiss yeniden moda olmuştu. Arabanın kaloriferi ve "öpücükle mühürlenmiş" dudakları anlatan şarkı içimizi ısıtıyordu. İkimiz de çok severdik bu melodiyi.

Sonra bir şey oldu.

Tam olarak ne olduğunu sorarsanız söyleyemem. Sanki arabaya bir şey çarptı, bir değişiklik oldu. Sarsıldık mı, duraladık mı bilemiyorum. Zaten belleğim o anı reddediyor.

Duruyordum. Sıkı sıkı direksiyona sarılmıştım ama araba gitmiyordu. Yolun ortasında durmuştuk, ışıldaklı bir şey geliyordu üstümüze. Cankurtaran mıydı, askeri bir araç mı, bir polis otomobili mi? Yoksa bizimle hiç mi ilgisi yoktu bunun? Bilemiyorum, inanın bilemiyorum. Aradan çok geçmemiş olmalıydı çünkü radyoda hâlâ Sealed with a kiss çalıyordu. Derken benim tarafımdaki kapı açıldı. Bağırışlar, haykırışlar duydum. Biri başıma vurdu. O anda dönüp Filiz'e baktım. Niye daha önce o tarafa dönmedim bilmiyorum. Belki de o kadar vakit geçmemişti. Her şey birkaç saniye içinde olup bitmişti.

Dışarıdan vuran ışıldak Filiz'in yüzünü bir an aydınlatıyor, sonra karanlık geri geliyordu. Sonra bir daha aydınlık, bir daha karanlık, bir daha aydınlık, bir daha karanlık...

Filiz'in yüzünün yarısı yoktu. Parçalanmış kafatasının da yarısı uçmuştu ve bir gözü incecik bir sinirin ucunda sallanıyordu. Acaba haykırdım mı? Filiz, diye bağırdım mı? Ona dokunmaya mı çalıştım, yoksa hemen oracıkta bayıldım mı, korktum mu, bilemiyorum. Beynimin o noktası karanlık. Filiz'in yarısı parçalanmış yüzü dışında hiçbir görüntü yok belleğimde.

Son sözleri "Can can!" olmuştu, sesinin olanca sıcaklığı ve sevecenliğiyle yüklü bir "Can can!"

Bir daha hiç kimse bana öyle seslenmedi.

6

Läs för katten!
İşte afişte aynen böyle yazıyordu ve Sami saatlerce önünde durup onu okumasına rağmen bu cümleye bir anlam veremiyordu. Kelimeleri tek tek ele alırsa *läs* oku, *för* için, *katten* ise kedi anlamına geliyordu ama "Kedi için oku!" ya da "Kediye oku!" cümlesinin bir anlamı yoktu ki! Afiş hastanenin giriş katındaki kitaplıkta asılıydı. Raflarda bir sürü kitap duruyordu, hiçbiri ilgisini çekmiyordu Sami'nin. Kitaplığa her gün o afişi seyretmek için geliyor ve karşısına oturarak uzun uzun afişe bakıyordu. Afiş iyi bir ressamın elinden çıkmış gibi görünüyordu. Resimde bir kedi, tavan arasındaki kitap raflarının önüne insan gibi uzanmış, bir elini başına destek yapmış, büyük bir kitap okumaktaydı. Sarı bir kediydi, kafası ve kulakları büyüktü, kuyruğu çok uzundu. Sirikit'in düzgün oranları yoktu bu kedide, ama ressam bile bile çocukların yaptığı gibi değişik bir perspektif kullanmıştı. Belki de o yüzden orantısızdı kedi. Gözlerini kocaman açmış, kitap okuyordu. Bu yüzden afişte yazılı olan cümle daha da anlamsız geliyordu Sami'ye. "Kedi için oku!" Bir kere okuyan kedinin kendisiydi. Günlerce düşündü ama bu bilmeceyi çözemedi. Sonunda, artık her gün gelip kedi afişi seyreden bu zayıf hastaya gözü alışmış bulunan kitaplık görevlisi kadına sordu. Kırklı yaşlarının sonlarına yaklaşmakta olan kilolu sarışın kadın gülümsedi. Sonra Sami'ye *"för katten"*ın bir deyim olduğunu, "Hay Allah! Ya-

hu!" gibi bir anlama geldiğini ve afişte ikili bir anlamda kullanıldığını söyledi. Sonuç olarak *"Läs för katten"* cümlesi, bir kelime oyunuyla "Oku be yahu!" gibi bir anlama geliyordu. Bu açıklamalar Sami'yi rahatlattı ve anlamsız bir biçimde kafayı taktığı kedi afişinden böylece kurtulmuş oldu. Bir daha da kitaplığa gitmedi. Hastanede günleri çok sıkıcı geçiyor ve yaşlı adamı görmediği saatlerde ne yapacağını bilemiyordu. Doktorların konuşmalarından kendisine "hipokondriyak" gibi bir teşhis konulduğunu anlıyordu. İlk başlarda kendisiyle birçok doktor konuşmuş, sonunda bir tek doktor kalmıştı. Psikoterapi seanslarında bu genç erkek doktor kendisine yakınlaşmaya, ona güven vermeye çalışıyordu. İsveçlilerdeki şaşmaz görev saygısıyla her gün Sami'yle konuşuyor, onun yaşamını ve ruh sağlığını önemsediğini gösteriyordu. Sami, doktorun gözünde sadece bir hasta olduğunu, İsveçli ya da mülteci kimliğinin bir fark yaratmadığını görüyor, bundan biraz da utanıyordu doğrusu. Mültecilerin, kendilerine kucak açmış ve yeni bir yaşam bağışlamış olan İsveç hakkındaki önyargılı fikirleri gözüne daha da saçma görünüyordu şimdi. Bu ülke iyiydi, bu doktor gibi iyi insanlardan oluşuyordu. Bu çılgın dünyada, nasıl olduysa saf ve temiz kalabilmiş bir ulus yaşıyordu Kuzey'de. Nils adlı doktoruna her geçen gün biraz daha ısındığını hissediyordu, çünkü adam onu çocuk yerine koymuyor ve bilincine hitap etmeye çalışıyordu. Ona, hipokondriyak hastaların gövdelerindeki her ağrıyı, her işleyiş bozukluğunu abartmaya eğilimli olduklarını anlatıyordu. Herkesin vücudunda semptomlar vardı ve insanlar bunlara aldırmadan, çoğu zaman bunları fark etmeden yaşar giderlerdi ama Sami gibi kendini dinleyenlere ve belirti arayanlara da rastlanabiliyordu işte. Bu durumda hastalar paniğe kapılıyorlardı. *General Anxiety Syndrom* olarak adlandırmıştı bunu. Genellikle genç yaşlarda ortaya çıkan bu hastalık depresyona dönüşebiliyordu. Seretonini artıran ilaçlar kullanabilirlerdi ama bunların yan etkilerinin, "hastalık hastalığı" durumunu daha da artırmasından korkuyorlardı. Sami'nin durumunda buna ek olarak halüsinasyon görme hali de vardı. Bu açıklamalar Sami'ye iyi geliyordu. Doktora söylemediği en önemli şey, yaşlı adamın varlığının kendisini daha çabuk iyileştirmekte oluşuydu. O adamı görmekle gündelik sıkıntılarını unutuyor, kendini daha büyük bir amaca yönlenmiş hissediyordu. Parmaklıklara dokunma, yerdeki kareleri birer birer atlama gibi *compulsive* sorunları azalmaya başlamıştı. Hastane koridorlarında dolaşırken renkli çizgilerle belirtilmiş yolların birinden diğerine kolaylıkla geçebiliyordu. Bu dev hastanede insanların gidecekleri yeri kolay bulabilmeleri için her bölüme mahalle ve sokak adları verilmişti. Girişteki bir şema, o bölümlere giden renkleri gösteriyordu ve zemine bu çeşitli renklerde şeritler çizilmişti. Mesela sarı renkten yürümeye başlayıp onu hiç bırakmazsan sonunda seni gitmen gereken yere ulaştırıyordu. Geniş koridorlarda elektrikli arabalar dolaşıyordu. Giriş katındaki kafeterya, şık ve temiz bir şehir lokantasına benziyordu.

Sami gün boyunca buralarda dolaşıyor ve parmaklarının oluşturduğu vizörden bakarak bir fllm çekiyor olsa hangi açıları kullanacağını bulmaya çalışıyordu.

Ama Doktor Nils'in onu iyice bunaltan sorularından kurtulmak için bulduğu en iyi çare kedi afişinin önünde oturup anlamını çözmeye çalışmaktı; çünkü Nils bir türlü rahat bırakmıyordu onu. Günlük terapi seanslarında durmadan kendinden, Türkiye'deki yaşamından, çocukluğundan söz ettiriyor, her şeyi öğrenmeye çalışıyordu. Annesi babası nasıl insanlardı, çocukluğunda çok baskı görmüş müydü? Ya arkadaşları, onlar ne biçim çocuklardı. İlk gençlik yılları, politik tavırlar, sevgililer, aşklar, cinsellik... Her şeyi sorup duruyordu işte. Sami de bu iyi doktoru kırmamaya çalışıyor, dilinin döndüğü kadar her şeyi anlatıyordu ama Nils bir türlü tatmin olmuyordu. Onun anlatmadığı, sakladığı bir şeyler olduğuna inanmıştı. Bu fikir aklından hiç çıkmıyor, bu yünden Sami'yi zorladıkça zorluyordu. Sami anlattıklarının bir noktasına gelip zınk, diye duruveriyordu ona göre, oradan öteye geçemiyordu. Karanlık bir kuyu gibiydi. Dibini göremiyordu. Doktor, Sami'ye hastanede hiç hayal görüp görmediğini sordu. Sami duraksadı, düşündü ve dün gece sabaha karşı koridorda dolaşırken gördüğü geyikten söz etmemeye karar verdi. İyice deli olduğuna karar vereceklerdi. İşin garibi Sami'nin de geyiğin orada bulunmadığını, onu görürken bile bir hayale baktığını bilmesiydi. Ama öyle canlı, öyle gerçek duruyordu ki. Koridor masmavi bir ışıkla aydınlatılmıştı. Yer, dizlerine kadar yükselen bulutumsu bir sisle kaplıydı. Geyik ışıklı koridorun öteki uçundaydı, geniş boynuzları neredeyse duvarlara değecekti, yaylanarak yürüyor, hiç ses çıkarmıyordu ve sırtında çıplak bedenli bir genç kız taşıyordu. Kızın uzun siyah saçları göğsüne dökülmüştü. Yüzü görünmüyordu.

Sami hiçbir şey anlatmamaya karar verdi ve inatla sustu. Sonunda doktor baktı ki Sami'yi zorlayarak konuşturması imkânsız "O zaman yaz bunları!" dedi. "Hiç kimse okumasa bile yaz, sadece kendin için."

Sami hiçbir anlam belirtmeden başını salladı. Bu öneriyi kabul edip etmediği belli değildi.

El yazıları

Kendime geldiğimde bir kâbus görüyordum. Metal bir masanın üstüne yatırmışlardı beni, tepemde kör edici bir ışık yanıyordu. Kollarım ve ayaklarım bağlıydı. Doktor giysili birtakım adamlar damarlarıma iğneler batırıyordu. Ben durmadan bağırıyordum: "Filiüiiiiiz, Filiiiiiiiiz! Nerdesin Filiiiiiiiiz?" Sonra ışık kararıyordu. Ben karanlık sulara gömülüyordum. Ayıldığımda aradan ne kadar geçtiğini, bir saniye mi, bir dakika mı, gün mü, ay mı, sene mi olduğunu bilemiyordum. Üzerime eğilmiş olan adamlar bir şeyler söylüyorlardı ama gerçekten bir tek kelimesini bile anlamıyordum bunların. Ne dediklerini bilmiyordum. Filiz gözümün önüne geliyordu, yine onun adını bağırmaya başlıyordum. Damarlarıma iğneler batırılıyordu. Yine karanlık geliyordu.

Daha sonra kendimi başka bir yerde buldum. İki adam vardı. Durmadan canımı yakan iki adam. Hep sorular soruyorlardı. Filiz diyorlardı, örgüt diyorlardı, dergi diyorlardı, Kürt diyorlardı, isimler sayıyorlardı ve bu arada bana çok acı veren şeyler yapıyorlardı. Ben yine bağırıyordum: "Filiiiiiiiz, Filiiiiiiiz!"

Bir ses duyuluyordu ve bütün gövdemden elektrik geçiyordu, zangır zangır titriyordum. Etlerim dağılacak, damarlarım tutuşacak gibi oluyordu. Sonra bana yine sorular soruyorlardı. Biri üstüme eğilmişti, soluğu sarmısak kokuyordu. Gözümü açıp baktım, kalın kaşlı, yaşlıca bir surat. "Kabul

*et!" diyordu. "Kabul et, canın yanmasın." Adamın sarmısak
kokusundan başımı çevirmek istedim, yapamadım. Başıma
bir çember geçirmişlerdi. Sonra başım yanar gibi oldu. Adam
yine üstüme eğildi.*
"Kabul et! Kabul et!"
*"Neyi?" diye fısıldadım ama adam anlamadı.
Çünkü konuşmayı unutmuştum ve dudaklarım birbirine
yapışmıştı. Ağzımdan ses yerine hırıltılar çıktığını fark et-
tim. Bir bezle dudaklarımı ıslattılar. Adam yine üstüme eğil-
di. "Kabul et!" dedi.*
*"Neyi?" diye sordum.
Bu kez fısıltımı biraz anladı. O da fısıldıyordu.*
"Filiz'le birlikte örgüt kurduğunuzu" dedi.
"Ona ne oldu?" dedim.
"Bilmiyor musun?"
"Bilmiyorum!"
"Filiz öldü!"
"Ne? Ne?"
*Adam buna cevap vermedi.
Tekrar "Kabul et! Kabul et!" demeye başladı. Sonra da beni
cellatlara bırakıp gitti.
Benim kaçırmak üzere olduğum aklımda tek şey vardı: De-
mek ki Filiz'in o görüntüsü gerçekti. Demek ki bir kâbusta
görmemiştim bunu. Demek gerçekten parçalanmıştı Filiz'in
yüzü. Ama neden, neden, neden?
Yolda gidiyorduk, radyoda* Sealed with a kiss *çalıyordu,
perdeleri konuşuyorduk. Ne oldu? Ne oldu da Filiz'in kafata-
sı parçalandı? Bir trafik kazası geçirdiysek bana niye bir şey
olmadı?
Bu soruların cevabını bulamıyordum. Bunun sebebi benim
kafamın karışık olması, aklımı kaçırma durumuna gelmem
değildi. Gerçeği bana anlatan, yine o nefesi sarmısak kokan
yaşlı adam oldu. Bir gün, haftalardır yatmakta olduğum yarı*

karanlık, ıslak hücreme geldi.

"Geçmiş olsun!" dedi. Cevap vermedim.

"Ben de çok üzüldüm" dedi. "Sorduk soruşturduk ve senin bu hain faaliyetlerle hiçbir ilgin olmadığını anladık. Bir tüccar ailenin oğluymuşsun. Bu işlere de hiç karışmamışsın. Çok üzüldük."

"Neye üzüldünüz?" dedim.

"Başınıza gelenlere..."

Birden dikkat kesildim. Çoğul kullanmıştı. "Başınıza" demişti. Demek ki Filiz'le ilgili bir şeyler söyleyecekti.

"Ona ne oldu?" diye sordum bir kez daha.

Cebinden bir Yeni Harman paketi çıkardı. Kendisi bir tane yaktı, bir sigara da bana uzattı. Terslik çıkarmamak için sigarayı aldım çünkü artık öğrenmek istiyordum.

"Bak oğlum!" dedi. "Memleketimiz çok büyük badirelerin içinden geçiyor. Milli birlik ve bütünlüğümüze kasteden terör merkezleri var."

Bütün bunların bizimle ne ilgisi var, diye düşünüyordum ama söylemekten korkarak, nefes bile almadan dinliyordum adamı.

"Bildiğin gibi kahraman ordumuz görev şuuruyla üstüne düşeni yaptı ve memleketi kıyısına geldiği uçurumdan kurtardı. Ama bunu yaparken bazen kurunun yanında yaş da yanıyor, yanlışlar yapılıyor."

"Ne gibi yanlışlar?" diye sordum.

"Filiz'in başına gelenler gibi!" dedi.

Tekrar "Ona ne oldu?" diye sordum.

Durakladı. Sigarasından bir nefes çekti ve "Vuruldu" dedi. "Bir M1 piyade tüfeği mermisiyle kafasından vuruldu."

O anda ben de vuruldum.

"Bostancı çıkışında bir arama timi varmış. Sizden kuşkulanmışlar. Dur, diye seslenmişler. Siz durmayıp geçmişsiniz, ihtarı dinlemediğiniz için kuşkuları artmış ve bir er, elindeki

115

tüfekle arabanıza ateş etmiş."

"Biz ihtar falan duymadık" dedim.

"Bunları biliyoruz. Kış olduğu için camlar kapalıydı, duymanıza imkân yoktu zaten."

"Ayrıca hem radyo çalıyordu hem de konuşuyorduk" dedim.

"Tahmin ettik" dedi adam. "Maalesef çok acı bir kaza. Biz de çok üzüldük. Benim de iki kızım var. Ama artık olan olmuş, gideni geri getiremeyiz."

"Kaza değil" dedim, "cinayet bu. Kasıtlı cinayet."

"Hayır, bu işe böyle bakarsan büyük hata edersin. O zavallı er sizi tanımıyor ki cinayet işlemiş olsun. Görevini yapıyordu. Belki biraz acemice davranmış. Şimdi seninle bunu konuşmamız gerekiyor evladım. Bu işi kapatacağız!"

Adamın yüzüne hayretle bakakalmışım. Elimden sigaramın düştüğünü fark ettim.

"Olay basında günlerce yazılıp çizildi. Yabancı basın da ilgileniyor. İstanbul'da bir Le Monde *muhabiri olayı soruşturup duruyor. Kısacası bu iş, memleketimiz aleyhine bir kampanyaya dönüşmek üzere. Senin gibi milliyetçi bir vatan evladı böyle bir şeyi istemez, değil mi? Yabancılara, Türk düşmanlarına alet olmaz."*

Adamın niyetini yeni yeni anlamaya başlıyordum. Demek bunun için benimle ilgileniyordu.

"Ne yapmamı istiyorsunuz?" diye sordum.

"Biz iyice sorup soruşturduk" dedi. "Senin bir ilgin yok ama Filiz bazı sol çevrelerle görüşüyormuş. Bir okul dergisi çıkarıyorlarmış. Zaten ailesinde de solcular var. Bu yüzden onun örgüt üyesi olduğunu ve çatışmada öldüğünü söyleyeceğiz."

"Bunu yapamazsınız" diye bağırdım.

"Yaptık bile!" dedi. "Kazanın ikinci günü resmi bir açıklamayla bunu herkese duyurduk. Örgüt mensubu bir kız militan otomobille eyleme giderken kendisinden şüphelenen timin

*dur ihtarına uymadı ve sonra tim kendisini takibe aldı. Bu-
nun üzerine kız militan arabadan ateş etmeye başladı. Çıkan
çatışma sonunda ise ölü olarak ele geçirildi."*
"Yalan!" diye bağırdım. "Bunların hepsi yalan."
*"Biliyorum ama açıklama böyle. Filiz'in ateş ettiği silah bi-
le elimizde. İlk gün bocalayan basın ikinci günden itibaren
bizim dediğimizi yazıyor. Bak!"*
*Çantasından bir tomar gazete çıkarıp verdi bana. Etkile-
mek için yanında getirmişti. Bu işin artık dönüşü olmadığını
anlatmak istiyor gibiydi.*
*Gazetelere bakar bakmaz beynimden vuruldum. Filiz'imin
resmi manşetlerdeydi. Nereden bulmuşlarsa en güzel resimle-
rini ele geçirmişlerdi. Kimi "dişi militan" diyordu, kimi "kod
adı Filiz" diye söz ediyordu ondan.*
*Benim zavallı sevgilim bir canavara dönüştürülmüştü. Ar-
kadaşıyla eyleme gidiyormuş, yakalanınca dur ihtarına uy-
mayıp kahraman askerimize ateş etmeye başlamış, arabada
eylem planları ve bombalar ele geçirilmiş. Arabayı kullanan
militan ise kaçmayı başarmış.*
Kaçan militan ben oluyordum herhalde.
*En korkuncu da Filiz'in parçalanmış kafatası ve yarısı ol-
mayan yüzüyle resminin yayımlanmış olmasıydı. Bir tek ga-
zete yapmıştı bunu, demek ki yetkililere en yakın olan oydu.
Birinci sayfadan bastığı bu korkunç resimde Filiz'in elinde
otomatik bir silah görülüyordu ve resmin üst tarafına "İşte te-
röristin sonu!" yazılmıştı.*
*Birden kustum. Adam kaçacak zaman bulamadığı için
kusmuk parçaları şık giysilerine de sıçradı biraz. Öğürerek
kustum, hücrenin taş zeminine sarı safralar çıkardım. Uzun
sürecek kusma dönemimin ilk belirtisiydi bu.*
*Bir görevli beni lavaboya götürdü, orada yüzümü yıkadım.
Geri döndüğümde adam da sarsılmış görünüyordu. Bana bir
sigara daha verdi. Bu kez onun sigarasını istemedim. Elimin*

tersiyle ittim. Çünkü iyi geçinmemizi gerektirecek bir sebep kalmamıştı.

"Evladım" dedi. "Seni çok iyi anlıyorum. Bu yaşadıkların korkunç bir şey. Yine de bir erin cehaletinin koskoca ülkeyi yıpratmasına izin veremeyiz. Bize yardımcı olmak zorundasın."

"Ne istiyorsunuz?" diye hırıldadım.

"Olayı sen de bizim istediğimiz gibi anlatacaksın. Hem mahkemede hem de basına karşı, özellikle de yabancı basına. Çünkü seni görmek istiyorlar."

"Ne diyeceğim?"

"Hiçbir şey."

"Nasıl hiçbir şey."

"O gün arabadaki sen değildin, bir militandı. Senin hiçbir şeyden haberin yok. Filiz'in örgüt faaliyetlerini bilmiyordum Seni de aldatmış."

"Bunları söyleyince ne olacak?"

"Mahkemedeki ifadenin ardından serbest bırakılacaksın ve hayatın devam edecek."

"Söylemezsem?"

"O zaman senin ifaden kafaları karıştıracak. Tahkikat derinleştirilecek ve yabancı ülkelerde, rejimimiz aleyhinde yazılar çıkacak. Konu belki de Avrupa Konseyi'ne gidecek. Buna izin veremeyiz. Beni iyice anlıyor musun? Buna izin vermemek için elimizden gelen her şeyi yaparız."

İyice üstüme eğildi, gözlerime baktı.

"Bu-na i-zin ve-re-me-yiz! Elimizden ne gelirse yaparız. İyice dinliyor musun beni? Geçtiğimiz haftalarda başına gelenleri hatırla. Seni de militan sandığımız için konuşturmaya çalışmıştık. Bunlar, sana yapabileceklerimiz yanında hiç kalır. Anlıyor musun beni? Beynini pelteye çevirir öyle çıkarırız savcının karşısına."

"Hayır!" dedim.

"Ne?"

"Hayır!"

"Ne dediğinin farkında mısın sen? Başına neler geleceğini düşünebiliyor musun?"

"Hayır!"

O gün bana ne dediyse "Hayır!" diye yanıtladım. Ağzımdan başka bir sözcük çıkmadı. Sonunda deliye döndü. Tehditler savurarak çıkıp gitti ve beni işkence odalarına götürdüler. O odalarda bedenimi parçalıyorlardı ama ben kendi içime çekilmiştim. Sanki acı çektirilen gövde başkasına aitti. Benim gözümün önünde Filiz'in parçalanmış resmi vardı. Başka bir şey göremiyor, düşünemiyordum. Yaşlı adam bazen gelip beni ikna etmeye çalışıyor, diller döküyordu. Sevgilime ihanete zorluyordu beni. Sonra yine işkencecilere teslim ediyordu.

Hiç ağlamadığımı fark etmiştim. O günden beri bir tek damla yaş gelmemişti gözümden, kasılıp kalmıştım sanki. Sadece kusuyordum. İşkence yapılırken de akşam hücremde de kusup duruyordum.

Aradan ne kadar geçti bilmiyorum. Bir gün kendimi askeri savcının karşısında buldum. Kelepçelerimi çıkarıp masasının önündeki sandalyeye oturttular. Genç bir adamdı, önündeki dosyayı okuyor ve sıkıntılı görünüyordu. Gözlerinde durumu bildiğini ve beni anladığını belirten insanca bir ışık yanıp söndü. Uzun zamandan beri ilk kez karşıma aklı başında birinin çıkmış olduğunu fark ettim.

"3 Ocak akşamını hatırlıyor musunuz?" diye sordu.

"Evet!" dedim.

"Neredeydiniz?"

"Kendi otomobilimdeydim. Nişanlımı evine götürüyordum."

Bu cevap üzerine durakladı. Bir an düşündü. Yazacağı id-

dianamenin ve davanın seyri tamamen değişmişti.

"Nişanlınızın siyasi faaliyetleri var mıydı?"

"Yoktu!"

"Bir örgüt bağlantısı?"

"Hayır, yoktu! Kendi halinde bir kızdı, evlenmeye hazırlanıyorduk. Savcı Bey, dinleyin beni, ne olur... Nişanlımı öldürdüler. Hiç sebep yokken kafatasını parçaladılar. Şimdi de onun terörist olduğunu söylememi istiyorlar benden. Yardım edin. Hukuk adamısınız, yardım edin."

Kendimi kaybetmiş durumda konuşuyor, büyük bir panik içinde her şeyi anlatmaya çalışıyordum. Normal bir sorgu durumunda bu sözlerin hiçbirini söyletmeyeceklerini seziyordum ama sezdiğim bir başka şey de bu savcıda bize karşı bir anlayışın var olduğuydu. Galiba üzülüyordu.

Ona her şeyi anlattım.

Sonunda "Seni hemen bırakamam!" dedi bana. "Bir süre daha cezaevinde kalacaksın ama normal koğuşlarda. Hücreden çıkacaksın. Başın sağ olsun!"

Sonra yine kelepçeleri vurarak koğuşa götürdüler. İki hafta sonra da serbest kaldım. Cezaevi kapısının önünde babamın Peugeot arabasını görünce bir an dizlerim boşaldı, ağlayacakmış gibi oldum ama yine ağlayamadım. İçime bir şey tıkanmıştı, bunun ne olduğunu anlatamıyorum, karanlıktan başka söz gelmiyor aklıma. Bir karanlık tıkanmıştı, boğazıma kadar beton dökülmüş gibi kaskatıydım.

Benim yerime babam ağlamaya başladı. İnsanlıktan çıkmış halim onu korkutmuştu herhalde. Arabanın aynasında kendimi görünce ben de korktum, gözlerim patlıcan moru iki halkanın içinden bakıyordu. Değişmişlerdi. Benim gözlerim, benim bakışlarım değildi bunlar.

Zaten hasta olan annem, başımıza gelenlerle iyice yıkılmıştı. Tansiyon ilaçlarını alıyor ve durmadan ağlıyordu.

Onlarla fazla konuşmadım. Günlerce odamda yattım. Hiç-

bir şey yapmadan, kıpırdamadan yattım. Ağzımdan lokma geçmiyordu çünkü sürekli kusuyordum. Yesem de yemesem de kusuyordum. Bu yüzden eve getirdikleri bir genç doktor serum bağladı bana, damarlarıma giren o iğneleri hatırladım. Sonra, ailemin bütün karşı koymalarına rağmen İstanbul'a gittim. Oradaki evime hiç uğramadan Kartal'a geçtim. Filiz'in ailesini görmek istiyordum. Apartmanın altıncı katına çıktığımda annem gibi soluksuz kalmıştım, dizlerimin dermanı kesilmişti. Duvara dayanıp bir süre soluklandım, sonra kuş ötüşlü zili çaldım. O gün, o evde çok gözyaşı döküldü. Ben yine hiç ağlamadım, Filiz'in babası tek koluyla boynuma sarılıp hıçkıra hıçkıra ağladığı zaman bile...

Beni onun mezarına götürmelerini söyledim. Mezarlık yolunda anlattıklarına göre, Filiz'in cenazesinde de olaylar çıkmış. Bazı gruplar cenazeyi cem evine götürmek istemiş, jandarma izin vermemiş, sadece ailesinin katılacağı bir cenaze töreni için izin çıkmışmış. Sonra gençler askerle çatışmışlar. Polise ve askere taş atanlar olmuş.

Bakımsız mezarlıkta, Filiz'in altında yattığı toprak yığınını gördüm. Hafif bir kabartı gibiydi. Yorganın altında yattığı zaman da böyle olduğunu hatırladım. O kadar inceydi ki yokmuş gibi görünürdü. Mezarı da böyleydi işte, küçücük bir toprak birikintisi. Biraz durdum ve "Hadi gidelim!" dedim. Yüzüme tuhaf tuhaf baktıklarını fark ettim.

Ama benim içimde sadece taşlaşmış bir karanlık vardı. Şimdi de var.

Ensemde sıcak bir şey hissediyorum. Bir de bakıyorum ki uzun süredir başımı masanın üstüne koymuş, öylece kalmışım. Bu arada Sirikit uzun, sıcak diliyle ensemi yalıyor. "O tavşan gibi beni de öldürse!" diye düşünüyorum. Acaba insanların omuriliğini de bulabilir mi? Beni de bir diş darbesiyle öldürebilir mi? Sirikit'ten böyle bir iyilik yapmasını isteyemeyeceğimi düşünüyorum. Çünkü o beni teselli etmeye ça-

lışıyor ve uzun süredir hayatımda duyduğum tek sıcaklık da bu oluyor.

Annemden, bana pasaport çıkarmalarını istediğim ve onların kaygılı bakışları arasında evden ayrılıp İsveç'e gelmeyi planladığım günden beri hissettiğim ilk sıcaklık. Durumum öyle kötüydü ki epeyce uğraşıp aklanmış bile olsam yasal bir pasaporta kavuşamayacağımı anlayan babam, kendisinden hiç beklenmeyen bir davranışla bazı tanıdıklarını devreye sokmuş ve bana sahte bir pasaport sağlamıştı.

Uçakta Stockholm'ü ilk gördüğümde bir yanımız karanlık gece, bir yanımız kızıl gün batımıydı. Yaşama amacı kalmamış gövdemi dünyanın uzak bir köşesine götürüyordum. Ne yapacaktım orada, nasıl avunacaktım, nasıl yaşayacaktım ve gelme amacım neydi? Hiçbirini bilmiyordum bunların. Aslında nereye gittiğimin hiçbir önemi yoktu. Her yere içimdeki karanlığı taşıyacaktım. Artık eskisi gibi olmam mümkün değildi. Niye İsveç'i seçtiğimi bilmiyordum ama artık o Türkiye'de yaşayamıyordum. Ağaçlardan, kayalardan, insanlardan, caddelerden, kuşlardan korkuyordum çünkü. Sokak hayvanlarından, televizyon spikerlerinden, trafik polislerinden, kedilerden ürküyordum. Sırtımdan ürpertiler geçiyordu sürekli.

Mahkeme takipsizlikle sonuçlanmış ve Filiz'i vuran o asker hiç ortaya çıkmamıştı.

7

Göl evine gitmek için otobüse binip Drottningholm semtine ulaşmak ve durakta indikten sonra da orman içindeki patikada bir süre yürümek gerekiyordu. Durak görkemli Drottningholm Sarayı'nın tam yanındaydı. İsveç'in demokratik geleneklerine uygun olarak sarayın bahçesi halka açıktı ve yazın uçsuz bucaksız çim bahçeler üzerinde, küçük çocuklarını göbeklerinde hoplatan, güneşlenen, rengârenk uçurtmalar uçuran, *GB* ya da *Igloo* dondurmaları yiyen binlerce insan görülürdü ama toplantının yapılacağı o aralık gecesi kimseler yoktu. Günde birkaç saat puslu bir aydınlık sunan, onun dışında sürekli karanlık ve soğuk olan hava, herkesi camlarına Noel süsleri yapıştırılmış, mum biçiminde lambalarla aydınlatılmış evlerindeki *mysiga hemkväll*'lere, yani huzurlu ev akşamlarına zorluyordu.

O gece, Drottningholm'ün buz tutmuş caddelerinden ve kar altındaki ormanlarından koyu gölgeler geçti. Çocuklarına sıkı sıkı sarılmışlardı. Neredeyse dizlerine kadar gelen kara bata çıka ilerliyorlardı. Göl evindeki toplantıya gelen politik mültecilerdi bunlar. Ev sahibi Kristina'nın huzursuz bakışları altında salonda toplandıklarında Adil, herkesin gelmiş olduğunu gördü.

Dün geceki toplantıya da katılan Necla, Bülent, Nihat dışında, Uruguay Tupamaro'larından Juan Perez, Faslı İbrahim, Japon Yoriko, İranlı Rıza, İspanyol Garcia gelmişlerdi.

Rıza, yakında evleneceği Nermin'i de almıştı yanına. Evde yaşayan Clara zaten oradaydı ama bu toplantıyı Göran'dan saklamışlardı. Onun İsveçli mantığının bu olayda bir yeri yoktu. Duysaydı da engel olmaya çalışırdı. Dünyanın değişik köşelerinden Kuzey'e fırlatılmış olan bu kişilerin ortak dili İsveççeydi. Hepsi zorunlu bir kurs döneminden geçirildiği için –kendilerine özgü şiveleri korusalar da– bu dili iyi konuşuyorlardı.

Garcia iki şişe *Rioja* şarabı getirmişti, Rıza da bir şişe kırmızı *Egri;* evde bir şişe *Sidi Brahim* vardı. Adil bir de Almanya'dan gelen bir arkadaşlarından kalan yarım şişe votkayı çıkarınca herkese içecek bir şeyler bulmuş oldular. İsveç'te içki bulmak çok zor olduğu için, epey zengin bir sofra sayılırdı bu. Devlet içkiyi serbest bırakmıyor, System Bolaget denilen kendi mağazalarında, akıl almayacak kadar yüksek fiyatlara satıyor ve böylece Kuzey'in içki alışkanlığına karşı mücadele ediyordu. Mücevher gibiydi içki şişeleri. Ayrıca şehirde pek az bulunan System Bolaget'ler devlet dairesi olduğu için saat beşte kapanıyor, hafta sonunda da hiç açılmıyordu. Bu mağazalardan 18 yaşından küçükler alışveriş edemiyor, ayrıca görevli memur, tipini beğenmediği kişiye içki satmıyordu. Bu yüzden masanın üstündeki *Egri, Sidi Brahim, Rioja* şişeleri ve *Zubrovska* votkası altın değerindeydi. Bülent mültecilerin kolonya içtiğine bile tanık olmuştu. Canları korkunç derecede içki isteyen mülteciler kolonyayı biraz ısıtarak esansından kurtulacaklarını düşünmüşler, daha sonra buzlukta soğuttukları kolonyayı içmişler ve üç gün boyunca tuvalete gidip geldikçe mis gibi limon kokar olmuşlardı.

İçkiler dağıtıldıktan sonra Adil kısa bir konuşmayla durumu açıkladı. Türkiye'nin "en zalim yöneticilerinden, işçi sınıfı düşmanı bir bakan" Stockholm'de hastanedeydi ve kendileri, ölen ve sakat kalan arkadaşları adına onu cezalandırmayı düşünmüşlerdi. Şimdi de enternasyonalist bakış açılarına uygun olarak konuyu kendilerine duyuruyordu. Dünyanın neresinde olursa olsun "yerel bir oligark" dünya işçi sınıfının düşmanı demekti. Adil konuşmasını bitirdikten sonra derin ve uzun bir sessizlik oldu. Herkes elindeki kadehten içkisini yudumluyor ve düşünüyordu. Adamın kimliği hakkında soru sormayı gereksiz buldukları belliydi. Çünkü hepsi de kendi ülkelerinde bu tipleri çok iyi tanıyorlar ve neye benzediklerini biliyorlardı. Haber onları kendi özel diktatörlerine, kan, ter, kaktüs çiçeği ve barut günlerine geri götürmüştü. Hiç beklemedikleri bir şeydi bu. İsveç yaşamında bu heyecana hazır değillerdi. Işıkları iyice azaltılmış salonda yanan mumlar hepsinin yüz çizgilerini derinleştiriyor ve Latin Amerika'dan Japonya'ya uzanan bir yüzler galerisi oluşturuyordu. O sessizlikte şaraplarını ve votkalarını yudumlarken camlara yaslanan kış beyazlığını unuttular.

Göl evinde o gece, mülteciler için zor ve uzun geçti. Kar fırtınası yolları tıkadığı ve ertesi gün tatil olduğu için hepsi orada uyumaya karar vermişlerdi. Yaşlı adamla ilgili karar, Garcia'nın önerisiyle pazar sabahına ertelenmişti. Çünkü Adil'in konuşması havada kalmış, kimse bu konuda ağzını açıp da tek kelime etmemişti. Evin boş odalarını paylaştılar.

Rıza, başını göğsüne koymuş olan Nermin'in fildişi beyazlığına sarılmış yatarken düzensiz soluklarından onun da uyumadığını tahmin ediyordu ama seslenip de bu uyumu bozmaya hiç niyeti yoktu. İşte, böyle bir geceydi bu. Ne kadar az konuşulursa o kadar iyiydi. Dışarıdaki kar fırtınasının iyice azıttığını, iki başlı dev bir masal köpeği gibi uluduğunu duyuyordu. Ev soğumaya başlamıştı. Gelecek hafta annesiyle babası ilk kez geleceklerdi İsveç'e, daha önce izin alamamışlardı. Onlara Nermin'i tanıtacaktı. Annesinin böyle bir gelinden hoşlanacağını seziyordu. Ne de olsa İran terbiyesi ile Türk terbiyesi bazı noktalarda birbirine benziyor, ikisi de Doğu'nun gizemli "insana hürmet" geleneğini sürdürüyordu. Onca eyleme girmiş çıkmış Nermin'de bile böyleydi bu. Bujnurd köyünde geçen çocukluğunda böyle bir şeyi hayal bile edemezdi Rıza.

Juan Perez, Uruguay'da çamaşır kazanlarından buharlar yükselen bir avludaydı şimdi. Annesi para kazanmak için başkalarının çamaşırını yıkıyordu. Kirli kirli kokardı bu çamaşırlar. Annesinin de temizlemek için canı çıkar, ellerine kan otururdu. Bazen de zengin evlerine giderdi. Babası bir lokantada garsonluk yapıyordu. Okul, eve üç kilometre uzaklıktaydı. Yaz ve kış, her sabah o üç kilometreyi yürüyerek gidiyordu okuluna Juan; tâ ki aile onu Montevideo'daki amcasının yanma gönderene kadar.

Stockholm'de her sabah yedide tornacılık okuluna gidiyor, öğleden sonra üçte lokantada bulaşık yıkamaya başlıyordu. Gece on ikiye kadar sürüyordu bu iş ama bazı günler çalışma saatleri değişiyor, bulaşık işi öğleye kayıyordu. Pestil gibi eve dönüyor ve her gece aksatmadığı bir tören olarak, *yerba*'sını içiyordu. Bardağın içine koyduğu otlar, üstüne döktüğü sıcak su ve otların dibine uzanan metal bir çubukla içkiyi yudumlaması, artık sevgili Latin Amerika'sıyla arasındaki tek bağdı.

Stockholm gecesine yumuşacık yağan kar, çıkan rüzgârla birlikte tipiye dönmüştü. Göl evinin camlarına kar savruluyor ve ormandan uğultular, inlemeler geliyordu. Hiç içki içmeyen Yoriko, fırtına sesinden ve evin içine gömüldüğü sessizlikten korkuyor ama zaman zaman mum alevine dalıp gidiyordu. Çocukluğunun mum alevleri ve onların duvarda yarattığı ejderha gölgeleri...

Yoriko, eylem dolu yıllardan ve tutuklanıp serbest bırakılmasından sonra çareyi ülkeden kaçmakta bulmuştu; ne var ki genç kız, burada da saklanmak zorundaydı. Çünkü Avrupa, Japonya'yı demokratik bir ülke olarak kabul ediyor, yüksek bir refah düzeyine sahip bu ülkeden gelen politik iltica taleplerini geri çeviriyordu. Bunda ekonomik ilişkilerin de payının bulunduğu açıktı. Yoriko İsveç'e kapağı attığında çok umutluydu. Sosyal Demokrat yönetimin daha anlayışlı olacağını umuyordu ama burada hiç beklemediği koşullarla karşılaşmıştı. Halk yüksek bir yaşam düzeyine gelmişti, yabancılara ve onların sorunlarına kimsenin aldırdığı yoktu. Ayrıca Japonya hakkında hiçbir şey bilmiyorlardı. Yoriko'nun İsveç günleri kaçak olarak büroları temizlemek ve saklanmakla geçiyordu. Yalnızdı, yapayalnız. Nasıl olduysa bu akşamki toplantıya çağırmışlardı ama burada bile onu görmüyorlar, yokmuş gibi davranıyorlardı. Yarından itibaren yine telefonu hiç çalmayacaktı.

Sarı boyalı ahşap göl evinde herkese bir oda bulunmuştu ama İspanyol Garcia ile Faslı İbrahim açıkta kalmış, bu yüzden salondaki iki divana kıvrılıvermişlerdi. Bordo kadife eski divan Garcia'nın boyundan kısa olduğu için dizlerini bükmek zorundaydı ve bir süre sonra bu iş kendisine acı vermeye başladı. Köşede bir gece lambası yanıyordu ama camlara vuran kar beyazlığı, sanki daha çok aydınlatıyordu salonu.

Bu evde tartışılanları geride bırakarak bir an önce uzaklaşmak istiyordu oradan. Bu intikam oyunları, cezalandırmalar, şiddet eylemleri yanlış geçmişlerinin bir parçasıydı. İstemeden, düşünmeden sürüklendikleri bir oyunun devamıydı sanki. Bunca yıl sonra, yeniyetme çocuklar gibi, aynı tartışmalara sürüklenmek istemiyordu. Türk bakanı öldürecekler de ne olacaktı. Garcia diğer mültecilerin tersine, İsveç'i çok severdi. Belki bunda, iki yıldır evli olduğu ve kendisine mucize gibi sarışın bir bebek veren sevgili karısı Eja'nın da etkisi vardı ama o, buradaki yaşamından da mutluydu. İsveç'in büyük fedakârlık yaptığını, dünyanın dört bir köşesinden canını bu ülkeye atmış kendisi gibi mültecilere kucak açtığını düşünüyor, içten içe minnet duyuyordu. Hükümet her mülteciye maaş bağlamış, evinin kirasını vermiş, dil kurslarına yollamış, ev döşemesi için kredi sağlamış, hatta ilk geldiklerinde tepeden tırnağa giyinmeleri için onları anlaşmalı mağazalara yollamıştı. Diğer mülteciler gibi Garcia da Pub'un katlarında dolaşarak tepeden tırnağa giyinmiş ve iç çamaşırından sırtındaki paltoya kadar yenilenmişti. Şimdi de yine devletin verdiği azımsanmayacak bursla üniversitede okuyordu. Bu mültecilerin hepsi kendi ülkelerinde, kendi devletlerinden dayak yemişler, burada ise el üstünde tutulmuşlardı ve durmadan İsveç'e sövüyorlardı. Garcia bunu anlamamakla kalmıyor, ayrıca nankörlüklerinden dolayı arkadaşlarına kızıyordu. Şimdi de bu eylem fikrini ortaya atmışlardı işte; saçma sapan, amaçsız bir şey: Zaten ölecek olan yaşlı bir adamı üç gün önce öldürme eylemi... Garcia bir an önce sabah olmasını bekliyor ve buradan gidip mültecilerle ilişkilerini de giderek azaltmaktan başka bir şey istemiyordu. Bu hayalcilerle uğraşamazdı artık. Bir türlü büyümüyorlardı.

Öteki divanda yatan İbrahim'in gözünün önünden kaplumbağalar geçiyordu. Bufkan'da, bağlarda avladığı kaplumbağalar; sonra onları, anayoldan gelip geçen otomobillere satışı. Aslında Atlas El Haceb'de doğmuştu ama daha sonra babası Bufkan'da iş bulmuştu. Bir Fransız'ın şarap imalathanesinde çalışıyordu. İbrahim, Haceb'i hiç hatırlamıyordu.

Mülteciler her sabah, İsveç'i terk etmek hayaliyle kalkıyorlardı yataktan. Kendi ülkelerine dönemeseler bile başka bir Avrupa ülkesine ya da en iyisi bir Akdeniz ülkesine gitme düşü kuruyorlardı; insanların ve havanın daha sıcak olduğu bir ülkeye... Ama hep birtakım engeller çıkıyordu. Böylece her gün gitmeye karar vererek yıllarca yaşıyorlardı orada. Bazen haberler alıyorlardı ülkelerinden. Ölüm haberleri, ailede değişiklikler, evlilikler duyuluyordu. Mültecinin babası ölüyordu, kardeşi ölüyordu ve haber kendisine aylar sonra ulaşıyordu. Zaten hemen haberi olsa bile, gidemeyeceği bir yerde, kendi ülkesinde ölüyordu bu yakınlar. Böyle durumlarda, Stockholm'de bir köşeye çekilip sessizce ağlıyordu mülteci. Geceleri tenha metro istasyonlarında hıçkıra hıçkıra dolaşıyordu.

Kimi zaman, ülkelerini bir daha göremeyecekleri, bu Kuzey ülkesinde ölecekleri duygusuna kapılıyorlardı. Sevdiklerini, ailesini, yaşadığı sokağı bir daha göremeyecek olmanın çıldırtıcı öfkesi kaplıyordu hepsini. Kavga etmek geliyordu içlerinden. Kendilerini ölmüş gibi hissediyorlardı. Ülkelerindekilerin onları unuttuğuna, bir tek kişinin bile adlarını hatırlamadığına inanıyorlardı.

Sabaha karşı kar fırtınasının hafiflediğini duydular. Pencereden baktıklarında görebildikleri her yer tepeleme kardı. Ağaçlar gelin gibi süslenmişti.

Büyük masanın çevresine toplanmışlardı, sütlü mısır gevreklerini kaşıklarken dünya daha değişik görünüyordu gözlerine. Kendi ülkelerinin yakıcı anıları uzaklaşıp gitmişti. Sadece Drottningholm'ün karla kaplı ağaçları ve camlardan görünen donmuş gölün uçsuz bucaksız beyazlığı vardı. Gölde yürüyerek karşı kıyıya geçen rengârenk parkalı insanlar görülüyordu. Kimileri buza açtığı bir deliğin başında balık tutmaya çalışıyordu. Yürüme kayağı yapanlar vardı. Yemyeşil ağaçlarla çevrelenen mavi göl, şimdi bembeyaz bir buz kütlesiydi ve yürürken ayaklarının altında tonlarca su olduğunu bilmek garip bir zevk verirdi insana. Dikkat edilmesi gereken tek şey, buzun inceldiği noktalara yaklaşmamaktı. Yoksa ayağının altında açılan delik insanı bir saniyede suyun derinliklerine çeker ve buza tutunarak çıkmak imkânsız olduğu için de bahar gelene kadar orada kalırdı insan. Ceset ancak bahar gelince bulunabilirdi: Balıklardan arta kalan ne varsa tabii.

Adil pişmandı. Çünkü Garcia'nın, gece iyice düşünme ve kararı sabaha erteleme önerisini kabul etmişlerdi. Oysa bu aydınlık pazar sabahında bu insanların bir öldürme kararı vermesinin imkânsız olduğunu görüyordu. Ona göre hepsi yozlaşmış, burjuva toplumunun sunduğu üç kuruşluk nimetlere kapılmış ve huzur içinde yaşlanma kaderine mahkûm olmuşlardı. Güvenli bir iş, akşamüstleri eve giderken Consum mağazasından alınan hazır yiyecekler, yemekten sonra televizyon karşısında uyuklayarak geçen akşamlar, hafta sonlarında arkadaşlarla buluşup bira içme ve yılda bir hafta ucuz turlardan birine katılıp İspanya'ya da Yunanistan'a gitme, orada çektiği resimleri bütün bir kış arkadaşlara gösterme demek olan uyuşuk bir yaşamı seçmişlerdi. Onları bu uyuşukluktan çekip çıkarmaya gücü yetmeyecekti anlaşılan.

Zaten çok geçmeden düşündüklerinde yanılmadığını anladı. Mültecilerin kimi göle yürüyüşe gidecek, kimi evine geri dönecekti. Gitmek üzere kalkan Garcia "Herhalde karar belli. Böyle bir çılgınlığa katılmıyoruz" diyerek noktayı koydu. Kimse bir şey söylemedi. Ağır bir sessizlik çöktü ortalığa. Bu tutum diğer mültecilerin de eğilimini ortaya koyuyordu. Daha fazla konuşmaya gerek yoktu artık. Konu kapanmıştı. Ama tam bu sırada beklenmedik bir şey oldu.

Clara "Ben böyle düşünmüyorum" deyiverdi. Uykusuzluktan gözleri kızarmıştı, hasta gibiydi. "Bu adamın cezalandırılması gerekiyor. Geçmişteki bütün acılar ve bütün kayıplarımız adına."

Herkes şaşırdı. Bu işe kapanmış gözüyle bakarken en beklenmeyen kişi, Clara adlı genç kız, durumu altüst ediyordu. Hastanedeki adam Latin Amerikalı falan da değildi üstelik. Kendisinin de Türkiye'yle bir ilgisi yoktu. Kimse anlam veremedi bu işe.

"O zaman siz bilirsiniz" dedi Garcia. "İsteyen katılır, istemeyen katılmaz. Ben yokum."

Ortalığa bir sessizlik çöktü. Bir süre kimse konuşmadı. Mülteciler düşünüp taşınıyor ve işin içinden çıkamıyor gibiydi. Sonunda Clara herkesin tek tek kararını açıklaması gerektiğini söyledi. Garcia tavrını açıkça ortaya koymuştu. Onlar ne düşünüyorlardı? Düşmanı cezalandırmaya katılıyorlar mıydı, katılmıyorlar mıydı? Kendi yaşamlarını inkâr mı edeceklerdi? Eğer durum böyle ise neden onca sıkıntıyı çekmiş, kendileriyle birlikte ailelerine ve yakınlarına da acı çektirmişlerdi? Daha en baştan kurulu düzene uyar ve geçinip giderlerdi işte. Böyle bir küçük burjuva yaşamı için İsveç'e gelmeleri gerekmiyordu ki!

Clara bu etkili konuşmanın ardından herkesin tek tek önüne gidip gözlerinin içine baktı ve kararını sordu. "Evet!" dediler. Bakanın öldürülmesine katılacaklardı. Hiçbiri geçmişini inkâr etmiyor ve arkadaşlarının hatırasını satmıyordu.

Bunun üzerine Adil "Pekâlâ!" dedi. "Karar verilmiştir." Sonra Garcia'ya döndü ve "Bu işi gizli tutacağına güvenebiliriz, değil mi?" diye sordu.

"Elbette" dedi Garcia. "Bundan kuşku duymayın."

Adil, Clara'ya döndü ve "Teşekkür ederim" dedi.

El yazıları

Bu insanları tanıyorum: Rıza, Garcia, Yoriko, İbrahim, Juan Perez... Gerçekten de hepsinin acı bir geçmişi var, hepsi yaralı. Stockholm'ün soğuk sokaklarında birer yaşam acemisi gibi dolaşıp duruyorlar ve daha da önemlisi, içinde yaşadıkları toplumdan hakaret görüyorlar.

Toplantının ertesi günü hastaneye ziyarete gelen ve aklına güvendiğim tek insan olan Bülent'le konuştuğumda bana çok ilginç şeyler anlattı. Zaten hazırladığı doktora tezi de politik mülteciler üstüne idi.

70'li yıllarda politik sürgünlerin durumu daha iyiymiş: Avrupalılar el üstünde tutmuş bu insanları. Çünkü kendi ülkelerinde demokrasi mücadelesi vermiş, acı çekmiş, işkence görmüş insanlar olarak karşılanmışlar; ama sonra sayıları o kadar artmış ve içine girdikleri topluma o kadar uyumsuzluk göstermişler ki çevrelerinde yavaş yavaş bir nefret çemberi oluşmaya başlamış.

İsveçliler bu insanlara bir şey yapmıyor, hiçbir kötü davranışta bulunmuyor ama içlerine de almıyorlar. Bu insanlar "kara kafalı", kavgacı, kirli yabancılar olarak algılanıyor. İsveçli kızların bakışlarından okuyorlar bunu, otobüste karşılarında oturan yaşlı kadının, metrodaki gencin tavrından anlıyorlar. Yoklar sanki. Gözler onları geçip uzaklara bakıyor, hiçbir ilişki kurulmuyor.

"Bu insanların hiçbiri geri dönmez" diyor Bülent. "Turist

olarak gidip gelirler belki, dillerinden düşürmezler ama dönmezler. İsveç'in görünmeyen rahatına alıştılar. İşte Adil bunu göremiyor. Bu insanlara cinayet işletemezsin. İyi ki de böyle. Ama anlayamadığım tek şey, Clara'nın tutumu. Ne biçim genç kız bu?"

Ben de ülkemden nefret ederek ayrılmıştım ama aradan geçen onca yıldan sonra anlıyordum ki hiç kimsenin toprağından tamamen kopmasına imkân yoktu. Ağaçlar, bitkiler gibi o toprağa dikilmiştik. Sürgünün en kötü yanı da buydu. Doğaya aykırıydı sürgün. Bu yüzden hepimiz perişan olmaya yazgılıydık. Mutlu sürgün yoktu ve olamazdı.

Yaşlı adam da bir anlamda sürgündü burada. O da hayvanat bahçesindeki ayı gibi sıla hasreti çekiyordu. Ne yazık ki yaşlı adam beni de uzun kış uykusundan uyandırmış ve Türkiye kokuları getirmişti. İçim yanıyordu artık. Türkiye'den tekrar nefret etmeye çalışıyor, yaşlı adamın yaptıklarını, işlenen suçları, cinayetleri düşünüyor ama o keskin nefret duygusunu bir türlü yakalayamıyordum.

Mültecilerin yaşamları karanlık, içleri fırtınalıydı. Bazıları esrara alışmıştı. Şimdi burada kod adlarını bile vermek istemediğim bazı sürgünler, evlerindeki saksılarda kenevir yetiştiriyor ve yapraklarından sigara sarıyorlardı. Böyle gecelerden bir ikisine katılmak yanlışlığını yapmıştım; çünkü ben de yalnızdım ve kafamı nereye vuracağımı bilmiyordum. Bir gece, esrarlı sigaralar sarıyorlar, şarap içiyorlar ve kasetten çok yüksek sesle Anadolu saz âşıklarının seslerini dinliyorlardı. Âşığın sesinin yakarış ve acı dolu haykırışına, camları zıngırdatan, gırtlak paralayan çığlıklarına dalıp gidiyorlardı. Biri kocaman bir sigara sarmıştı: Odayı, kadife kumaş yakılmışa benzeyen kekre bir kokuya boğarak derin soluklar alıyor, sonra yanındakine geçiriyordu. Sıra bana gelince ben de almıştım. Belki biraz iyi gelir, diye düşünmüştüm ama hiçbir şey olmadı çünkü amaç baş döndürmekse, başım zaten dönüyordu.

(Bir ayı aşkın süren kusma dönemim geçtikten sonra bu baş dönmeleri kalmıştı bende. Bir süre duvarlara tutunarak yürümek zorunda kaldım. Bu bile, sürekli kusma döneminden iyiydi.) Bir yerden sertçe duvara vurulduğunu duydum. Herhalde, artık gürültüye dayanamaz hale gelen bir komşuydu. Önce kimse aldırmadı, sonra komşunun ısrarı üzerine, içlerinden biri pabucunu çıkardı ve o duvarı daha hızlı dövdü. Öteki tarafta ses kesildi bunun üzerine.

Camların içi, dev saksılarda özenle büyütülmüş, boy atmış kenevir yapraklarıyla kaplıydı. Azaltılmış ışıkta, o değişmeyen eğlence biçimine, halka halka dumanlara, kapanan gözlere, kıraç Anadolu köylerinin kadim ve acılı seslerine yürekten katılan ve dünyanın temeline o anlayışı yerleştiren, buna boyun eğen mültecilere bakıyor ve "Bunların arasında benim ne işim var?" diye düşünüyordum. Belki de bu bir yok oluşun tadını çıkarmaktı ve ben de katılıyordum bu ayine. Sanki dünya ikiye ayrılmıştı ve içinde yaşadığımız bölüm öyle dayanılmaz, öyle iğrenç, öyle katı ve acımasızdı ki hepimiz, bulabileceğimiz en aşağı yaşam biçimini tutturmaya çalışıyorduk. Kendini aşağılayarak topluluk ve onu düzenleyen rejim de aşağılanabilirdi. Bu yaşam, en ufak bir çabaya bile değmezdi. Dostluktan, değerler sisteminden, ahlaktan, can için yalvarmamaktan söz eden eski türküler, toprak, aile, din, yurt kokan esintiler uyandırıyordu sürgünlerde. Sigara durmadan dolaşıyordu. Bana birkaç kez daha sıra geldi. Yanımda oturanın ağlamaya başladığını gördüm. Ağladığını fark etmediği için ne yaşlarını siliyor ne bir mendil çıkarıyor ne de gözlerini yumuyordu. Yüzünü buruşturduğu falan da yoktu. Gözlerini kırpmadan oturuyor ama durmadan yaş döküyordu. Gözümüzün içine bakarak ve kıpırdamadan, yanaklarını parlatan yaşlar ellerine dökülerek ağladı durdu.

Birden yine içimdeki karanlığın koyulaştığını duydum.

*Bütün gücüyle içimdeydi. Yerin binlerce metre altındaki taş
bir hücreye, yedi kat zincirlerle bağlanmış gibi soluksuz bı-
rakarak boğuyordu beni. Uzatılan sigaradan bir nefes alı-
yor, doldurulan şarapları içiyordum. Bir de baktım ki ayak-
tayım; hem de yandaki odada, telefonun başında. Orada, seh-
paya dayanarak dikilip duruyorum. Yan odadan ışık sızıyor,
gürültüler duyuluyor. Ne kadar zaman geçti. Ne yapıyorlar,
birbirlerinin boğazını mı kesiyorlar? Sonra telefonun ahizesi-
ni kaldırıyorum ve numaraları çeviriyorum. Karşı taraf uzun
uzun çalıyor ve ben bir başkasının hareketlerini izler gibi her
şeyin dışında durarak telefonun sinyalini dinliyorum. Sanki
iki kişinin konuşmasını dinleyecekmişim gibi bir duygu var
içimde. Neden sonra telefonun açıldığını duyuyorum. Uykulu
bir erkek sesi, "Alo!" diyor.*

"Filiz'i verin!" diyorum.

Karşı taraf şaşırıyor. Bir sessizlik oluyor.

"Kimi istediniz?"

"Filiz'i" diyorum. "Onu istiyorum."

*Yine bir sessizlik oluyor ve "Sami, sen misin oğlum?" diyor
karşı taraf. Telefonu kapatıyorum.*

*Hemen mi çıktım dışarı, yoksa odadaki kalabalığa tekrar
girdim mi, neler konuşuldu hiçbirini hatırlamıyorum. Sadece
gece ayazında, dona çekmiş yollarda kaymamak için ağır ağır
giderken yüzümü ısıran soğukta ne yaptığımı anlayabildim.
Ancak o zaman farkına vardım Filiz'in babasını aradığımı.*

*Çevremi, yavaş yavaş, sezdirmeden yükselen buzlu su gibi
bir yalnızlık ve soğukluk sarmıştı.*

*Yaşlı adamla aramdaki kişisel meselenin böylesine politik
bir mecraya dökülmesi beni çok ama çok tedirgin ediyordu.
Bu işin tartışılması, toplantılar yapılması berbat bir şeydi.
Bir sürü yabancı insan mı karar verecekti ne yapacağımıza?*

Çenemi tutamayıp Adil'e haber vermiş olduğum için kendime kızdım. Onun ne zıpır olduğunu bilmiyor muydum sanki. Bülent beni bu işten vazgeçirmeye uğraşıyordu. Çünkü hiçbir şey bilmiyordu. Peki Clara'nın durumu neydi? O niye bu kadar ısrar ediyordu? Acaba yaşlı adam beni tanımış mıydı? Son zamanlarda en çok düşündüğüm şey buydu. Kim olduğumu biliyor da saklıyor muydu, yoksa gerçekten tanımamış mıydı?

8

Clara sık sık babasını düşünürdü. Çizgili lacivert kruvaze takım elbisesi, bordo kravatı, briyantinli siyah saçlarıyla ünlü tangocu Carlos Gardel'i hatırlatan babasını aklına getirmediği gün yok gibiydi. Çocukken annesi bir şeye kızdığında, babasının ona hafifçe göz kırpmasını ve işaret parmağını dudaklarının üstüne götürüp sus işareti yapmasını unutamıyordu. Böyle durumlarda Clara susar ve başıyla ona belli belirsiz bir selam verirdi. Babayla kız arasındaki gizli kodlardan biriydi bu. O sinirli, her şeye öfkelenen anneye karşı geliştirilen kodlardan biri. Clara'nın çocukluk yıllarını siyah bir dantel örtülmüşçesine karartan bu anne öfkesi, babayla kızın yakınlaşması ve ortak bir cephe oluşturması sonucunu doğurmuştu. Çünkü evdeki yaşamın şöyle ya da böyle devam etmesi gerekiyordu.

Clara, Göran'ı okul kitaplarında okuduğu Yunan tanrıları kadar yakışıklı bulurdu. Kırsal Olympos'un sakinleri gibi uzun boylu, adaleli, düzgün vücutlu ve sakallıydı. Okul kitaplarındaki resimler, renkleri hakkında bir fikir vermiyordu ama Göran'ın ipek gibi sarı sakalları ve masmavi masum gözleri Tanrı imgesine çok uygundu doğrusu. Bazen onun yüzünü, hareketlerini seyretmeye doyamıyor ve dünyada Göran kadar güzel bir insan görmediğini düşünüyordu. "Tanrı'm nasıl olabilir bu kadar güzellik?" diye sorduğu oluyordu kendi kendine. Ayrıca, dünyada rastladığı insanların en iyisiydi.

Gündelik yaşamın ayrıntılarında ortaya çıkan her davranışı, bir melek safiyeti taşıyordu. Hiç dikkat edilmeden yapılan şeylerdi bunlar ya da tartışmalarda ortaya çıkan berrak bir masumiyetti. Clara, Göran'ın onu sevgili olarak seçmesiyle dünyanın en şanslı kızı olduğunu düşünüyor, ona hayran oluyor, ona tapınıyordu ama sık sık gelen ağlama krizlerine engel olamıyordu bu hayranlık. Göran'a âşık değildi. Ona hayrandı, güzelliğine, iyiliğine, yeteneklerine tapıyordu ama bir erkek olarak sevemiyordu onu bir türlü. Göran ona bir kız kadar nazik ve kırılgan geliyordu. Maçoluktan nefret ettiği ve erkek şovenizmini sonuna kadar lanetlediği halde, Göran'ı erkeksi bir hoyratlık içinde görme isteğine engel olamıyordu bir türlü. Her şey fazla iyi, fazla saydam, fazla dürüst ve fazla sıkıcıydı.

Huzursuzdu kısacası.

Arada bir, annesini ziyarete gidiyor ve her seferinde o aşırı ihtiraslı ve sinirli kadının yanından hayal kırıklığıyla ayrılıyordu. Hâlâ genç bir kadındı annesi. Yeniyetmeleri kıskandıracak kıvrak bir vücudu ve iri kara gözlerini daha da belirgin kılan, biçimli bir Latin yüzü vardı ama her hareketiyle gergin elektrik dalgaları yayıyordu. Babasının dingin ve yumuşak olgunluğu yoktu onda. Hızlı hızlı konuşuyor, arada histerik kahkahalar atıyor ve kendisini her şeyle alay etmek zorunda hissediyordu.

Anne ile kız arasında hiçbir zaman gerçek bir insan ilişkisi kurulamamıştı. Clara küçüklüğünden beri annesini, gerekli işleri yapan ama zihni hep kendi kendisiyle meşgul bir kadın olarak hatırlıyordu. Stockholm'deki ender görüşmeleri de bir görevi yerine getirir gibi hızlı, kuru ve sıkıcı oluyordu.

"Göran nasıl?" diye soruyordu anne.

"İyi" diye yanıtlıyordu Clara. "O hep iyidir."

"Sağlığın nasıl? Seni biraz zayıf gördüm. Rengin de soluk mu ne?"

Bu sözleri makine gibi arka arkaya sıralayıveriyordu. Bunun üzerine Clara'nın içinde, zaman zaman uykuya dalan ama bazen birdenbire ortaya çıkan isyan damarı kabarıyor ve "Aybaşım çok sancılı geçiyor da ondan!" diyordu. Anne irkiliyordu bu söz üzerine. Anne kız hiçbir zaman böyle şeyleri konuşmazlar ve diğer ailelerde normal olmasına rağmen insan vücuduna ve cinselliğe ait konulardan, şeytan görmüş gibi kaçarlardı. İlk âdet gördüğünde Clara'ya yardım eden, neyin ne olduğunu anlatan kişi annesi değil, babaannesi olmuştu. Annesi arkadaşlarıyla her şeyi konuşuyordu, çok da küfürbaz bir kadındı ama kızına gelince katı bir başrahibe kesiliyordu. Kişiliğindeki tek çelişki bu değildi ama bu da hatırı sayılır bir acayiplikti doğrusu. Yabancılarla samimi, kızına ise alabildiğine uzaktı.

Yoriko bu eyleme hiçbir zaman katılmayacaktı. Çünkü bir mucizenin gerçekleştiğini gördüğü o müthiş günün akşamında, kendini yüksek bir binanın tepesinden aşağıya savuruverdi. Aşağı düşerken belki de ömründe ikinci kez mutlu olduğunu düşünüyordu. Yukio'nun kendisini ilk kez dudaklarından öptüğü o unutulmaz Kyoto akşamüstü gibi Stocholm'de de ufuk kıpkırmızıydı. Şehre karanlık çökmüş ama üstüne kırmızı bir tül perde asılmış gibiydi. Yoriko binanın tepesinden ışıl ışıl Sergei Kulesi'ni, Gamlastan'ın yeşil çatılı evlerini, gökyüzünü altın yuvarlaklarla süsleyen tarihi kuleleri görebiliyordu. Enfes bir manzaraydı bu. Kar ve güneş birleşince ortaya unutulmaz görüntüler çıkarabiliyorlardı işte.

O sabah kavuşmuştu bu mutluluğa. Her gün yaptığı gibi karlı ormana yürüyüşe gitmişti. Yapacak başka bir şeyi yoktu ki. Ne bir tanıdığı vardı, ne görüşebileceği bir dostu, ne bir sevgilisi, ne de bir arkadaşı. Yalnızlık kalın bir duvar gibi sarmıştı çevresini. Akşamları, kentin yüksek binalarından birindeki büroları temizlemeye başlıyor, bir sürü masayı topluyor, çöpleri döküyor, yerleri paspaslıyor, her büro makinesinin tek tek tozunu alıyordu.

Sonra?

Sonrası boşluktu işte, boşluk, boşluk, boşluk! Bütün gün boştu; yapacak hiçbir şeyi ve gidecek hiçbir yeri yoktu. Sokaktaki insanlar onu görmüyor gibi davranıyorlardı. Bu küçük Japon kızına hiç kimsenin aldırdığı yoktu. Aynaya bakıyor ve "Ne kadar çirkinim!" diye düşünüyordu. "Niye böyle çirkin yaratıldım? İnsan, yüzünü değiştiremez mi?" Hayatta onu güzel bulan tek kişi Yukio olmuştu: "Güzelim, bir tanem, ak kuğum!" Ama o da yaşamıyordu şimdi.

İsveçlilerin çok önem verdiği, ilk Noel gecesini de tek başına geçirmiş ve ufacık bir hediye bile verecek bir arkadaşı olmamasının boğucu sıkıntısını yaşamıştı. Yılbaşı gecesi de aynı şekilde geçmişti. Tek odalı evinde oturup televizyon izlemişti. Normal günlerde iki kanallı devlet televizyonu saat dokuz buçukta "İyi geceler!" diyerek kapanır ve ondan sonra eve korkutucu bir sessizlik egemen olurdu. Zaten açık olduğu saatlerde de seyredecek bir şey yoktu ya! *Aktüellt ve Raport* haber programlarından sonra iki kanalda da ya çalışma yaşamını ya da hastaneleri anlatan belgeseller yayımlanır, sonra da uyku saatinin geldiği bildirilirdi. Gelişinin altıncı ayında televizyonda izlediği bir programa çok şaşırmıştı. Çünkü yeni yeni gelişen İsveççesiyle izlediği programda insanların evde mi, yoksa hastanede mi ölmesinin daha doğru olduğu tartışılıyordu. Çocuklar üzerindeki etkisi bakımından hangisi daha iyiydi acaba?

Yoriko televizyon kapandıktan sonra, her akşam yaptığı gibi İsveç kraliyet ailesini gösteren fotoğraf kitabını eline alıyor ve uzun uzun bakıyordu. Bu büyük boy, ciltli kitap onun ayrılmaz parçasıydı artık. Genç kralı, kraliçeyi ve prensesi saatlerce seyrediyor, bir masal dünyasının kahramanları gibi onlara hayran oluyordu. Kendi geçmişi ve politik mücadeleleri göz önüne alındığında böyle bir şey yapmanın çok saçma olduğunu biliyordu ama elinde değildi; soylu hanedanlara karşı akıldışı bir merak ve hayranlık duyuyordu. Bir gün onları görmesinin mümkün olup olmadığını düşünüyor ve bu konuda hayal bile kuramayacağını anlıyordu. Kraliyet ailesi, Stockholm'de politik sürgün olarak yaşayan bu küçük Japon kızına o kadar uzaktı ki böyle bir şey olması mümkün değildi. Saraya başvursa kendisine gülerlerdi. Çocukluğunda babaannesinin anlattığı imparator masalları gibi değildi bu dünya.

Temizlikçi olarak çalıştığı yüksek binaya sadece akşamüstleri gittiği için, gündüzleri karlı ormanlara dalıyor ve saatlerce yürüyordu. Bir süre sonra ayakları donuyor ve yüzü kıpkırmızı kesiliyordu ama bütün bunları hissetmek, içine zehirli bir yılan gibi süzülen ve çöreklenip oturan o bitimsiz, sonsuz yalnızlık duygusu ve sıkıntıdan daha iyiydi.

Yılbaşından iki gün sonra yine kendini ormanlara vurmuş yürüyordu ki bir mucizeyle karşılaştı Yoriko. Dizlerine kadar bata çıka yürüdüğü saray ormanında önce insan sesleri duydu, sonra da ağaçları geçince ömrü boyunca gördüğü en güzel ve en şaşırtıcı rüyayla yüz yüze geldi. Kraliyet ailesi oradaydı. Kral, kraliçe ve küçük prenses. Hepsi de parlak renkli şık anoraklar giymiş, eldiven takmış ve başlarına yün şapkalar geçirmişlerdi. Kral, çocuklarıyla kartopu oynuyor ve minik kızının kendisine top isabet ettirme çabasının ardından onu yalancıktan kovalıyor, yakalayınca da kucaklayarak kaldırıyor, havada bir iki kere çeviriyor ve öpüyordu. Kraliçe Sylvia mutlu gözlerle izliyordu bu tabloyu. Hanedan, sıradan bir aile gibi masum kış eğlencelerine kaptırmıştı kendini.

Gerçi İsveç'te bundan önceki yaşlı Kral Gustav'ı da bisikletle halkın arasında dolaşırken görenler vardı ve Başbakan

Olof Palme, öğle vakti bürosundan çıkıp kuyruğa girerek sosisli sandviç alırdı ama yine de aileyle aniden yüz yüze gelmek Yoriko'yu müthiş heyecanlandırmıştı. Sanki gerçek dünyadan, bir rüyaya atlayıvermişti birdenbire. Kartopu oynayan kraliyet ailesini hayran hayran seyretmeye doyamıyordu ki ailenin biraz uzağında saygılı bir tavırla beklemekte olan maiyet memurları onun farkına vardılar. İki kişi Yoriko'ya doğru yürürken o tarafa bakan kraliçe de gördü onu. Şimdi kraliyet ailesi kartopu oynamayı bırakmış Yoriko'ya bakıyordu. Şaşırdı, ne diyeceğini bilemedi, dönüp gerisin geriye kaçmak geldi içinden. Gördüklerinin gerçek olduğunu, bir rüyaya adım atmadığını o anda kavramıştı sanki. Kraliçenin, eliyle kendisini çağırdığını gördü ve büyülenmiş gibi ona doğru yürüdü. Yanlarına gelince içgüdüyle eğildi, Japon usulü selamladı kraliyet ailesini. Zarif kraliçe omzuna dokunarak onu doğrulttu ve elini sıktı. Yoriko kraliçenin eline değmiş olan sağ eline bir mucizeye bakar gibi baktı. Sonra bir üzüntü bıçağı girdi yüreğine. Kraliçenin elini gevşek fugu balığı jölesi gibi tutmuştu. Geleneğinde el sıkışma olmadığı için, insanların elini kavraması gerektiğini bir türlü hatırlayamıyor ve pelte gibi bırakıveriyordu parmaklarını. Ama kraliçe hiç kızmamıştı. Her ayrıntısını ezbere bildiği güzel, kahverengi gözlerinde derin bir şefkat ve iyilik okunuyordu. Ona, günaydın, diyor ve hatırını soruyordu Kraliçe Sylvia. Sonra kızına, konuğu selamlamasını söyledi. Küçük prenses daha yeni öğrendiği reveransla Yoriko'yu selamlamaya çalışırken karların üstüne kıç üstü düşünce yüzünde sonsuz bir hayret ifadesi belirdi, alt dudağı ağlayacakmış gibi büzüldü ama ailenin kendisine kahkahalarla güldüğünü görünce o da gülüp el çırpmaya başladı.

Yoriko neredeyse sevinçten ağlayacaktı. Prenses ona reverans yapmıştı. Kral ona, kendileriyle bir fincan kahve içip içmeyeceğini sordu ve maiyet memurları ellerindeki termos-

142

tan, şık porselen fincanlara doldurdukları kahveyi aileyle birlikte Yoriko'ya da ikram ettiler. Ayakta kahveler içilirken Yoriko'ya sorular sordu kral. Onun adını ve dört yıldır Stockholm'de yaşadığını öğrendi. Belli ki bir yılbaşı ertesi, karlar arasındaki saray bahçesinde hava alırken rastladıkları, İsveççe konuşan bu Japon kızı onların da ilgisini çekmişti. Ama hepsi bu kadardı işte. Rüya bitmişti, şimdi kraliyet ailesi saraya dönüyordu, Yoriko da odasına.

Yine de oradan ayrılıp amaçsızca yürürken mutluluktan uçmak isteği duyuyor ve krala nasıl olup da orada kullandığı kod adı Yoriko'yu değil de, Stockholm'de kimselerin bilmediği gerçek adını söylediğini düşünüyordu. Annesinin, babasının ve Yukio'nun ona seslendiği gerçek adını söylemişti. *Jag heter Hanako!* (Benim adım Hanako!) demişti o görkemli, büyük ve saygıdeğer İsveç kralına, Kuzey diyarının efendisine.

Yoriko o akşam boştu. Tatil günü olduğu için büroyu temizlemesine gerek yoktu ama o bütün gün sarhoş gibi dolaştıktan sonra akşamüstü, çalıştığı yüksek binaya geldi. Nasıl olsa anahtarları vardı. On dördüncü kattaki büroya çıktı. Güneş batmış ve Stockholm'ün çatılarına, ufuk çizgisinin kızıllığı vurmuştu. Bir rüya gibiydi şehir, altın kubbeleri ışıldıyordu; aynen bugünkü kralı, kraliçesi ve prensesi gibi.

Artık o birbirine benzeyen günleri, odasındaki inanılmaz yalnızlığı, dostsuzluğu, sevgisizliği, yüzlerce kabak ve bakla arasına sıkışan yaşamını aşmış, bir başka kişi olmuştu.

Pencereyi açtı, pervaza çıktı. Dört yılını geçirdiği kente ve uzaktan görünen görkemli kraliyet sarayına baktı ve kendini uçmaya bıraktı. Mutluluktan içi içine sığmayarak uçuyordu şimdi. Kral ve kraliçenin ülkesinin üstüne süzülüyordu.

Ertesi sabah ölüsünü bulduklarında bile, yüzündeki mutluluk anlatımı silinmemişti.

El yazıları

Clara beni anlıyordu, belki de Stockholm'de tek anlayan kişiydi. *Ben de onu anlıyordum: Onun içindeki korkunç öfkenin, durup durup gerçek bir okyanus fırtınası gibi patlayıveren öfkenin farkındaydım ve ona hak veriyordum. Clara'nın öfkesi, çevresindekileri şaşırtacak boyutlara varıyordu. Göl kıyısındaki evde, olağan bir akşam sohbeti sırasında birinin kullandığı bir kelime, bu kızın zembereklerinin boşalmasına sebep olabiliyordu. Bağırıyor, çağırıyor, hakaret ediyor, ayağa kalkıyor, eline geçen her şeyi parçalıyor, yıkıp döküyordu. Böyle anlarında yapılabilecek hiçbir şey de yoktu. Hep kucağında tuttuğu ve geceleri sarılarak yattığı ayıcığını bile parçaladı bir gün. Zavallı hayvancağızın plastik gözlerini söktü, karnını deşip içindeki pamukları etrafa saçtı. Sonra da camı açıp dışarı fırlatıverdi. Bazen Göran'ın hediye ettiği değerli bir kolyeyi köşedeki çini sobaya atıyor, bazen de yere kapanıp hıçkıra hıçkıra ağlıyordu. Kimi geceler evin içinde uzun haykırışları, ağlama krizleri duyulurdu.*

Böyle delice öfkelere kapılmadığı zamanlarda dünyanın en şirin, en cana yakın ve en yardımsever kızı oluveriyordu. Yumuşak, dikkatli, zeki ve sevecendi. Her sorunu bir anda çözüveren bir zekâya sahipti. Hayatımda onun kadar hızlı düşünen ve davranan birine rastladığımı hatırlamıyorum. Herkese yardım etmeye çalışırdı.

Bu olağanüstü kibar kızın, birdenbire delice bir öfke kri-

zine kapıldığını ve ağza alınmaz küfürler etmeye başladığını görenler şaşırıp kalıyorlar, bu ani değişimi nasıl adlandıracaklarını bilemiyorlardı ama ben seziyordum. İçten içe biliyordum ki onun da benim gibi derin ve yüzeye çıkaramadığı bir geçmişi var. Çünkü öfkelendiği zamanlar gözlerine nefret dolu bir bakış gelip yerleşiyordu. Toptan bir nefretti bu. Şuna buna kızma, sinirlenme değildi. Dünyaya öfkeliydi ve bunun ne zaman patlayacağını bilemezdiniz. Hiçbir mantıklı açıklaması yoktu.

Bir cumartesi akşamı, göl evine gelen konuklarla birlikte yemek yeniyordu. Bazıları nedense çok neşeliydi o akşam. Durmadan fıkralar anlattılar ve çok güldüler. Clara başının ağrıdığını söyleyip yemeğe gelmemiş, odasında kalmıştı ama gecenin sonuna doğru o meşhur öfke krizlerinden biri patlayıverdi. Genellikle bu krizler bir ağlama nöbetiyle biterdi. Daha sonra da yatışırdı ortalık. Her şey geçtikten sonra Göran'a ne olduğunu sorduk. Bilmediğini söyledi. Clara onun başkalarıyla o kadar konuşmasına ve özellikle de gülmesine dayanamamış. Göran "İyi ama odada yalnız kalmayı sen istedin. O kadar ısrar ettim, dışarı çıkmadın. Sonra niye kızdığını anlayamıyorum" demiş.

Clara hiçbir şey duymak istemiyor ve "O kahkahaları benim yerime sen dinleseydin anlardın ne demek istediğimi" diyormuş.

Herkes bu görünür sebeplere takılıyor ve Clara'nın aklını kaçırmış olduğunu düşünüyordu ama dediğim gibi ben bu saçmalıkların altında başka bir şeyin varlığını seziyordum. Clara'nın da içine benimki gibi bir karanlık yerleşmişti: Bazen gözlerini karartan, rengini solduran ve nefesini kesen bir karanlık.

Bu yüzden bir gün annesine gittim. Telefonda, Clara'yla ilgili bir şey konuşacağımı söylemiştim. Akşam oluyordu. Biz, Clara'nın annesiyle küçük salonda oturuyorduk. O sinirli kadına getirdiğim bir tutam çiçek, masanın üstünde duruyordu. Vazoya koymamıştı.

Ben daha "Clara" der demez kadın patladı. Meğer ne dertliymiş. Clara'nın ne asiliğini bıraktı, ne deliliğini, ne saygısızlığını. "Artık başa çıkamıyorum" diyordu. "Zaten evden de çekip gitti. Şanslıymış ki iyi bir oğlan buldu. Zavallı Göran, Clara'nın yanında melek sayılır. İşte birini bulmuşsun, otursana. Hayır, bu sefer de bakireliğimi bozdurmam, diye tutturmuş. Kime ne senin bakireliğinden. Köpekler bozsun senin bakireliğini. Bunların hepsini, benim başımı belaya sokmak için yapıyor. Kurtulamayacağım bu kızdan."

Kendini öyle kaptırmıştı ki benim ne için geldiğimi sormayı bile unutmuştu. Durmadan sövüp duruyordu Clara'ya. Kadının küfürbaz olduğunu duymama rağmen, bu sövüp sayma seansı beni epeyce şaşırttı doğrusu.

"Peki babası?" dedim laf olsun diye. "Kızının üstüne titriyor; onun yardımı olmuyor mu?"

Kadın yüzüme tuhaf tuhaf baktı ve "Ne babası?" diye sordu.

"Clara'nın babası! Avukat!"

"Git be!" dedi. "Sen benimle dalga mı geçiyorsun. Şu otların ne kadar babası varsa onun da o kadar var." Masanın üstünde, benim getirdiğim çiçekleri gösteriyordu.

Bir şeyler sezer gibi oldum. Kadını biraz daha konuşturmak için Clara'nın babasına olan düşkünlüğünü, babasının onu takip ettiğini, erkeklerden korumak istediğini falan anlattım. (Bunların hepsini Clara'dan öğrenmiş, yazara da aynen aktarmıştım.)

"Bana bak!" dedi. "Clara'nın babası avukattı, bu doğru ama geri kalan her şey yalan. Bu kızın söylediği hiçbir şeye inanmayacaksın."

Sonra, baba Federico'nun Santiago'da genç bir avukat olduğunu, birbirlerini çok severek evlendiklerini anlattı. Hatta ben ısrar etmeden, kitaplıkta duran gümüş çerçeveli düğün resimlerini bile getirip gösterdi. Siyah saçlı, kemikli yüzlü, yakışıklı bir adamdı Federico Arrabal. Saçlarını sıkı sıkı arkaya taramış, bir tel kalkmamacasına yapıştırmıştı. Clara'yı hatırlatan iri siyah gözleri vardı. Evlendikten iki yıl sonra kızları doğmuştu. Clara'yı nazlı bir çiçek gibi büyütüyorlardı. Onun da babasına aşırı bir hayranlığı vardı. Bu arada aile albümü de ortaya çıkmıştı ve ben babasının ve annesinin kucağındaki Clara'nın küçüklüğünü, doğum günü pastasını üflemesini, okula başladığı günü, babasının kucağında çıplak denize girerkenki halini görebiliyordum.

Yalnızlıktan bunalmış olan kadın konuştukça konuşuyor, kocasının işkence sırasında su fıçısında boğulmuş olduğunu, İsveç elçiliğine sığınmalarını, Stockholm'e gelişlerini anlatıyordu ama benim pek ilgimi çekmiyordu artık bunlar. Bu tip hikâyelerin hepsi birbirinin aynıydı. Ayrılmadan önce kadından bu ziyareti gizli tutmasını rica ettim çünkü Clara'nın öfke nöbetlerinden birinin hedefi olmak gibi bir tehlike gözükmüştü ufukta.

O akşam Clara'yı görünce hiçbir şey söylemedim. Bu konuyu onunla hiç konuşmadım. Artık içindeki karanlığı biliyordum. Öfke krizlerini, acısını anlıyordum.

Sadece ikimizde değil galiba hepimizde vardı bu ama dereceleri değişikti. Daha sonra hastanedeki doktor bunu "göçmen hastalığı" olarak adlandıracaktı. "Fiziksel hiçbir sorununuz yok" diyecekti bana. "Zaten filmler, tahliller de bunu kanıtlıyor." Sonra, "göçmen hastalığı" dediği şeyi anlattı. Belirli semptomları olan bir hastalıktı bu. Gıdaların, iklimin ve koşulların aşırı değişikliği ve bulunduğu çevreye uyamama sonucunda, gerçekten fizyolojik bozukluklara da varabilecek bir sarsılma ortaya çıkıyordu.

Bu sözler bana Kâlmârden Hayvanat Bahçesi'nde gördüğüm hasta kutup ayısını hatırlattı. Ayıların dolaşabilmesi için açık bırakılmış bir doğa parçası içinde, olduğu yerde iki adım öne, iki adım arkaya gidiyor; başını sallıyor, sonra aynı hareketleri yineliyordu. Gün boyunca yaptığı tek şey buydu. O kutup ayısının durumunu da "aşırı mekân değişikliği" ile açıklamışlardı.

Sürgünlerin durumu böyleydi ama Clara'yla benim farklı nedenlerimiz vardı ve bu nedenler garip bir biçimde bizi birbirimize yaklaştırıyordu. İnsanlara yaklaşmasam bile Clara'dan kaçma gereği duymuyordum. Hatta bir gece onu çalıştığım çöp arabasıyla gezdirmiştim. Bir kış gecesi Sergelstorg'daki metro çıkışında açlık grevi yapanlar vardı. Kim bilir hangi politik amaca dikkat çekmek için yapılan eylemlerdi bunlar. Afişlerle kaplanmış bir tezgâhın arkasında yorganlara, uyku tulumlarına sarılmış yatan gençler görülüyordu. Solda cam kule, şimdi donmuş olan fıskiyeli havuz... Damalı Sergelstrog Meydanı uzanıyordu önlerinde. Meydan kurumuş bira artıkları, patates püreleri, buruşturulup atılmış kâğıtlar, muz kabukları, gazeteler, çikolata kâğıtlarıyla kaplıydı. Bunlara dikkat ediyordum çünkü hepsini ben temizleyecektim. Stockholm'e gittikten sonra, evden verdikleri para bir süre idare etmişti beni. Daha sonra da para göndermeye devam ettiler ama ben iş kurumunun verdiği işlerde çalışmaya başladım. Çünkü vakit geçiyordu. Ne iş olursa olsun aldırdığım yoktu. O sıralarda da kocaman sarı bir çöp kamyonuyla geceleri kentin sokaklarını dolaşıyor, su püskürterek çöpleri caddelerin iki yanında topluyordum. Daha sonra küçük arabalar bu çöpleri süpürüyordu. Bu yüzden, çöpler benim işimdi.

Sağda yükselen geniş merdivenlerden inip çıkanlar vardı. Gece ayazında parkalarına, paltolarına bürünmüşler, başlarına takkelerini, şapkalarını geçirmişlerdi.

148

Bu arada Clara da bildiri dağıtıp duruyordu. Oradan geçerken bütün bunları görmüş ve durup seyretmeye başlamıştım. Birazdan işe gidecektim. Sarhoşlar gelmeye başlamıştı. El ayak çekilmişti ortalıktan. Sarhoşlar yıkıla yıkıla masaya geliyor, anlaşılmaz söylevlerine başlıyorlardı. Güçlü lambalarla aydınlatılmış yollarda, meydanlarda, gotik kulelerin, modern yapıların gölgeleri uzamış, biçim değiştirmişti. Issız yollardan geçen polis devriye arabaları, benim gibi su fışkırtarak ortalığı temizleyen, sonra döner fırçalarıyla kaldırım kenarlarını süpüren küçük temizlik araçları, sahnede kadınla erkek sevişmesi seyredilen seks kulüpleri, Malmskillnadsgatan'da yüzü gözü morarmış, uyuşturucu müptelası fahişeler, parklara, köşe başlarına, banklara kıvrılıp yatan sarhoşlar ve bütün bunların ortasında, şehrin tam göbeğinde açlık grevi yapan insanlar, pankartlar, bildiriler... İlginç şehirdi şu Stockholm doğrusu.

Köşeye yataklar serilmişti; battaniyeler, yorganlar, yastıklar yığılmıştı. Kızlar termoslardan sıcak çay servisi yapıyorlardı durmadan.

"Üşüyor musun?" diye sordum Clara'ya.

"Hayır!" dedi. "Ya sen?"

"Çöp arabasını almaya gidiyorum" dedim. "İstersen gel!"

Herhalde dünyada çöp arabasıyla gezmeye davet edilen ilk kız olmalıydı Clara; ama bu düşüncenin hoşuna gittiğini fark ettim. Benimle geldi. Kamyona tırmanarak çıktık. Elimin altında düğmeler vardı. Bunlarla tazyikli suları idare ediyordum. O güçlü sulara hükmetmek garip bir zevk veriyordu bana. Sokaklardaki her şeyi önüme katıp sürüyordum: Teneke kutuları, bira şişelerini, köpek boklarını, prezervatifleri, kâğıt mendilleri, kusmukları, kısacası şehrin bütün pisliğini önüme katıyor ve kaldırım kenarlarına atıyordum. Geçtiğim yerler pırıl pırıl oluyordu. Stockholm, gündüzleri dünyanın belki de en temiz kentiydi, her yer bakımlı bir bahçe gibiydi ve geceleri bu

temizliğe katkıda bulunmak hoşuma gidiyordu doğrusu.
Gece şehir benimdi. Pislik bırakmayacaktım buralarda.
Ters yolara giriyor, bomboş alanlarda koca arabayı dans eder
gibi çeviriyordum. Gündüz kalabalığı içinde lüks otomobiller,
telaşlı kalabalıklar, alışveriş merkezleri, pastaneler, lokanta-
lar, bankalar, holdingler arasında herkes ezik ve yılgın dola-
şırdı ama gece her yer benimdi. İstediğim her yere su fışkırta-
bilirdim.
Gece insanları olarak birbirimizi tanımaya başlamıştık ar-
tık. Gazete dağıtan ihtiyar, her gece bedava gazetemi veriyordu.
Yol kenarında beyaz tuvaleti ayaklarına dolanan sarhoş,
uzun sarı saçlı bir kız yürüyordu. Kim bilir nasıl bir geceden
dönüyordu böyle? Onu suyla hafifçe korkutuyorum, ıslatma-
dan ama. Bir çığlık atıp sıçrıyor. Makyajı bozulmuş. Bu ayıl-
tır onu, diye düşünüyorum. Humlegården'ın duvarına tüne-
miş erkekler görüyoruz. Biri ötekinin önüne eğilmiş, bir şey
yapıyor. Onlara da su fışkırtıyoruz. Neye uğradıklarını anla-
madan kaçışıyorlar.
Djurgården Köprüsü'nün üstüne geliyoruz böylece. Ko-
ca kamyonu tam köprünün orta yerine çekiyorum. Buradan
su, Boğaziçi gibi görünüyor. Yanımda getirdiğim sandviçi ve
kahve termosunu çıkarıyorum. Sandviçi bölüşüyoruz. Clara
bayılıyor bu gece gezisine. Sonra onu tekrar Sergelstorg'a bı-
rakıyorum. Meydanın tam ortasında İsveçli bir kız kollarını
açmış, raks eder gibi dönüyor. Sonra gidip metronun kilitlen-
miş kapılarını yumrukluyor. Clara elimi tutmuş, bırakmıyor.
Sıcak elini hissediyorum.
"Filiz" diye düşünüyorum. "Filiz!"
Ve onun yüzünü gözümün önüne getiremediğimi fark edi-
yorum birden. Yüzü, bir türlü gözümün önüne gelmiyor. Bir
bakış, dudaklarındaki bir gülücük kırıntısı, gövdesinin kıv-
rılışı... Bunların hepsi tamam ama yüzünü bütün olarak can-
landıramıyorum. Clara'nın gövdesinin olanca sıcaklığı elinde

toplanmış; parmaklarımın arasına giren, araştıran, sıkan ince parmaklarında...

Sabaha karşı şehir uyandı. Gece insanları; çöpçüler, gazete dağıtıcıları, bekçiler, devriyeler çekildi ortalıktan. Mutfak lambaları yandı. Metrolar, otobüsler, özel otomobiller homurtularla doldurdular şehri. Çocuklar ve ana babaları sütlü mısır gevreklerini, ekmeklerini yediler, kahvelerini içtiler ve milyonlarca insan yollara döküldü. Yorgun, halsiz, konuşmadan, bir savaşa sürülür gibi, kendilerini bekleyen döner şeritlere, makinelere, contalara, dükkânlara koştular. Akın akın, açlık grevi yapanların yanından geçtiler. Hiç ilgilenmeden. Gündüz çevreleri daha kalabalıktı. Köşede bir kadın org çalıyor, sesi bütün alanı dolduruyordu. Alışveriş torbalarıyla binlerce insan geçti oradan; birkaç kez fotoğrafları çekildi. Gazetelerde birkaç küçük haber olarak yer alacaktı açlık grevi.

Clara'yla aramızda adı konmayan, yarım yamalak bir sıcaklık oluşmaya başlamıştı. Ben bundan utanıyordum ama başkalarıyla konuşurken, kahve doldururken, bir şey tartışırken Clara'nın aklının bende olduğunu, benim varlığımı sürekli hissettiğini biliyordum. O kalabalık içinde hiç konuşmamak, sadece birbirimizin varlığını bilmek daha iyiydi aslında. Ne konuşabilirdik ki? Garip bir sürüklenişti bu ve ikimiz de sesimizi çıkarmadan akıntıya kapılmayı kabul ediyorduk, nerede duracağımızı bilemeden.

Yüzünün hep hüzünle gölgeli olduğunu fark etmiştim. Buna karşılık insanlarla konuşmasında müthiş bir enerji ve sevecenlik yüklüydü. Sanki hüznü kendisi içindi de iyiliği bütün insanlara yönelikti. Herkes farkına varmaya başlamıştı bunun. Varılmayacak gibi değildi. Onun havasını soluyor, bir jelatin yumağı açılır gibi çıtırtılarla yaldızlanan sesini, yürüyüşünü, bedeninin uyumunu, ellerinin beyazlığını içime çekiyordum. *Zaman oluyor benim farkımda değil gibi davranıyordu. Sonra ani bir davranış, aramızda bir şeyler olduğunu hatırlatıveriyordu. O duyguya ortak oluyorduk. Adı yoktu bunun, biçimi, başı ve sonu yoktu ama kendi vardı. Bir süre için bu yetiyordu bana. Çünkü rahat değildim. Böyle bir ilişki istemiyordum. "Filiz" diyordum durmadan, "Filiz!" Ama yüzünü gözümün önüne getiremiyordum.*

Bir gün Clara hastaneye geldi. Hasta gibi görünüyordu, gözlerinin altında belli belirsiz yorgunluk izleri vardı. "Bu kızın güzelliğini hiçbir şey bozamıyor" diye düşündüğümü hatırlıyorum. Gerçekten de o akşamüstü saatinde solgun ama son derece çekici bir yüzle bana bakıyor ve bir şeyler anlatıyordu. Niye böyle yorgun olduğunu sordum. Geceleri uyuyamadığını söyledi. Hastanedeki yaşlı adamın varlığını öğrendiği günden beri uykuları bozulmuş. Kendini hiçbir işe veremiyormuş.

Gerçekten de müthiş tedirgin görünüyordu. Oturduğu yerde duramıyor, kalkıyor, iki adım atıyor, geri geliyor, tekrar otururken ayağını sandalyeye çarpıyordu. Giriş katındaki pastanedeydik. "Dur sana kahve alayım" dedim. Tezgâha gittim. Çok hoş bir yerdi burası ve son günlerde neredeyse benim kabul salonuma dönüşmüştü. Bulaşık makinesinden çıkmış beyaz fincanlar her zaman sımsıcak olurdu. İsveç kurumlarına sinmiş olan temizlik, yalınlık ve özen, bu hastane kahvesinde bile çarpıyordu beni. Büyük kent merkezi dışında, ülkenin her tarafı böyleydi. Sanki her çakıl taşını alıp mendille ovalamışlar gibi görünürdü. Bir seferinde tankerden kıyıya petrol bulaşmıştı. Her yer zift içinde kalmış ve kuşlar ölmüştü. Hükümet bunun üzerine bir açıklama yaptı ve kıyıyı temizlemek için gönüllüler istedi. Gidebilecek durumda olan herkes gitti. Ellerinde bezlerle kıyının her taşını, her çakıl taşını sildiler, temizlediler.

Kahve doldururken dalıp gittiğimi ve İsveç'in temizliği üzerine düşünmekte olduğumu fark ettim. Son zamanlarda hep böyle oluyordu işte. Düşüncelerimi bir noktada odaklamakta güçlük çekiyordum. Çağrışımlar beni olmadık yerlere götürüyordu. Belki de Clara'yla konuşacaklarımız beni rahatsız ediyordu. Onun neden hastaneye geldiğini seziyordum ve aramızda böyle bir konuşmanın geçmesini istemiyordum. Kahveleri getirdiğimde, sözü fazla uzatmadı Clara. "Senden iki önemli isteğim var!" dedi.

"Söyle" dedim.

"Şu yaşlı adam var ya."

"Evet?"

"O adamı görmek istiyorum."

Bir an duraklamışım. Bunu fırsat bildi ve sesini yükseltme ye başladı.

"Çok bir şey istemiyorum ki senden. Beni yukarı çıkaracaksın ve adamı uzaktan göstereceksin. Hepsi bu kadar basit işte."

"Öfkelenme!" dedim. "Sana hayır demedim ama niye istiyorsun bunu?"

"Bilmiyorum" dedi. "inan bilmiyorum ama o adamı görmek için garip bir istek var içimde. Bir türlü engel olamıyorum. Günlerdir neye benzediğini bulmaya çalışıyorum. Nasıl biri acaba?"

"Duyan da adama âşık oldun sanır!"

"Evet!" dedi ama yüzü ciddileşti, o sırada başka bir şey düşündüğü belliydi.

"Peki" dedim. "Henüz olur demedim ama bu isteğini yaptık diyelim, öteki isteğin ne?"

"Adilleri bu işten uzaklaştır" dedi.

İşte bu ilginçti doğrusu. Adillerin sadece lafazanlıkla vakit geçirdiklerini, gerçekte böyle bir niyetlerinin olmadığını düşünüyordu. Hayalciydi bu insanlar. Öldürme planı yapmak, bol bol konuşmak, birbirlerine böbürlenmek ve kendi gözle-

*rinde kahraman olmak istiyorlardı ama hepsi bu kadardı iş-
te. Yapmaya gerçekten karar bile verseler, öyle karıştırırlardı
ki her şeyi, iş bir fiyaskoya dönüşürdü.
"Bilemezsin" diyordu. "Adam sahiden çatlak. Evin her tara-
fını planlarla, şemalarla doldurdu. Hastane planlarıymış. On-
ları duvara çakıyor, kırmızı kalemle çizgiler çiziyor. Planı da
harika. Hastaneyi temizleme işini almış olan şirket bir Türk'e
aitmiş. Yılmaz ile Nihat, o şirkete işçi olarak girecekmiş. Son-
ra Adil'in planları sahneye konacakmış. Çocukların kullandı-
ğı walkie-talkie'ler bile dahil bu plana. Ayrıca inanmayacak-
sın ama siyasi cinayetlerle ilgili bir sürü kitap almış şehir kü-
tüphanesinden. Onları eve getirdi. Kristina şaşkınlıkla bakıyor
bu kitaplara. Bu kadar salaklık düşünebiliyor musun?"
Daha o konuşurken anlamıştım haklı olduğunu. Adil'e te-
lefon etmekle en büyük hatayı yapmıştım zaten. Bu adamın
hayatta hiçbir işi ciddi olarak başarması düşünülemezdi.
Şimdiden bu işi onlarca kişiye yaymıştı bile.
"Haklısın!" dedim. "Ne yapmamızı öneriyorsun?"
Sandalyesinde öne doğru eğildi. Gözlerini gözlerime dikti.
"Bak!" dedi. "Ben iyice düşündüm. Sen Adil'e telefon edip
kuşu elinizden kaçırdığınızı söyleyeceksin. Böyle sözleri se-
ver o. Hastanın Türkiye'ye döndüğünü, elçilik mensuplarının
aniden gelip götürdüklerini anlatırsın. Bir gün yatağını boş
gördün ve hemşireye sorduğunda o da bunları anlattı sana."
Gerçekten iyi düşünmüştü. Adil hiçbir şeyden kuşkulana-
mazdı. Çünkü yaşlı adamın varlığını ona haber veren kişi
bendim. Yalan söylemem için hiçbir neden yoktu. Ayrıca böy-
lesi onun da işine gelecek ve hiçbir zaman uygulamaya koya-
mayacağı planını yıllarca konuşup anlatacaktı. Herkesin işi-
ne geliyordu bu.
"Peki sonra?" dedim.
"Sonra" dedi Clara, "işi ikimiz yapacağız."
"Niye senle ben?"*

"*Çünkü biz farklıyız. Onlardan çok farklı. Senin bu işte ne kadar ciddi olduğunu hissedebiliyorum. Ben de öyle. Bak!*" *Elimi aldı ve göğsünün üstüne götürdü. Kalbinin küt küt attığını duyuyordum. Teni elimi yakacak kadar sıcaktı.*

Sırrını öğrenmemiş olsam, bu yakıcı öldürme isteğini anlayamazdım, belki de sorardım bunu ama şimdi hiçbir şey söylemiyordum. Çünkü davranışlarının sebebini, içindeki karanlığı biliyordum.

"*3 Ocak günü olmalı*" *dedim.*

"*Evet*" *dedi,* "*senin bu koşulunu biliyorum ve saygı gösteriyorum. Gün 3 Ocak.*"

Sonra planlarını anlattı. Müthiş zekâsı çalışıyordu yine. Bir çırpıda beni bir sürü dertten kurtarmıştı. Ona hayranlık duydum, bunu da yüzüne söyledim.

Güldü ve "*Hadi beni yukarı çıkar o zaman!*" *dedi.*

Bu zor bir iş değildi. Çünkü hastane, akşamüstü saatinde genellikle boş olurdu ve bir ziyaretçinin yukarı çıkmasına kimse karışmazdı. Asansörle altıncı kata çıktık, sola saptık ve yaşlı adamın odasının önünden geçtik.

Uyur gibi görünüyordu. Bir şakağındaki mavi izi görebiliyorduk. Yüzü iyice çökmüş, avurdu avurduna geçmiş, sanki ufalmıştı. Ölü deseler inanırdınız.

Clara kapının yanında durup uzun süre baktı adama. Sonra içeri bir iki adım attı. Onu uyarmak ve yaşlı adamın fark edebileceğini söylemek istedim ama ses çıkaramazdım. Zaten bundan sonra önemi yoktu artık. Adam da gerçekten ölü gibi görünüyordu. Bir şey fark edecek hali kalmamıştı.

Clara uzun uzun seyretti adamı. Sonra yatağa doğru yürüdü. Hastanın yaşlılık lekeleriyle dolu, buruş buruş, ölüme yaklaşmış elini avucunun içine aldı. Öylece tuttu bir süre. Yaşlı adam uyanır gibi oldu, gözlerini hafifçe açıp Clara'ya baktı ama ne olduğunu anlamadığı belliydi, sonra yine uykuya devam etti.

Clara odadan çıkarken garip bir gülümseyiş vardı yüzünde. Asansörle alt kata indik. Clara sarsılmış görünüyordu, gergindi.

"Nasıl buldun?" dedim.

"Tam beklediğim gibi!" dedi.

3 Ocak akşamı buluşmak üzere ayrıldık.

9

Adil ilginç bir insandı. Bülent'le üniversiteden arkadaştı ama aslına bakarsanız bu ilişkiye arkadaşlık bile denemezdi. Çünkü o zamanlar Adil'i kimsenin ciddiye aldığı yoktu. Güven vermiyordu. Bu yüzden okuldaki eylemler ona hiç söylenmezdi. Buna karşılık Adil'in de bu çevrelere girme, en önde gitme, en keskin olma gibi bir özlemi ve inadı vardı. Üniversite yıllarında Necla adlı bir arkadaşlarıyla evlenmişti ve diploma töreninden sonra hemen bir çocukları olmuştu. Bülent üniversiteden sonra Adil'in adını hiç duymadı. Düşünmedi de. Araya yıllar girmiş ve üniversitedeki tanışıklık kopup gitmişti. Birkaç yıl sonra Stockholm Üniversitesi'ne doktora için gelmiş, karısı ve kızıyla Kuzey'in Venedik'i denilen bu kente yerleşmişti. Adil burada da aklına gelmiyordu ama beklenmedik bir şey olmuş ve bir gün bu eski tanıdığı ayağında şık postallar, sırtında cebi kitap dolu bir parka, tel gözlük, özenle Lenin'inkine benzetilmiş bir sakal, karısı ve oğluyla çıkagelmişti.

Adresini nasıl bulmuştu ve ne cesaretle haber vermeden gelmişlerdi, bilinmez. Aile Bülentlerin küçücük evine yerleşti. Çalışma izni ve iş bulma gibi sorunları çözene kadar orada kalmayı çok doğal karşılıyorlar ve bunun lafını bile etmiyorlardı.

Minik evin içinde çocuk gürültüleri, salona serilip kaldırılan yataklar, hep bir ağızdan konuşmalar, mutfak tıngırtıları ve televizyon sesinin birbirine karışıp yoğunlaştığı bir şamata vardı artık. Üst üste yaşamanın, tuvalet sırasının, hep burun buruna olmanın getirdiği tatsızlık ve sinir harbiyle geçiyordu günler. Bülent huzursuzdu. Çalışamıyor, düşünemiyor, kitaplarına yoğunlaşamıyordu. Adil her sabah eline bir Lenin resmi alıyor ve aynanın karşısına geçiyordu. Çenesindeki sakalı Lenin modeline göre ince ince düzeltmesini izlerken Bülent onun adına utanıyor ve bakamıyordu ama Adil'in böyle şeylere pabuç bıraktığı yoktu. Sakal düzeltme töreninden sonra şöyle konuşmalar geçiyordu aralarında.

"Dostum ben biraz çıkacağım!" diyordu Adil.

"İyi çık!"

"Nereye gittiğimi sormayacak mısın?"

"Hayır, sormayacağım" diyordu Bülent. "Herhalde dolaşacaksın."

Adil bu cevaba için için kuduruyordu.

Bülent sormuyordu çünkü Adil'in gelir gelmez tanıştığı politik göçmenlerle buluşup "siyasi görüşme" yapacağını biliyordu.

"Tamam dostum dolaşacağım."

Bir süre sessizlik oluyordu aralarında. Sonra Adil kıvranarak söze giriyordu:

"Kusura bakmıyorsun değil mi? Çok önemli bir görüşme yapmam gerekiyor. Biriyle buluşacağım."

"Tamam, önemli değil."

"Hayır, politik bir görüşme de. Sır tutmamı hoş karşılarsın, diye düşündüm. Ne de olsa siyaset!"

"Gerçekten üzülmüyorum, hiç merak etmiyorum sen git."

Bunun üzerine Adil çekip gidiyordu ve Bülent rahat bir nefes alıyordu arkasından.

Bazı akşamlar altı yaşındaki oğluyla giriştiği kanlı dersleri izlemek zorunda kalıyorlardı. Baba oğul küçücük salonda "kolsuz kahraman" oyunu oynama alışkanlığı edinmişlerdi.

Baba tek kolunu devre dışı bırakıyor ve oğluna sesleniyordu:
"Ben şimdi burjuvayım, vur bakalım!"

Oğlan şaşırmış ve ürkmüş durumda saldırıyor ve daha elini dokundurmadan burjuvadan yediği ağır bir tokatla yere yıkılıyordu. "Hadi kalk bakalım" diyordu baba. "Ben Amerika'yım. Vur şimdi."

Kan ter içinde saldıran küçük çocuk, bu kez de Amerika tarafından tepesi üstü halıya vuruluyor, anne dayanamayıp "Yeter artık öldürdün çocuğu!" diye bağırınca baba yumuşuyor ve kucağına alıyordu oğlanı.

"Hadi ağlama ağlama. Söyle bakalım dünyada en iyi kimler?"

Oğlan ağlayarak "Çinliler!" diyordu.

"Aferin" diye oğlanın gözyaşları ve sümükle ıslanmış yüzünü öpüyordu babası.

Tam çocuk olanları unutup gülmeye başlarken bir yumrukla odanın karşı köşesine uçuyor ve burnundan kan boşanıyordu.

"Halk ordusunun askerleri hiçbir zaman gafil avlanmaz" diyordu baba. "Hep tetikte dururlar."

Çocuğun yaban, saldırgan, dövmekle dövülmek arasında sallanan bir yaratık olması ve Bülent'in kızını gördüğü yerde yumruklaması, kız kıvrandıkça zevkle gülmesi, ev sahiplerinin isyanı ve konukların aldırmayışı demek olan konukluk bir karabasana dönmüştü artık ve Adiller geleli bir ayı geçmişti.

Karısı Süheyla yerli yersiz ağlamaya ve Bülent'e çatmaya başlamıştı. Artık dayanamıyordu. Adil bir sürü genç çocuğu başına toplayıp eve getirmeye başlamıştı. Hep yanında taşıdığı Marx-Engels Seçme Eserleri'nin İngilizcesini (Selected Works) ya da Lenin'in bir cümlesini okuyor, Türkçeye çeviriyor sonra konuşmayı, o bölümü okuyacağı bir noktaya kaydırarak ayağa fırlıyordu.

"Bak ne diyor? İşte birader işte" diyordu heyecanla ve kitaba elini çarparak "bak ne diyor?"

Önce İngilizcesini okuyor, çeviriyor, sonra bir yabancı kelime ve isim çağlayanı dökülmeye başlıyordu ağzından.

"Vilfredo Pareto ile... *Surplus*'ın kimde toplanacağı... Gramsci'nin de belirttiği gibi, Schapiro... *alienation*... köylü sınıfının..."

Bu isim ve kavramlar zavallı gençlerin aklını başından alıyor ve Adil'in karşısında şaşkına dönüyorlardı.

Bülent bir gün dayanamamış ve "Köylü sınıfı deyimi yanlış" demek gafletinde bulunmuştu. "Böyle bir sınıf yoktur. Dikkatli konuş!"

Çocukların önünde şaşıran Adil bu söze çok kızmış ve öfkeden köpürerek bağırmaya başlamıştı.

"Nasıl yok?" diye haykırıyordu. "Nasıl yok! *Peasant class* işte. Nasıl yokmuş?"

"Köylülük vardır. Köylülüğün içinde de çeşitli sınıflar..."

Bu sözler üzerine Adil aklını kaçıracak hale gelmişti. Sıçrıyor, gözlüklerini düşürerek içerden kitaplar getiriyor, sayfaları yırtacak gibi çevirip Marx'ta *peasant class* tanımını bulmak istiyor, bulamayınca da sözü, "Sınıf nedir?"e getiriyor, sosyal tabakalarla sosyal sınıfları birbirine karıştırmamak gerektiğini söylüyor ve *structuralist*'lerde sınıf kavramına geliyordu. Necla, başını okşayarak çıldırmak üzere olan Adil'i sakinleştirmeye çalışıyor ve teorisyen kocasıyla tartışmaya girmek zavallılığında bulunan Bülent'e sonsuz bir küçümsemeyle bakarak "Sinirlenme şekerim, köylü sınıfı olmaz olur mu? Tabii ki var. İşçiler gibi köylüler de var" diyordu. "Bizim Ankara'daki kapıcı köylü sınıfı değil mi?"

Sonra Bülent'e dönerek "Ne saçmalıyorsun sen?" diye azarladı onu. "Köylüler yokmuş. Köylüleri çocuklar bile bilir. Ne saçma şey!"

Adil, kapıcı benzetmesi üzerine öldürecek gibi baktı karısına "Karışma sen, al şu çocuğu da git içeri!" diye bağırdı. Bu sırada çocuk salonun ortasında çığlıklar atarak karate hareketleri yapıyor, hayali düşmanların kemiklerini kırıyordu. Tam bu sırada Nihat öksürüp boğazını temizledi. "Bir kere arkadaş, köylü sınıfı vardır ama kendisi için değil, başkaları için bir sınıftır" dedi. Adil, kimler tarafından savunulduğunu görüp inlemişti bu söz üstüne.

Günleri tartışmayla, mektup yazmakla, kitap satırları çizmekle geçiyordu. Kaldıkları odanın duvarına kocaman bir dünya haritası asmış, bir de haritada yer gösterme çubuklarından almıştı. Dinlediği haberlere göre haritada, mavi, sarı, kırmızı raptiyeleri hareket ettiriyor, savaşları izliyordu. En büyük sıkıntısı politik iltica başvurusunu yazmaktı. Günlerdir bunun için kıvranıyordu.

"Yazıver gitsin. Önemi yok" diyenlere ise "Bu bir belgedir" diyordu, "yanlış bir şey yazarsak yarın karşımıza çıkarırlar. İnsanların yazdığı en basit pusulalar bile sonradan yayımlanıyor."

Bir gece fırlamış, karısını uyandırmış ve "Seni kültür komiseri yaptım!" demiş. Sabah hiçbir şey hatırlamıyordu. Karısı geceki halini anlatıyor ve "Kendinde değildi. Gözleri cam gibi parlıyordu" diyordu.

Zayıflamaya, yaşlanmaya başlamıştı. Hep ateşli pırıltılar oluyordu gözlerinde. Sinirli bir gülme tarzı tutturmuştu. Dişleriyle dudak içlerini kemiriyordu. Çocuk düzenli olarak çelikleşme dayağını yiyor, kıza saldırıyor, evde kalanlar birbirlerine diş bilediklerini saklamıyorlardı artık.

Böyle bir çılgınlık içinde geçen iki ayın sonunda Bülent, cesaretini toplayıp konukluğun bittiğini bildirdi. Artık daha fazla dayanamayacaklardı. Adil'in bir iş bulup çalışacağına da inanmıyordu. Ömrü böyle geçecekti onun. Ne yaparsa yapsındı ama artık yaşamlarından çıkmaları gerekiyordu. Tahmin edileceği gibi konuklar bu tavrı kendilerine yapılmış bir düşmanlık, bir hainlik olarak algıladılar ve bir gün Drottningholm'deki komün evine giderken kaba ev sahiplerine teşekkür bile etmediler. Adil o evi de kendi havasına soktu hemen. Eski, kocaman bir antika masaya el koydu. Üstünü pipolar, mektup açacakları, kitaplarla doldurdu. Kitaplığa bir radyo yerleştirdi. Çatıya özel antenler çekti. Çeşitli istasyonların yayın saatlerini daktiloyla kırmızı, siyah hazırlayıp bir naylona geçirdi ve radyonun arkasına astı. Bir de kaset kaydedici bağlamıştı bu alete. Yayınları banda alıyor, sonra bu bantlardan daktilo ediyor, "arşiv" yazılı dosyalara yerleştiriyordu. Radyoya karısı dahil kimse dokunamıyordu. Kesin olarak yasaklanmıştı bu.

Bütün bu işler arasında karısı ya da çocuğu bir ses çıkarsa "Görüyorsunuz çalışıyorum işte!" diye bağırmaya başlıyordu.

O sıralarda kendini bu eylemin coşkusuna kaptırmıştı ve hayatının en büyük fırsatı önüne gelmiş gibi durmadan cinayet fikrini savunuyordu.

El yazıları

Bir gece sabaha karşı babamı hastane koridorunda yürürken gördüm ve birdenbire içim korkuyla doldu. Babam burada ne yapıyordu? Niye böyle iki yana sallanarak yürüyor ve düşecekmiş gibi oluyordu? Stockholm'de işi neydi? "Baba burada ne yapıyorsun?" demek istedim ama sesim çıkmadı. Arkası bana dönüktü. Terliklerini sürüye sürüye yürüyordu. Sessiz hastane koridorunda sadece terliklerin sürtünme sesi duyuluyordu. Peşine takıldım. Ortalıkta kimseler yoktu.

Onu takip ederken çok özlemiş olduğumu fark ettim ama çocukluğumun nefret dolu gecelerinde onun ölmesini ne kadar çok istediğimi hatırlayınca özlemim geçti. Bazı geceler yatakta uykuya dalmadan önce Allah'a yalvarır ve ertesi sabah uyandığımda babamın ölmüş olmasını dilerdim. Ama Allah bu dileğimi duymazdı.

Hem çok yumuşak hem de çok sert bir insandı babam. Bazen bana sarılır, beni öper, bazen de kemiklerimi kırana kadar döverdi. Beni bir gün bahçedeki ağaca bağladı. Akşama kadar kimsenin yanıma gelmemesini ve yemek vermemesini tembih edip gitti. Herhalde çocukluğun masum suçlarından birini işlemiştim. O gittikten sonra annem beni çözdü ama akşam babam gelmeden tekrar bağlaması gerekeceğini söyledi. Ona babamdan ne kadar nefret ettiğimi ve her gece ölmesi için dua ettiğimi anlattım. Böyle yapmamam gerektiğini, aslında iyi bir adam olduğunu ve beni çok sevdiğini söyledi *ama ben ona hiç inanmadım.*

Başka bir gün beni, her zaman kilitli duran ve sadece misafirler geldiği zaman açılan, süslü eşyalarla dolu odaya kilitledi. Koltukta oturup sıkılmaktan başka yapacak hiçbir şey yoktu. Babamın evden gitmesini ve annemin gelip beni gizlice çıkarmasını bekliyordum ama seslerden babamın gitmediğini anlıyordum. O gün evde kalacağı tutmuştu. Böylece saatler geçti. Derken sehpanın üstünde duran çakmakla oynamaya başladım. Süslü bir çakmaktı. Çaktım söndürdüm, çaktım söndürdüm. Odada çok süslü, ağır perdeler asılıydı. Diğer odalardaki pijama kumaşı perdelerden değildi bunlar. Çakmağı perdenin kordonunun ucundaki sarı püsküle yaklaştırdım ve birazcık tutuşturup hemen başparmağım ve işaretparmağımla ovalayarak söndürdüm. Hoş bir oyundu doğrusu bu. Parmaklarım hiç yanmıyordu. Aynı işi birkaç kere daha tekrarladım ve son denememde püskül alev aldı. Önce bütün gücümle üfledim, sonra kordonu tutup sallamaya başladım ama hiçbirinin faydası olmadı. Alev, püskülden kordona, oradan da perdeye sıçradı. Tavana doğru büyük bir alev dalgası yükseldi, ortalığı koyu bir duman kapladı. Avazım çıktığı kadar bağırıp kapıyı yumrukladım ve annemi çağırdım. Kapıyı açan babam oldu ve perdeyi görür görmez hemen o tarafa doğru atıldı. Yanan perdelere iki eliyle yapışıp aşağı doğru çekti, kopardı, sonra üstünde tepinmeye başladı. Bu arada annem kovayla su yetiştirmeye çalışıyordu, işin sonunu görmedim çünkü annem yangın söner gibi olduğu sırada beni sakladı, sonra da teyzemin evine gönderdi. İki gün orada kaldım. Herkes yüzüme hayretle bakıyor, hiçbir şey söylemeden başını sallıyordu. Yalnız aralarındaki konuşmalardan babamın ellerinin yandığını öğrenebildim. İki gün sonra eve götürüldüğümde babamın elleri sarılıydı. Uzun süre benimle konuşmadı. Geceleri Allah'ın babamı cezalandırdığını ama öldürmek yerine ellerini yakmayı tercih ettiğini düşünü-

164

yordum. Bana vuran ellerini yakmıştı.

Bir süre sonra o eller iyileşti, artık beni dövmüyordu. Hatta zamanla sevecen biri olup çıktı diyebilirim. Bu değişimde annemin etkisi çok büyüktü. Gençlik yıllarımda babamla aramız hiç de fena sayılmazdı doğrusu ama çocukluk yıllarımdaki korku içime bir daha çıkmamacasına yerleşmişti. Geceleri onun ölmesi için ne kadar yürekten dua ettiğimi hiç unutmadım. Belki de bu yüzden hiçbir derdimi anlatamadım ona. Annem aramızda çevirmenlik görevi yaptı. Bazen onunla konuşmaya karar verir, kendi kendime uzun söylevler hazırlardım ama yüzünü gördüğüm anda tutulur kalırdım. O da beni çok saygılı bir evlat olarak tanırdı bu yüzden. Çocukluğunda az delilik yapmadı ama sonradan akıllandı falan filan!

Hastanede onu yürürken görünce hayretten önce korku içinde kalmam da belki bu yüzdendi işte. Köşeyi döndü ve onu gözden yitirdim. Adımlarımı hızlandırdım, köşeye ulaştım, babamın döndüğü koridora baktım, boştu. Hiç kimse yoktu orada. Nereye gittiğini araştırırken kendimi 605 numaralı odanın önünde buldum. Yaşlı adam her zamanki gibi derin ama rahatsız bir uykudaydı. Başucuna oturdum, kemikli yüzünü seyretmeye koyuldum. Alnı, kalın kaşları, burnu, yüzünde mavi bir gölge gibi duran sakalları, titreyen dudaklarıyla ölmekte olan bir hayvanı andırdığını düşündüm.

Acaba babama benziyor muydu? Onu dokuz yıldır görmemiştim. Değişmiş olmalıydı. Aradan geçen yıllar belki babamı da bu adama benzetmişti. Birden fark ettim ki babamın yüzünü hatırlayamıyorum. Gözlerimi sıkıca kapattım, babamı gözümün önüne getirmeye çalıştım. Evimizi düşündüm, perde yakma olayını gözümde canlandırdım. Babamın hareketlerini olduğu gibi görüyorum ama yüzü önümde yatan yaşlı adamın yüzüydü. Bunun yanlış olduğunu biliyordum. Kendimi zorluyor, babamın yüzünü görmeye çalışıyordum ama hep yaşlı adamın yüzü çıkıyordu karşıma. Beni döven ada-

mın yüzü de oydu, ağaca bağlayan adamın yüzü de!
O gece yatağıma döndüğümde aynen çocukluğumdaki gibi
yaşlı adamın ölmesi için dua ettim. Ertesi sabah uyandığım
da onun ölmüş olduğunu duymak istedim. Belki o zaman ba
bamın yüzünü hatırlayabilecektim.
Ertesi sabah adam ölmedi hatta bir gün öncesine göre da
ha da iyi göründü gözüme. Yüzünde yine hergele anlatımlı o
çarpık gülücük vardı. Bana dedi ki: "Ben ölüyorum de sen ni
ye ölmüyorsun?" Bu garip soru karşısında afalladım, ne diye
ceğimi bilemedim.
Ama o beni daha da çok şaşırtmak niyetinde olmalıydı.
Tam o sırada hemşire Gunilla geldi ve yaşlı adamın ilaçla
rını vermek istedi. Adam, kirli bir ifadeyle bana göz kırptı ve
"Nasıl? İyi veriyor mu?" diye sordu. Dudakları aşağı doğru
sarkmıştı, gözleri kaplumbağa gözü gibi donuk ve acımasızdı.
"Ne demek istiyorsunuz?" diye sordum.
"Muamelesi iyi mi?" diye sordu. "Geceleri iyi veriyor mu?"
Bu arada kızın kalçalarını, göğüslerini süzüyordu.
"Hemşire olduğunu görmüyor musunuz?" demek istedim
ama sözü ağzıma tıkadı "Hadi, hadi!" dedi. "Ben bu işleri bi
lirim."
Sonra bütün bu sözlerden hiçbir şey anlamamış olan
Gunilla'ya da bir göz kırptı. Kız da ona gülümsedi.
Ondan bu kadar nefret etmeme ve ölmesini dilememe rağ
men niye inatla her gün görmeyi, konuşmayı sürdürdüğümü
çok düşündüm. Belki de anadil sebep oluyordu bütün bunla
ra. Anadil öyle bir şeydi ki aynı şeyi başka dilde söylediğinde
bütün anlamı, rengi, kokusu yitip gidiveriyordu. Düşmanım
la paylaştığım en önemli şeydi bu. Clara'da bile bulamadığım
bir şey. Bir varlık yokluk meselesi.

10

İbrahim, kendisini yakalayan güvenlik memurlarının arasında oturup kara kara, başına gelecekleri beklerken artık Adillerin eylemine katılamayacağını düşünüyordu. Bundan dolayı üzgün değildi doğrusu, zaten saçma sapan bir işti. Ama şimdi başının çaresine bakması gerekiyordu. Çünkü polisler, bir kez daha mağazalardan hırsızlık yaparken yakalanırsa sınır dışı edileceğini söylemişlerdi.

O sabah yedi katlı Åhlens mağazasının erkek bölümüne gitmişti ve oradaki bir pantolonu gözüne kestirmişti. Uç tane pantolon alıp prova odasına girmiş, üstüne sıkıca oturan lacivert pantolonu çıkarmadan eskisini üstüne geçirivermişti. Gocuğunu giyip prova odasından iki pantolonla dışarı çıkmıştı. Kimsenin bir şey fark ettiğini sanmıyordu. Lacivert pantolonun paçaları görünmüyordu, çünkü kıvırmıştı. Etiketleri ve o kocaman sert plakayı da evde çıkaracaktı. İki pantolonu yerlerine asmış ve kimsenin bir şey görmediğinden emin olunca en alt kata, yiyecek satılan bölüme gitmişti.

Otomatik makinelerde döne döne nar gibi kızartılan piliçlerden iki tane aldı. Piliçler, içi kalaylı kâğıt torbalar içine konarak veriliyordu. Eve götürene kadar sıcak kalması için yapılmış torbalardı bunlar. Kuytu bir köşede piliçlerden birini sağ tarafa, ötekini de sola koymuş, gocuğunun fermuarını çekmiş, bir paket süt alarak kasaların oraya gelmişti. Akşamüstü kalabalığında çok kuyruk vardı kasaların önünde. Ekspres kasada bile on kişi bekliyordu. Kuyrukta beklerken piliçlerin sıcaklığı ağır ağır içine işlemeye başladı. Paketler gömleğinin içinde, göğsündeydi. Torbalar gittikçe daha fazla yakıyor, etine yapışmış bir ateş gibi kıvrandırıyordu İbrahim'i. Ter içinde kalmıştı. Kendini geri çekip göğsünde bir boşluk yaratmaya çalışıyor ama çıplak tenine yapışmış ateş torbalarından kurtulamıyordu bir türlü. Önündekiler de uzattıkça uzatıyorlardı işi. Neredeyse bağıracaktı. Canı yanıyor, terliyor, ateş tuğlaları gibi göğsüne yapışık duran piliçlerden nefret ediyor, etinin ayrıldığını, derisinin kıvrılıp açıldığını sanıyordu. Çevresinde bu tuhaf duruma şaşanlar da olmuştu. Kıvranıyor, zıplıyor, terliyor, gidip tenha bir yerde lanet olası piliçlerden kurtulmayı düşünüyordu. Uygun bir yer bulamasa bile iğrenç ateş tuğlalarını herkesin gözü önünde çıkarıp fırlatmaya razıydı. Yaş geliyordu gözlerinden.

Derken önündeki iki kişinin sıralarını kendisine verdiklerini gördü. Minnetle teşekkür ederek bir paket sütün parasını ödedi ve üst kata fırladı. Mağazanın çıkış kapısına doğru koşuyordu. Kendini serin havaya atar atmaz çıkaracaktı piliçleri. Tam kapıdan çıkıyordu ki zillerin çaldığını, ortalığın karmakarışık olduğunu ve nereden çıktığını anlamadığı iki adamın kollarına yapışıp onu yukarı doğru götürdüklerini ayırt etti. Her şey bir anda, bir düş gibi olup bitmişti.

Yukarıdaki odada gocuğunu çıkarmışlar, onu soymuşlardı. Ve göğsündeki iki piliç pat diye yere düşmüştü. Pantolonun altında görünen ikinci pantolonu da çıkarmışlardı mağaza polisleri.

O odada güvenlikçilerin önünde çıplak ve ince bacakları titreyerek dururken kendinden nefret ediyordu. Masanın üstünde iki piliç, bir lacivert yeni pantolon ve bir eski pantolon durmaktaydı. Yanan piliçlerden kurtulduğuna bile sevinemeden niye o zillerin durup dururken çaldığını düşünüyordu.

Sonunda, lacivert pantolona takılı beyaz sert plakanın alarm zillerini çaldırdığını anlayabildi. Daha önce hiç böyle bir şey görmemişti, demek ki yeni takılıyordu bunlar. Güvenlikçiler kimliğini saptayıp serbest bırakmaya karar vermişlerdi. Yakında duruşmaya çağrılacaktı. İsveç'te hükümet kendilerine yardım ediyordu ama bir süre geçtikten sonra kesiliyordu bu para. Bulaşık ya da temizlikten başka çalışabilecekleri iş yoktu. Bu işlerden nefret ediyordu İbrahim. Ayrıca bu Kuzey ülkesinde mülteciler, kendilerini, dünya dışında uzaya savrulmuş gibi hissediyor ve her türlü ahlaki ve toplumsal baskıdan kurtuluyorlardı. Mağazalardan kitap, yiyecek ve ufak tefek giysi aşırmak epeyce sık rastlanan bir alışkanlık haline gelmişti. Bu tip hırsızlıklarda ilk sefer yumuşak davranıyorlar ve bu eylemi hırsızlık değil, aşırma olarak niteliyorlardı ama ikinci kez yakalanınca durum ağırlaşıyordu.

İbrahim önceleri bu duruma çok üzülmüş ve kendini aşağılanmış hissetmişti ama tek iyi taraf, cinayet planından kurtulması olmuştu. Bir gün Adil'e telefon edip "Polis beni mimledi, artık benim bu planda yer almam doğru olmaz!" der demez içine bir rahatlık yayıldığını fark etti. Sıcak tavukları göğsünden çıkardığı o kurtuluş anı gibi rahatlamıştı.

İbrahim'i serbest bıraktıkları sırada Rıza, Arlanda Havaalanı'nda Tahran uçağının inmesini bekliyordu. Onca yıldır görmediği annesiyle babası inecekti uçaktan. Onları alıp evine götürecekti. Daha önce de gelmeye niyetlenmişlerdi ama bir türlü izin alamamışlardı. Sonra umudu kestikleri bir anda seyahat izni çıkmıştı işte.

Rıza gelen yolcuların çıktığı kapıyı dikkatle gözlerken birden annesiyle babasını gördü. Havaalanında beklediği sürece yüreği çarpmış ve heyecandan içi içini yemişti. Onları görür görmez ilk düşüncesi "Allah'ım, ne kadar değişmişler!" oldu.

Aslında o kadar yaşlı değillerdi. Anne babası çok genç yaşta çocuk sahibi olmuşlardı. Rıza bazen, Stockholm sokaklarında neşe içinde gülerken bir yandan da hardallı sosislerini yemeye çalışan on beş-on altı yaşlarındaki genç kızlara bakıyor ve annesinin kendisini o yaşta doğurmuş olduğuna inanamıyordu bir türlü, ama Bujnurd gibi köylerde kural buydu işte. Babası dedesine benzemişti iyice. Aradan geçen süre içinde annesi kilo almamış, yine zarif kalmayı bilmişti ama yüzü yaşanan onca acıyı ele veriyordu artık. Buluşma anının sıcaklığından sonra üçü de biraz sıkılmış ve konuşacak şey bulmakta güçlük çekmişlerdi. Ortak tanıdıklar, ailedeki ölümler, doğumlar, evlilikler ve İran'daki yeni rejim ancak beş on dakika tutmuştu. Bunların ötesinde ne konuşacaklarını bilemiyorlardı. Aralarına Bujnurd köyü ile Stockholm'den daha uzun bir mesafe girmişti.

İlk iki gün böyle sıkıntıyla geçti. Üçüncü gün doktora gittiler. Rıza'nın babası gelmeden önce oğlunu telefonla aramış ve bir kadın doktorundan randevu almasını istemişti annesi için. Rıza da itaatli bir oğul olarak bu randevuyu almıştı. Şimdi annesiyle babasını Huddinge Hastanesi'ne götürüyordu. Doğal olarak aklına çevirmen ayarlamak gelmemişti çünkü zaten kendisi çevirmenlik yapıyordu ama bu konuda başına gelecekleri önceden tahmin edemezdi tabii.

Yaşlıca bir kadın olan İsveçli doktor (çünkü babası kadın olmasını şart koşmuştu) annesini muayene ettikten sonra karı kocayı karşısına oturtmuş sorular sormaya başlamıştı.

"Cinsel ilişkiye devam ediyor musunuz?"

Bu soruyu çevirmek Rıza'nın göreviydi ve duyar duymaz yüreğinin mengeneyle sıkışması da bu yüzdendi işte.

Susup kaldı. Ne yapacağını bilemiyordu.

Doktor "Çevirsenize" dedi. "Hâlâ yatıyorlar mı? Cinsel hayatları devam ediyor mu?"

Rıza'yı ince bir ter bastı. Babası ve annesiyle bu konularda konuşamazdı, ufacık bir imada bile bulunamazdı. Gunbed'de geçen çocukluğu sırasında daha okumayı yeni yeni sökerken bir gün gazetede gördüğü "ırza geçme" deyiminin ne anlama geldiğini sormuştu da başına gelmeyen kalmamıştı. Şimdi nasıl edip de annesine ve babasına sevişip sevişmediklerini soracaktı.

Doktorun sinirlerinin gerildiğini ve kendilerini kapı dışarı etmeye hazırlandığını seziyordu.

"Baba" dedi. "Bu doktor size acayip şeyler soruyor!"

"Ne soruyor?" dedi babası.

Rıza yutkundu. "Karı kocalık durumunuzun devam edip etmediğini merak ediyor!"

Medeni hallerini kasteder gibi sormuştu soruyu, o kelimeleri seçmişti. Babası önce bir afalladı, sonra gözlerinde durumu anladığını belirten bir kıvılcım çakıp söndü.

"Evet evladım" dedi. "Ona söyle ki hâlâ karı kocayız."

Rıza İsveççe "Yatıyorlarmış" dedi ve derin bir nefes aldı. Kendisi de babası da iyi idare etmişlerdi durumu. Aslında babası kendisinden daha soğukkanlı, daha doğaldı.

Doktorun onları bırakmaya niyeti yoktu hiç.

"Ayda kaç kere yatıyorlarmış?"

"Şimdi hapı yuttuk" diye düşündü Rıza. Çıldıracaktı. Bunu da soramazdı artık ama doktor kartal gibi gözlerini üzerine dikmişti.

"Baba" dedi, "doktor, ayda kaç kez karı koca olduğunuzu soruyor?"

Bunun üzerine baba kıpkırmızı kesildi. Deminki soruyu, bir yanlış ve doğru anlama kargaşasında atlatmışlardı ama iş gitgide sarpa sarıyordu. Annesi zaten hiç yüzlerine bakmıyordu.

Babası bakışlarını yere çevirdi ve utanarak "Bir iki kere!" dedi.

Rıza bunu da İsveççeye çevirdi ve başka bir şey sormaması

için doktora yalvaran gözlerle bakmaya başladı ama doktor soğukkanlı bir şekilde "Peki, ilişki sırasında vajinadan kan geliyor mu?" diye sordu.

Ve Rıza ölmek istedi. Bu görüşmeyi iptal etmeyi, annesini babasını alıp hastaneden götürmeyi düşündü ama belli ki annesinin önemli bir hastalığı vardı. Doktor işi çok ciddiye almıştı. Başka bir doktora gitmek ya da başka bir çevirmen bulmak çözüm olabilirdi belki. Bu sefer de yabancı bir insan aile sırlarının içine girecekti. Kısacası bu işten kurtuluş yoktu. Çareyi doktorla konuşmakta buldu. "Bunlar benim annemle babam" dedi. "İran kültüründe anne babayla böyle şeyler konuşulmaz. Bu özel soruları çevirmekte çok güçlük çekiyorum."

Doktor beklemediği kadar anlayışlı davrandı ve "Durumunuzu anlıyorum ama" dedi, "annenizin sağlığı bu geleneklerden çok daha önemli değil mi?"

İçinden ona hak verdi Rıza. Doktor haklıydı.

Bu kez işi daha da zordu çünkü soruyu babasına değil annesine sorması gerekiyordu. Birkaç kez "Anne" dedi, sonunu getiremedi. "Anne doktor diyor ki..." dedi sustu. "Şey oluyor muymuş..."

Ve annesi sessizliğini ilk kez bozdu. "Rıza" dedi, "Doktor Hanım'a söyle, kanama var."

Rıza annesinin güçlü sezgisine, doktorun sorusunu tahmin etmekteki mantık düzenine ve oğlunu güç durumdan kurtarma konusundaki kararlılığına hayran kaldı. O da çok rahat ve doğaldı. Bu durum doktorun da dikkatini çekmişti.

"Annenizin İran'dan getirdiği film, tahlil ve raporları inceledim" dedi. "Biz burada bütün incelemeleri yeni baştan yapacağız. Kurallarımız böyle. Ama şu kadarını söyleyebilirim ki annenizde rahim kanseri olma ihtimali az değil."

Rıza, birdenbire inen bu darbenin sersemletici etkisinden kurtulmaya çalıştığı o anda, annesini İsveç'te en iyi koşullarda ameliyat ettirebileceğini düşündü. Bu ülkeye gelişinin en büyük yararı bu olacaktı. İsveç tıp alanında çok ileriydi ve annesinin ameliyat, tedavi masraflarını da karşılardı. Akıl almayacak kadar insancıl bir tutumları vardı sağlık konusunda.

Ömrü boyunca çile çekmiş zavallı kadını elinden geldiği kadar rahat ettirecek, sağlığına kavuşmadan geri göndermeyecekti. Artık amacı buydu.

Bu kargaşa arasında, bir oyuna benzeyen cinayet planını, Adil'i ve ötekileri unuttu, kendini annesiyle babasının rahatına adadı. Düşünceleri annesinin tedavisi ve Nermin'i onlara tanıtmak için uygun bir ortam hazırlamakta yoğunlaşmıştı.

11

Sami'nin hastane günleri pek fazla sürmemişti aslında. Noel'den bir gün önce onu çıkardılar. Hastanede kaldığı sürenin çoğunu yaşlı adamı gözleyerek geçirmişti. Artık pek sokulmuyordu ona ama bir gün yaşlı adam bir kez daha Sami'nin odasına girdi. Yüzüne baktı, onu uzun uzun süzdü ve sonra avazı çıktığı kadar "Orospu çocuğuuu!" diye bağırdı. Sami şaşırdı bu söz üzerine. İsveçli hastalar paniğe kapıldılar. "Orospu çocuğuuuu!" diye bir kere daha tekrarladı adam ama bu kez daha anlaşılmaz olmuştu kelimeler. O sırada başı dönmüş olmalı ki duvara tutundu ve bir kez daha konuştu. Ama bu kez ne dediği anlaşılamadı artık. "Ooooo" gibi sesler çıkarıyordu. Sami o zaman Gunilla'nın söylediklerini hatırladı. Ur büyüdükçe davranış bozuklukları başlıyor, hasta küfrediyor ve konuşma kusurları artıyordu. Artık sol bacağını sürüye sürüye gidiyordu. Belli ki ölüm iyice yakındı. Sami, o anda adamla konuşma isteğine kapıldı ve kolundan tutup yavaşça odasına götürdü. Yatağına yatırdı ve Gunilla'nın yerine bakan nöbetçi hemşireyi çağırdı, adamın bir kriz geçirdiğini anlattı ona. Gunilla, adamı kortizonların yatıştırdığını ve iki kortizon arasında bu krizlerin gelebileceğini söylemişti. Nöbetçi hemşire zaten talimata da uygun olarak adama bir kortizon yaptı.

Rahatlayan yaşlı adam Sami'ye minnet dolu gözlerle bakıyordu.

"Çok teşekkür ederim" dedi.

Sami adama iyice sokuldu, bir sandalye alıp yatağın yanına oturdu, adamın üstüne doğru eğildi. Başucu lambası yüzüne vuruyordu şimdi.

"Bana iyice bakın!" dedi. "Beni tanıyor musunuz?" Adam gözlerini hayretle açtı, Sami'nin yüzünü süzdü, kaşlarını çattı, yüzünü buruşturdu, epey bir gayret gösterdi ve sonunda gözleri yavaş yavaş aydınlandı. "Evet!" dedi. "Sizi tanıyorum." Hırıltılı bir sesle konuşuyordu.

Sami bu söz üzerine iyice gerildi. Bir an gözlerini yumdu. Belki de o beklediği yüzleşme anı gelmişti. Bütün hesaplar ortaya dökülecekti.

"Beni nerede gördünüz?" diye sordu adama.

Yaşlı adam garip bir ifadeyle süzdü Sami'yi ve "Orada!" diye fısıldadı. "Orada!"

Hatırlıyor, diye düşündü Sami. Beni hatırladı ama şimdiye kadar belli etmedi. Bir yandan da yaşlı adamın yüzündeki ifadeye şaşırıyordu. Hiç çekinmiyordu adam o günleri anmaktan. Utanmıyor, üzülmüyor, sinirlenmiyordu, sadece esrarengiz bir anlatıma bürünüyordu. Sami'yle bir sırrı paylaşır gibiydi.

Adamın, "Ben aslında size kötü davranmak istemedim" dediğini duydu. "Affedersiniz, çok affedersiniz!"

Sami tam "Nasıl affederim!" diye cevap verecekti ki yaşlı adamın, biraz önceki küfürlerden söz ettiğini anladı.

"Niyetim küfretmek değildi ama bana neler oluyor, anlayamıyorum. Bir anda başka bir kişi oluyorum sanki. Korkunç bir hadise."

Adam kendisini tanımamıştı, hiç hatırlamamıştı. Orası dediği yer hastane odasıydı. Bunun üzerine adama sorular sormaya başladı. Bakanlığı sırasında yaptıklarını hatırlıyor muydu?

Yaşlı adam bunun üstüne "Hatırlıyorum tabii!" dedi ve arkasından atlı kovalar gibi konuşmaya başladı. "Beni kullandılar" diyordu. "Devletin her türlü gizli işinde kullandılar, öne sürdüler. Hedef haline getirildim. Sonra da kirli bir eldiven gibi tutup sokağa fırlatıverdiler. Reva mı bu beyefendi, reva mı?"

"Ne gibi işler?" diye sordu Sami.

"Vatanın birliğine bütünlüğüne tehdit oluşturan konular. Tabii her şey kanun dairesinde çözülemiyor. Teröriste karşı aynı metotlarla muamele etmek lazım. Sana kurşun atana tutup çiçek veremezsin ki. Bir sürü gizli iş. Her devletin böyle uygulamaları vardır aslında ama ben tek başıma yapmadım ki bunları. Hepsinden, her makamın haberi vardı. Yine de işleri bitince beni politikacılara yem yaptılar. O genel başkan olacak basiretsiz herifin ihtiraslarına kurban gittik."

Adam konuştukça konuştu, anlattı; Sami de ilgiyle dinledi ama dişe dokunur bir şey çıkaramadı bu konuşmalardan. Belki gizli bir şey öğrenir, belki adamın ölüm döşeğindeki itiraflarını duyarım, diye umutlanmıştı ama nafileydi. Adam bilinmeyen hiçbir şey söylemiyor, durmadan kendisini satan politikacılardan yakınıyordu.

Akşam sessizliği çökmüş hastanede fısıl fısıl konuşuyorlardı. Birazdan uyku saati gelecekti.

El yazıları

Hastalığının ilerlediği, davranışlarındaki çılgınlık dozunun artmasından anlaşılabiliyordu. Kimi zaman bakıyordunuz sakin, yorgun ve hayatın paramparça ettiği bir ihtiyar köşesinde oturuyor, kimi zaman da anlaşılmaz bir enerjiyle hastaneyi, hemşireleri, doktorları birbirine katmakla meşgul. Odama girip küfrettiğinin ertesi günü çılgınlık döneminin en üst aşamalarından birine yükseldi. Öğleden sonra başıma gelen garip işleri düşünmek ve kendime acıma seanslarından birine başlamak üzereyken hemşirenin heyecan içinde odama girdiğini gördüm.

"Bize yardım edin!" diyordu. "Ne yapacağımı bilemiyorum."

Koridora çıktığımda adamı gördüm. İri bitkilerin dikili olduğu büyük saksılardan birine yaklaşmış, pijamasının önünü açmış ve organını dışarı çıkarmıştı. Çevresinde toplananların kimi İsveççe kimi İngilizce bir şeyler söylüyor ve adamı vazgeçirmeye çalışıyorlardı ama ben yaşlı adamın yüzündeki ifadeyi görünce hiçbir şeyin ona engel olamayacağını anladım. Ağzının kenarları aşağı doğru çekilmiş, gözlerine o zalim, külrengi, ruhsuz ve donuk bakışlar yerleşmişti. Neredeyse mavileşmiş olan yüzü kasılmış, sarkarak ağzının iki yanındaki torbalarda birikmişti sanki. Gözü kimseyi görmüyordu, beni de görmemişti sanırım.

Yanına gidip koluna dokundum.

"Lütfen yapmayın!" dedim.

Bana baktı ama tanıdı mı tanımadı mı anlayamadım. Yüzündeki nefret ifadesi yoğunlaşmıştı.

Ağzından bir iki homurtu çıktı, sonra büyük kahverengi saksıya iyice yaklaştı ve içindeki pelit tabakasının üstüne, bitkinin dibine işedi.

Duvarlara tutunup ayağını sürüyerek odasına giderken doktor benimle konuşmak istediğini söylüyordu. Ne konuşacağını biliyordum. Bir kez daha adamla aralarında ortak bir dil olmadığını, yirmi dört saat tercüman bulunduramayacaklarını anlatıp yardım isteyecekti.

"Ben size yardım edemem" dedim. "Görmüyor musunuz, adam artık bir deli. En iyisi onu bağlayın."

Doktor "Bunu da düşünüyoruz" dedi.

Hayatım boyunca en çok nefret ettiğim adamla aynı çatı altında yaşıyordum ama işin garibi bunu oradaki doktor ve hemşirelere anlatmama olanak yoktu. Yalnız hastanedekilere değil hiçbir İsveçliye, hatta hiçbir Avrupalıya anlatamazdım bunu. Çünkü anlamazlardı. Onların gözünde ikimiz de Türk parantezine alınmıştık. Adının başında Türk sıfatı oldu mu ister faşist ol ister komünist, ister cellat ol ister kurban, fark etmezdi.

Bülent'in söylediği gibi insan Türk olduğunu Türkiye'de iken anlamıyor ve kendisini diğer insanlar gibi hissediyordu. Farklılıkları, birey özellikleri olan bir insan. Ancak yurtdışına çıktığı zaman anlıyordu ki Batı'nın gözünde iyi Türk-kötü Türk ayrımı bile yoktur, sadece Türk vardır. Öylesine baskın bir damgadır ki bu, bütün kişisel özelliklerinin üstüne çıkar, onları boğar, kişiliğini öldürür.

İşte şimdi ben de düşmanımla aynı kimliği, aynı varoluşu paylaşmak zorunda bırakılmıştım. Hastanedeki ve dışarıdaki bütün İsveçliler bana bu adamdan daha yakın geliyordu, onlarla aynı değer ölçülerini paylaşıyordum ama ne yazık ki ben onlara yakın gelmiyordum.

Bülent'in dediği gibi "Kabul edilmesi zor ama böyle!"
Bütün bunların birikimiyle doktora sertçe "Bu adamın ka-
deri beni hiç ilgilendirmiyor. Ne yaparsanız yapın!" dedim.
Yaşlı adam her zaman çılgınca davranmıyor, bazen akıl
almaz bir hüzün ve sükûnete gömülüyordu. Bir gün odasına
gittiğimde pencereden dışarı baktığını gördüm. Eliyle yavaş-
ça "Gel!" işareti yaptı. Yaklaştığımda ağladığını fark ettim.
Gözyaşları buruşuk yanaklarını sırılsıklam etmişti. Hiç ses
çıkarmıyor ve ağlayarak bana pencereyi gösteriyordu.
Pencere kenarında küçük, gri bir kuş yatmaktaydı. Ölmüş-
tü. "Beni şaşırtmak için mi yapıyor bunları?" diye düşündüğü-
mü hatırlıyorum. Ama öyle değildi, adam gerçekten ağlıyordu.
Aradan bir süre geçtikten ve ağlama krizi biraz yatıştıktan
sonra "Korkuyorum delikanlı dedi!" dedi. "Yakında ben de
böyle olacağım." Titreyen işaretparmağıyla pencere pervazın-
da yatan katılaşmış, gri kuşu gösteriyordu. Kuşun donuk göz-
lerinin, yaşlı adamın gözlerine benzediğini fark ettim.
"İnsanın kendi ölümünü düşünmesi ne korkunç" dedi. "He-
le onun yakınlaştığını bile bile kendini onu düşünmekten alı-
koyamaması... Bazı insanlar hazırlık yapmadan ölmenin mut-
luluğuna kavuşuyorlar. Ani bir kaza, bir kalp krizi mesela.
Korkmana gerek kalmadan göçüp gidiveriyorsun bu dünya-
dan. Sonra da düşünce diye bir şey kalmıyor. Galiba işin kor-
kunç yanı ölmek değil, ölümden korkmak. En temizi bir kur-
şun. Evet evet, kafaya saplanan bir kurşun. Güm, diye bir ses
ve daha ne olduğunu bile anlamaya fırsat kalmadan, yoksun!"
Yüzüne bir kuşkuyla baktım. Acaba benimle oyun mu oy-
nuyordu? Filiz'i hatırladığını mı ima etmek istiyordu bana?
Ama yaşlı adam yüzüne dikilen bakışlarımı görmezden geli-
yordu ve ölü kuşunkileri andıran donuk, külrengi, zalim göz-
leri hiç renk vermiyordu.
Bir başka akşam da yüzünde hınzır bir ifadeyle odama gir-
miş ve yatağımın ayakucuna oturmuştu. Elinde sarı, resmi

zarflara benzeyen bir zarf tutuyordu. Yıpranmış zarfın içinden çeşitli büyüklükte fotoğraflar çıkardı. "Bak bakalım delikanlı" dedi. "İşte bütün hayatım burada. Boktan hayatımın belgeseli."

Gösterdiklerinin hepsi sıradan aile fotoğraflarıydı. Kimi siyah-beyaz, kimi renkli... Annesi, babası ve kardeşleriyle çekilmiş çocukluk resimlerini gösterdi. Kenarı tırtıklı, eski usul soluk kartlardan biriydi bu ve resimdekiler hepimizin ailesine benziyordu. Bıyıklı baba tam ortada kendinden emin bir ifadeyle oturuyor, yanında çekingen, mahzun ve ürkek bir kadın ve çevrelerine birikmiş irili ufaklı dört çocuk. Yaşlı adam bu resmi gösterirken eliyle okşar gibi yaptı ama sonrakilerde nefret kusmaya başladı. Kendisini ölüme yalnız gönderen oğlu, kızı ve karısını gösterirken içinin nefretle ve öç alma isteğiyle titrediğini hissedebiliyordum.

Neden bilmem o anda adama bir yakınlık duydum, belki de acıma kırıntısıydı bu. Gösterdiği resimler benim de eski hayatıma ait resimlerdi. Uzaklaştığımı hatta koptuğumu, artık var olmadığını sandığım bir dünyayı hatırlatıyorlardı. Ailelerimiz birbirine benziyordu.

Ve kendi kendime sordum: Özlem dehşet duygusunu bastırabilir mi? Ait olma duygusu, nefretten baskın çıkabilir mi? Nefret unutulabilir mi? Yaşlı adama gerçekten yakınlık duymuş olabilir miyim?

Yaşlı adam diyordum ama kimden söz ettiğimi bilmiyordum artık.

O adam kimdi gerçekten?

Bir zalim mi?

Evet ama çok eskilerde kalmıştı bu. Ankara'daki adamı gözümün önüne getirmekte bile zorlanıyordum.

Bir ruh durumundan ötekine geçip duran, bazen kederlere gömülüp bazen delilik sınırlarında dolaşan, saksılara işeyen, hemşirelerin kalçasını avuçlayan adam o değildi ki! Bir adam değil birçok adam tanıyordum onun gövdesinde. Birbirine hiç benzemeyen adamlardı bunlar.

Hilekâr, zalim, şefkatli, sarsılmış, korkak, deli, kurnaz, ahlaksız, kirli, melankolik, öfkeli, saldırgan, alaycı, içten... Bütün bu özellikler aynı kişide buluşabilir miydi? Açıkçası buluşuyordu işte. Belki de hastalık onu böyle çelişkili bir hale getirmişti. Düşündükçe hastalık payının yadsınamayacağını ama bunun her şeyi de açıklamaya yetmediğini kavradım. Benim Ankara'da tanıdığım adam yoktu artık. O zamanlardaki ben de yoktum. Aradan geçen yıllar bizleri farklı insanlar yapmıştı. Zaman içinde hiç kimse aynı kişi olamazdı. Evliliklerde de böyleydi bu. İnsanlar biriyle evleniyor ve bir süre sonra zamanın değiştirdiği, bambaşka bir adam ya da kadın yaptığı o kişiyle hayatılarını geçirmek zorunda kalıyorlardı.

Bu arada çok garip bir şey oldu ve adam düşündüklerimi sezmiş gibi elini kendi resminin üstüne koydu ve fısıldayarak "Hiç bu adama benzemiyorum artık değil mi!" dedi. Gözlerini gözlerime dikmişti ve hırıldayarak konuşuyordu: "Ben artık bu adam değilim delikanlı, iyice anlıyor musun, ben bu adam değilim!"

Ertesi gün hastaneden çıkacaktım. Bundan sonra yaşlı adamı sadece 3 Ocak'ta görme şansım olacaktı. Bu yüzden bildiği her şeyi öğrenmek istiyor ve kendimi hatırlatmaya çalışıyordum. Yine bir odada iki kişiydik ama bu kez koşullar çok farklıydı. Beni hatırlamadı. Ona odadan söz ettim, Filiz'i hatırlatacak şeyler söyledim ama bu olaylar belleğinden tamamen silinmişti. Kendimi hiç işe katmadan, bir genç kızın asker tarafından vurulmasıyla ilgili davadan bile söz açtım, sonra dehşetle fark ettim ki sahiden hatırlamıyor. İnsanların hayatını böyle derinden etkileyen şey, onun için binlerce olaydan biri, silip atmış.

Durmadan bana teşekkür ediyor ve yardımlarıma karşılık veremeyeceği için üzülüyordu. Ben onun "bu gurbet ellerinde, bu acayip diyarda eli ayağı, gözü kulağı" olmuştum. Hakkımı ödemesine imkân yoktu. Ailesinin, devletinin, partisinin göstermediği şefkati bende bulmuştu ve bu minnet borcunu nasıl ödeyeceğini bilmemenin "derin mahcubiyeti"ni yaşıyordu. Eğer yaşama fırsatı olsaydı nasıl olsa bir yolunu bulup öderdi ama ölüme mahkûm olduğunu hatta sayılı günü kaldığını biliyordu. Bunları söylerken küçük hıçkırıklarla sarsılmaya ve sıkı sıkı tuttuğu elimin üstüne sıcak gözyaşları dökmeye başladı. Bu adama böylesine yakın olmak iğrendirdi beni ve sıcak gözyaşlarının elimi sırılsıklam etmesi midemi bulandırdı.

O sırada aklıma bir şey geldi. Hiç yanımdan ayırmadığım küçük video kameraya bir şeyler söylemeye razı olur muydu acaba? Ondan bir anı kalmasını istediğimi söyledim. Hastane hatırası! Memnuniyetle kabul edeceğini söylemesi üzerine hemen odaya koşup kameramı aldım. İhtiyarın yatağının baş tarafını yükselttim, başını üç yastıkla destekledim ve kamerayla karşısına dikildim. Sol taraftaki pencereden solgun bir ışık geliyordu ve bu da kamera vizöründen gördüğüm harap olmuş, mosmor kesilmiş, ölmek üzere olan yüze dramatik bir boyut kazandırıyor, derin çizgilerini daha da derin kılıyordu.

Mikrofonu eline vererek önce ses kontrolü yaptım: Bir ki üç, bir ki üç... Siyaset dönemlerinden kalma alışkanlıkla bir iki kere üfledi, sonra işaretparmağıyla kondansatör mikrofona iki üç kere vurdu. Mikrofona vurma âdeti Türk siyasilerinin vazgeçemediği alışkanlıklardan biriydi. Parmak vuruşları kulaklıklardan geçerek beynimin içinde patladığı halde hiç sesimi çıkarmadım. Çünkü biraz sonra adamdan müthiş itiraflar alacaktım. Kaydedeceğim şeyler belki de yakın siyasi tarihin en önemli bombalarını oluşturacaktı.

Adam birden konuşmaya başladı. Önce âdet olduğu üzere gırtlağını temizledi, daha sonra "Bu uzak memleketteki hasta yatağımdan, Türkiye'deki aileme, dostlarıma, dava arkadaşlarıma ve milletime vasiyetimdir" diye uzun bir giriş yaptı.

O zaman niyetinin benim sorularımı cevaplamak değil, uzun bir siyasi nutuk çekmek olduğunu anladım ve bu konuşmayı bozmak için sorular sormaya başladım ama ne yazık ki beni duymadı, dinlemedi ve kendi bildiği gibi konuşmaya devam etti. Tarihi bir şahsiyet olarak milletine vasiyetini bildiriyor, "bu aziz vatanı ve milleti her türlü iç ve dış beladan korumak için nasıl canını siper ettiğini, bölünmez bütünlüğü korumak uğruna ne fedakârlıklar yaptığını" anlatıp duruyordu. Sanki o bir devlet büyüğü, ben de ondan mülakat koparmayı başarmış çekingen bir gazeteciydim.

Kamerayı kapattım ama o bunun farkında olmadı. Sehpadaki kapalı kameraya konuşmaya devam etti.

Sonunda "Bitti mi?" dedim.

Bittiğini söyledi. Bu kutsal vasiyeti memlekete ulaştırmak görevinin benim omuzlarımda olduğunu da ekledi.

"Size" dedim, "bazı sorular sorsam cevap verir misiniz?"

"Memnuniyetle ama" dedi, "şu anda çok yorgunum. Hem bak senin fıstık sarışın da iğneler için geldi."

Gerçekten Gunilla odaya girmişti. Ama benim adama soru sormak için başka zamanım yoktu ki. Ertesi sabah taburcu ediliyordum. İşte o zaman aklıma bir şey geldi. Adama eğildim ve "Eğer" dedim, "daha sonra gelip sizi alır ve Stockholm'de bir geziye çıkarırsam sorularıma cevap verir misiniz?"

Bunun üzerine heyecanlandı, beklemediği bir hediye almış gibi gözleri parladı ve "Bu mümkün mü?" diye sordu. Mümkün olduğunu söyledim. İsveç güvene dayalı bir ülke olduğu için hastaneler çok sıkı değildi, girene çıkana pek kimse karışmazdı. Onu alır, acil bölümüne indirir, oradan da otoparka çıkarırdım.

"Ne olur hemen götürün beni" dedi. "Burada çok sıkıldım. Ölmeden önce bu iyiliği de yapın bana delikanlı."

"Belki sizi evime götürüp sucuklu yumurta bile yaparım" dedim.

Ertesi sabah hastaneden taburcu edildim. Çıkmadan önce yaşlı adama uğrayıp veda ettim ve sözümü unutmadığımı söyledim. Yılbaşından sonra onu almaya gelecektim ama bu iş, aramızda bir sır olarak kalmalıydı çünkü hastane onun dışarı çıkmasına izin vermezdi.

İşaretparmağını dudaklarının üstüne götürdü ve hınzır hınzır gülerek "Susss!" dedi.

Eve döndüm. Sirikit'in bana yüz vermesini, heyecanlı bir karşılama töreni düzenlemesini beklemiyordum ama bu kadar ilgisizlik biraz ağırıma gitti doğrusu. Benim odaya girip girmediğimi bile fark etmemiş göründü. Gövdesindeki hafif gerilmeyi ancak benim gibi onu çok iyi tanıyan biri anlayabilirdi. Sirikit eve gelip gidenlere karşı da böyleydi. Kimini umursamıyor, uyuklamasına ara vermiyordu ama bazılarının onu tedirgin ettiğini anlıyordum. Kulaklarında belli belirsiz bir dikleşme ve bir kıpırtısız kalma anı. İşte hepsi bu kadar. Onu iyi tanımayan birinin kesinlikle anlayamayacağı belirtiler. Ben de insanlarla ilişkimi Sirikit'in beğenip beğenmemesine göre ayarlamaya başlamıştım. Onu geren, tedirgin eden tipleri evime sokmuyordum bir daha. Çünkü o, insanları benden daha iyi anlıyordu.

Yaşamımın en önemli dönüm noktalarından birindeydim şimdi. Clara'yla beraber, Filiz'in öcünü almayı planlıyorduk. Clara'da, Filiz'i hatırlatan bir şeyler vardı ve şimdi bu Şilili kız onun öcünü almaya çalışıyordu.

Clara'nın hastaneye gelişinden sonra dediklerini bir bir yapmış ve Adil'e telefon ederek "kuşun kaçtığını" haber vermiştim. Ah vah etmişti ama içten içe sevindiğini de gizleyemiyordu çünkü işin içinden nasıl çıkacağını bilemiyordu artık ve bu ani gidiş, ona ömür boyu konuşacağı bir başarı öyküsü sunmuştu: Talihsizlikle biten ama iyi kurulmuş bir strateji öyküsü.

12

Juan Perez, çalıştığı bulaşıkhaneden çıkmış, yorgun argın evine dönüyordu. Yorgun olması da doğaldı çünkü hatırlayamayacağı kadar uzun politik mücadelelerle geçen elli yılı aşkın ömrü, ona koskoca bir yüzyıl gibi geliyordu. İş çıkışlarında, saatlerce yağlı kazanları yıkamaktan her tarafına ağır bir yağ kokusu sinmiş olurdu. Bulaşık yıkamak onu ve ailesini geçindiriyordu geçindirmesine ama hayatı da pislik içinde geçiyordu işte. Bulaşıktan sonra bu kokunun etkisinden kurtulamıyordu. Evine gidip kaynar sularla yıkanıyor, bol kokulu sabunlarla derisini ovalıyor, neredeyse kan çıkacak gibi kıpkırmızı yapıyordu ama yine de o kokudan kurtulmayı başaramıyordu. Koku her yerine sinmişti. Gece uykusundan uyanıp elini kolunu kokluyordu. O işi bıraksa ve bu ülkeden kilometrelerce öteye gitse bile bu ağır ve yağlı koku çıkmayacakmış gibi geliyordu artık. İkinci bir deri gibi yapışmıştı kendisine, çıkmıyordu bir türlü. Annesinin eve getirdiği kirli çamaşırlar gibi ya da Montevideo'da parasız yatılı okuduğu okulun yoksullar bölümündeki çürük diş kokusu gibi. O koku da aynen buna benziyordu ama zengin çocukların bölümü pırıl pırıldı. Juan o zaman çürük diş kokusundan daha da çok nefret ediyordu.

Tanrı'ya duyduğu inancı bütünüyle yitirmesi yıllar sonra yüzlerce cesedin arasından yürüdüğü gün oldu. Ömrü boyunca hatırlamaktan korktuğu tek görüntü buydu ve cesetler çürük dişten de beter kokuyordu.

İsveç günlerinde de bu kokular kendisini bulmuştu işte. Bir türlü temizlenemiyor, üzerine yapışan kokulardan kurtulamıyordu. Juan Perez'in evde, durmadan kendisini kokladığını gören karısıyla çocukları, onun duyulmamış bir sinir illetine yakalandığına inanmaya başlamışlardı. Her gün banyoya giriyor, kaynar sular dökerek saatlerce yıkanıyor, bol sabunla köpürttüğü sert bir süngerle derisini kazıyor, arkasından da yeşil şişedeki Paco Rabanne losyonuna bulanıyordu. Bu durumdayken bile elini kolunu kokladığını gören karısı "Mis gibi kokuyorsun!" diyordu. "İnan bana, ömrüm boyunca senin kadar güzel kokan insana rastlamadım hiç. İstersen çocuklara sor."

Bunun üzerine çocuklar da devreye giriyor ve babalarını çok güzel koktuğuna inandırmak için çevresinde dönüp güleç bir yüz anlatımıyla havayı kokluyorlardı. Ne var ki bütün bunlar Juan Perez'in duyduğu kokuyu gidermeye yetmiyordu. İçine yerleşmişti o ağır kokular: Çürük diş, ceset ve yağ karışımı koku.

O akşamüstü de işten çıkmış ve eve gitmeden önce şehirde bir tur atıp kendine daha güçlü kokular bulmak isteğinin önüne geçememişti. Åhlens mağazasının parfüm bölümünde bütün parfümlerin test şişeleri duruyordu ve denemek serbestti. İstediğin kadar parfüm sıkabilirdin üstüne.

Öyle de yaptı. Sergilenen bütün tıraş losyonlarını, *Eau de toilette*'leri bol bol denedi. Sonunda Aramis losyonunda karar kılıp bir küçük şişe aldı. Biraz ağırdı koku ama kendisi için iyiydi. Belki de yağlı kazan kokusunu bastırmayı başarabilirdi. Mağazadan soğuk havaya çıkar çıkmaz parfümü bıyıklarına sıktı. Böylece yürüdüğü sürece Aramis kokusu duyacaktı.

Noel geçmişti ama dükkânların Noel babalı vitrinleri ve sokaklardaki süsler duruyordu. En güzelleri de Biblioteksgatan'daydı. Zaten Stockholm'de en çok bu dar caddeyi severdi. Rödakvarn Sineması, butikleri, pastanesiyle kışın alttan ısıtılan bu cadde, onun gözde mekânıydı.

Juan Perez o soğuk havada yürümekten büyük zevk alıyordu. Çünkü soğuk hava, kokuyu daha az iletiyordu ne de olsa. Önüne çıkan yollara saptı, caddeleri geçti ve sonunda ilginç bir dükkânın önünde durdu. "Orkide Evi" yazıyordu üstünde ve içi bin bir çeşit, inanılmaz zenginlikte, kıvrım kıvrım, büklüm büklüm orkideyle doluydu. Juan Perez vitrine yapışarak uzun süre seyretti orkideleri. Bu soğuk iklimde nasıl olup da böylesine canlı, ferah ve diri olabildiklerine şaştı. Hele bir beyaz olanları vardı ki narin dalların üstüne ak pak kadifeler gibi nazlı nazlı dizilmişlerdi. Bir ferahlık, temizlik duygusu yayılıyordu orkidelerden.

İçeri girip beyaz orkidelerin fiyatını sordu. Satıcı bu posbıyıklı, ufak tefek yabancının yüzüne, kılık kıyafetine baktı ve "Şimdi söyleyeceğim fiyat size yüksek gelecek" dedi. "Ne pahalı şeymiş, diye düşüneceksiniz ama aslına bakarsanız orkide en ucuz çiçektir."

"Niye?" diye sordu Juan Perez.

"Çünkü kurallara uyar ve bakmayı bilirseniz yıllarca dayanır, evinizi süsler. Hiç de zor değildir bakımı."

Bu bilgiler Juan Perez için çok yeniydi. Orkideyi en zor yetişen çiçek olarak düşünmüştü hep. Kadına merakla sorular sordu ve o, Kuzeylilere özgü bir sabırla cevap verdi hepsine.

Orkidenin anavatanı Himalayalar ve Uzakdoğu ülkeleriydi. Ağaç gövdelerinde çıkarlar ve yere doğru eğilirlerdi çünkü tropik yağmurlardan hiç hoşlanmazdı orkideler, bu yüzden başlarını yere eğer ve suyun üstlerinden akıp gitmesini sağlarlardı. Evde de buna dikkat etmek gerekirdi işte. Orkide ışık sever ama sudan nefret ederdi. Hele yeşil yapraklarının iç tarafına gelecek birkaç damla su mantar oluşmasına yol açar ve bu da çiçeğin sonu demek olurdu. Bu yüzden orkideyi birkaç haftada bir, olduğu gibi kaldırmalı ve leğene doldurulmuş olan suya şöyle bir sokup çıkarmalıydı. Tabii yeşil yaprakları suya değdirmeyecek şekilde. Juan Perez çiçekçi kadının verdiği bilgileri dinlerken kendinden geçiyordu. Dünyada seksen binden fazla orkide çeşidi türetilmişti. Her orkidenin nerelerden ve nasıl çiçek açacağı bir yıl önceden planlanıyordu. Juan Perez kadına başka çiçek satıp satmadıklarını sordu. "Hayır!" dedi kadın. "Sadece orkide!"

"Niçin?"

"Çünkü orkide hastası olan insanlar vardır" dedi kadın.

"Siz bunu duymadınız mı?"

"Hayır!" dedi Juan Perez. Çünkü Tupamaro gerillaları içinde orkide hastası olan birine rastlamamıştı.

"Biz bir grubuz. Bütün dünyadaki orkide hastaları birbirine benzer. Akşam boş vakitlerimizde bile orkideyle ilgili bir kitap okuruz, bilgilerimizi geliştirmeye çalışırız, sık sık seminerlere katılırız. Bu konuda literatür çok geniştir."

Juan Perez bu işten çok hoşlanmıştı. Kendisi de mi bir orkide hastası oluyordu ne? Amma da komik olurdu ha! Uruguay'dakiler bunu duysalar nasıl da gülerlerdi! "Peki, ben bu işi nasıl öğrenebilirim?" diye sordu. "Orkide kursu var" dedi kadın. "Bu kurslara katılın, bir orkide uzmanı olup çıkın ama gerçekten seviyorsanız yapın bunu, yoksa hiçbir işe yaramaz." Arkasından ekledi:

"Siz iyi bir orkideci olacağa benziyorsunuz. Öyle hissediyorum. Daha önce çiçekçilikle uğraştınız mı?"

"Hayır!" dedi Juan Perez. Ne yazık ki çiçeklerle değil bombalar ve silahlarla ilgilenmişti ama bundan sonra bütün ömrünü bu nadide çiçeğe adayabileceğini duyuyordu içten içe. Bu beyaz, temiz, güzel, kırılgan, kadifemsi çiçeklere.

Gerçi kokmuyorlardı ve ömrü boyunca kokulardan kurtulmaya uğraşmış birinin güzel kokan çiçeklere meraklı olması gerekiyordu ama nedense gördüğü orkideler, içinde serin ve temiz rüzgârlar estirmişti. Bu duyguyu yitirmek istemiyordu artık. Dükkândan ayrılmadan önce fiyatı ne kadar yüksek görünürse görünsün o beyaz orkidelerin dikili olduğu bir saksıyı evine götürmek istedi ve kadının yaptığı büyük indirim bu işi kolaylaştırdı.

İyi ki de almıştı çünkü pazar günü başladığı kursta hocalık yapan genç adam, herkese adından önce evlerinde orkide olup olmadığını sordu ve olumsuz cevap verenleri dışarı çıkardı. Düşüncesine göre onların orkide kursu almaya hakları yoktu ve zamanlarını boş yere harcamış olurlardı.

Juan Perez, bu soruya gururla "Var!" diye cevap verdi ve orkide evrenine attığı ilk adımlarda öylesine mutlu oldu ki ne sürgünlük kaldı aklında, ne bulaşıklar, ne de hastanede yatan Türk bakanla ilgili garip cinayet planları.

O artık bir orkide hastasıydı.

13

3 Ocak günü hava inanılmaz derecede soğuktu ve Stockholm'de keskin bir ayazla birlikte, insanın yüzünü bıçak gibi kesen bir tipi başlamıştı. Yılın en kasvetli aylarına girilmişti artık. Karanlık egemenliğini artırmış ve gün ortasında iki saat kadar belli belirsiz puslu bir aydınlanmaya ancak izin verir olmuştu. İnsanlar sabah işlerine giderken de karanlık oluyordu, öğleden sonra çıktıklarında da. Bu yüzden renkleri soluk, suratları asıktı. Evlerde çocuk odalarını kaplayan bin bir türlü oyuncakla, bol ışıklı süslerle, mumlarla kriz aylarını atlatmaya çalışıyorlardı. Kar yağması sevindirici bir durumdu çünkü hiç olmazsa beyaz ve görece bir aydınlık sağlıyordu şehre. Gri beton, soğuğu daha da çekilmez hale getiriyordu. Bu kış karlı geçiyordu ve bu da bir teselliydi.

O gün Sami ve Clara, eski Volvo'ya binerek hastaneye gittiler. Sami silecekleri son hızda çalıştırmasına rağmen çevresini zor görüyordu. Öylesine zorluydu tipi. Otomobili kaydırmamaya çalışarak ağır ağır sürdü. Park yeri fazla dolu değildi, kolayca yer buldu. Sonra arabadan inerek acil servise doğru yürümeye başladı. Clara onu otomobilde bekleyecekti.

Otopark kapalı olduğu için fırtınayı hissetmiyordu artık ama dayanılmayacak kadar soğuktu ortalık. Otoparktan doğrudan doğruya acil servise girilebiliyordu. Işıklı *Akutmottagning* tabelasının altından geçerek hastaneye girdi. Acilde her zaman sedye arabaları ve tekerlekli sandalyeler bulunurdu. Sedye arabalarının başlarında bir kâğıt rulosu vardı. Bir hastayı yatıracakları zaman o ruloyu çevirir ve kâğıt döşerlerdi sedyenin üstüne.

Herkes kendi işiyle meşgul olduğu için Sami'ye kimse dikkat etmedi ve bu sayede rahatça tckerlekli sandalyelerden birini alıp asansörle yukarı çıktı. Yalnız, koridorda biraz dikkat etmesi gerekiyordu. Bu bölümdekilerin hepsi onu tanıyordu çünkü. Görülmesi doğru olmazdı. Ama şansı yaver gidiyordu. Koridor çoğunlukla olduğu gibi bomboştu. Sandalyeyi iterek yaşlı adamın odasına girdi. Evde bu saati beklemiş, öğleye kadar süren tedavinin ve kortizon iğnelerinin sonrasına, yani en boş zamana ayarlamıştı gelişini.

Yaşlı adam, Sami'yi görünce sonsuz bir sevince kapıldı. Teşekkür etti, minnet duygularını belirtti. Söylediğine göre, o gittiğinden beri bugünü, bu anı bekliyordu. Bu gezi hayatının amacı haline gelmişti. Herhalde son gezisiydi bu. Hem Sami'ye de öyle bir alışmıştı ki. Yokluğunda onu çok özlemişti. Öyle ya, Türkçe konuşabileceği başka kim vardı ki buralarda?

Bu gevezelik sırasında Sami yaşlı adamı yatağından kaldırıp bir battaniyeye sardı ve tekerlekli sandalyeye oturttu. Dışarının çok soğuk olduğunu söyledi. "Olsun!" dedi adam. "İstersen kutuplara götür, tek buradan çıkayım da!"

Sami adama sessiz olmasını, hiç konuşmamasını tembih etti, sonra boş koridorda arabayı iterek asansöre bindirdi. Tahmin ettiği gibi acil serviste hiç kimse kendileriyle ilgilenmedi. O güne kadar böyle bir olay görülmediği için tedbir almak akıllarına gelmemişti. Kim bilir, belki de ahlaki prensiplere ve güvene dayanan İsveç sistemi, bu kaçırmadan sonra değişecekti.

Adamı dışarı çıkardı ve otomobile götürdü. Clara'yla birlikte yaşlı hastayı arka koltuğa oturttular.

Adam "Bu kim?" diye sordu.

Sami "Kız arkadaşım" dedi. "Türkçe bilmiyor."

Adam *"Enchanté Mademoiselle!"* dedi ortaokuldan hatırladığı kırık dökük bir iki kelimeyi kullanarak.

Yolda giderken tipi azaldı ve sonra bitti. Şehir ışıkları kristal berraklığı kazandı birden. Öğleden sonra saatleriydi ama ortalık iyice kararmıştı artık. Birazdan ay çıkacaktı. Yaşlı adam yol boyunca seçebildiği her şeyi büyük bir merakla sordu. Önünden geçtikleri bina neydi, gidecekleri yer uzak mıydı?

Sami adama sabırla cevap veriyordu.

Sonunda Kungshamra'ya geldiler ama Sami'nin evine değil, ormandan geçerek donmuş gölün kıyısına yöneldiler. Volvo'yu oraya park ettikten sonra adamı kollarına girerek desteklemeleri gerekti. O fırtınada yaprak gibi titriyor ve pek sarsak atıyordu adımlarını.

Önlerinde donmuş göl uzanıyordu. Soğuktan titreyen yaşlı adamın kollarına girerek gölde yürümeye başladılar. Ayaklarının altında ince buzların çıtır çıtır kırıldığını duyarak yürürken bir ada çıktı önlerine. Ay ışığında bir hayalet gemi gibi görünen küçük adacığın üstündeki sık ağaçlar, karanlık ve gölgeli bir yelkeni andırıyordu. Ay ışığında çeliklenen göl, karşı kıyıya kadar parıltısını sürdürüyor, daha sonra kayın, sedir ve çamların oluşturduğu yüksek koyuluklar başlıyordu.

Önlerindeki adanın kıyısı sazlıktı. Orada buzun iyice incelmiş olduğunu ve bir vücudun ağırlığını çekemeyeceğini biliyorlardı. Zaten o bölgede yaşayan herkes biliyordu bunu. Bu yüzden tehlike bayrakları asılmıştı. Oraya basmak, ayaklarının altındaki karanlık suları boylamak ve bahar gelip de buzlar eriyene kadar, balıklar tarafından didiklenmiş bir cesedin suyun yüzüne çıkamadan kafasını buzdan tavana vura vura dolaşması anlamına geliyordu.

Adaya doğru yürüdüler. Karşı kıyıdaki ormanların arasında bir evin ışıkları parlıyordu. Yer gök ıssızdı.

Tir tir titreyen adamı adanın yakınına kadar getirdiler ve orada Sami "Şuraya doğru yürüyün!" dedi. "Adaya çıkın. Biz de arkanızdan geliyoruz. Orada iyice ısıtılmış bir eve gideceğiz." Yaşlı adam bir şey demeden adaya doğru yürüdü. Sami ile Clara durdular, adamı izlemeye koyuldular. Adam her adımda düşecekmiş gibi sendeleyerek adaya yaklaştı, artık her an buzun inceldiği yere ya da bir çatlağa rastlayabilirdi. Adam o tehlikeli bölgede birkaç adım attı. Hiçbir şey olmadı. Sami ve Clara nefeslerini tutmuş bekliyorlardı.

Birden adamın çığlığı karanlığı yırttı, kırılan buzun çıtırtılarını işittiler. Adam gölgeler içinde aşağı doğru kayboldu. Suda bir iki çırpınış sesi işitildi. Sonra sessizlik!

Orman, göl, yer, gök sessizdi. Çıt çıkmıyordu.

Sami, Clara'ya sarıldı. Ters yönde yürümeye başladılar.

Göl ay ışığında çelikleniyordu.

El yazıları

Ne güzel bir bitiş değil mi?

Hem elimizi kana bulamadık, cinayet işlemedik hem de yaşlı adam arkasında bir iz bırakmadan kayboldu gitti. Yazar bu işin 3 Ocak günü olduğunu da vurgulamıştı. Yani Filiz'in ölüm günü. Ayrıca burada bir incelik daha var: Clara'nın babası gibi boğularak öldü. Yani sembolik olarak aynı eylemle hem Filiz'in öcü alındı hem de Avukat Federico Arrabal'ın. Yazara göre yaşlı adamı hastaneden çıkarmak da pek kolay oldu doğrusu.

Anlatı güzel olmasına güzel de ben ne yazık ki keyfinizi kaçırma pahasına bunların doğru olmadığını söyleyeceğim. Arkadaşımın derdi romanın başarılı olması. Bunun için de son derece parlak ve dramatik bir finalle noktalamış hikâyeyi. Böyle biten binlerce roman ve film gibi, bir son vuruş tasarlamış, yani doruk noktası! Ama ne yazık ki hayat böyle akmıyor ve insanlar da romanları taklit etmiyor.

Tipiden göz gözü görmez 3 Ocak günü öğleden sonra yaşlı adamı hastaneden aldığım doğru. Buradaki ayrıntılar da yerli yerinde. Kungshamra'ya gelene kadar bir sapma yok. Ama buraya vardıktan sonra göl kıyısına değil, küçük evime gittik. Adamın kollarına girerek park yerinden eve kadar götürdük.

Yaşlı adam pek heyecanlıydı. Evde her şeye dikkatle bakıyor ve Türkiye'den bir iz bulmaya çalışıyordu. Clara derin bir sessizliğe gömülmüştü, şaşkın gibiydi. Hiç ses çıkarmadan bir köşede oturmayı yeğlemişti. Sirikit kitaplığın üst rafında oturuyor ve yeni tanıdığı yaşlı adamı süzüyordu.

Sirikit denince bir parantez açmam ve size ilginç bir olayı aktarmam gerekiyor. Clara'nın Sirikit'i göremediğini söylesem şaşırır mısınız? "Nasıl göremiyor?" diyeceksiniz biliyorum, garip ama göremiyor işte.

Evime ilk geldiğinde radyonun üstünde kıvrılmış zalim gözleriyle bizi süzen Sirikit'i göstererek Clara'ya, "Kediden korkma!" dedim. "Sana saldırmaz."

Clara uzun uzun Sirikit'i gösterdiğim yere baktı ve sonra "Hangi kedi?" diye garip bir soru sordu.

"İşte" dedim Sirikit'i göstererek. "Radyonun üstünde."

"Ama radyonun üstü boş" dedi Clara. "Kedi falan göremiyorum ben orada."

Oysa Sirikit kocaman, lambalı radyonun üstünde zalim ve zarif bir kedi anıtı gibi durmaktaydı.

Bunun üzerine geyiği hatırladım, gözlerimi yumdum, bana onca arkadaşlık eden can yoldaşım, öğretmenim, kahramanım Sirikit'in bir hayal ürününe dönüşmemesi için Tanrı'ya yalvardım. Gözlerimi açıp baktığımda radyonun üstü boştu, Sirikit yoktu.

Umutsuzluk içinde kalkıp radyonun yanına gittim, elimle yokladım ama bir kediyi hatırlatabilecek hiçbir iz bulamadım orada. Kitaplıktaki büyük kedi kitaplarını görebiliyordum, onlar gerçekti ama kedi değildi. İçim sızladı, kediyi özledim.

Clara "Aldırma!" diyordu. "Belki bir yere gitmiştir, döner gelir. Kediler evlerini kırk günlük yoldan bile bulur derler."

Dediği gibi de oldu ve o akşam Sirikit yine geldi, radyonun üstündeki makamına kuruldu. Clara'ya bir daha onu görüp

görmediğini sormadım, ben görüyordum ya, bu bana yeterdi.
Adama "Şimdi size bir video bandı izleteceğim" dedim ve
yıllar önce üniversitede çektiğim folklor bandını göstericiye
yerleştirdim. Kungshamra'daki küçük öğrenci evim birdenbi-
re Bitlis oyunlarının sert müziğiyle doluverdi. Ekranda yerel
giysili gençler belirdi. Adam heyecanlanmıştı. Ona memleket
havası izlettirdiğimi sanıyordu.
Sonra Filiz'in al al olmuş güzel yüzünün göründüğü bölü-
me geldik. Alt dudağını öne çıkararak kendi yüzüne üfleme-
ye çalıştıktan sonra ona çok yakışan bir gülücük beliriyordu
yüzünde. Belki de hayatı boyunca en güzel göründüğü andı
bu. Gözleri ışıl ışıldı. Ben de bu videoyu, o olaylardan sonra
ilk kez izliyordum. Aradan yıllar geçmişti ama içimin kana-
dığını hissettim. Son aylarda bir türlü bütün olarak hatırla-
yamadığım güzel yüzü tam karşımdaydı. Sürmeli gözleriyle
masum bir çocuk gibi gülüyordu Filiz. Yaşadığım onca olay-
dan sonra, sahiden çocuk olduğunu görüyordum.
Bandı tam o noktada durdurdum. Müzik sustu, eve sessiz-
lik çöktü. Ekranda Filiz, bize gülümsüyordu.
Adam "Ne oldu?" dedi.
"Bu yüze iyi bak!" dedim.
Adam gözlerini kısarak baktı ve ne olduğunu anlamadı.
"İyi bak!" dedim. "Bu gördüğün yüz Filiz adlı bir kıza ait-
ti ve bir M1 piyade tüfeği mermisiyle parçalandı. Şu gördü-
ğün güzel göz, yuvasından çıktı, yüzünün yarısı uçtu. 19 ya-
şındaydı. Şimdi anladın mı?"
Adam hem ses tonumdan hem de söylediklerimden bir teh-
like belirdiğini anlamış gibi huzursuzca kıpırdandı olduğu
yerde.
"Bu işin benimle ne ilgisi var?" diye sordu.
"Hatırlamıyor musun?" dedim. "Bana işkence yaptığını, bu
işi örtbas etmek için bağırtana kadar elektrik verdiğini unut-
tun mu?"

O zaman yüzü gerildi. Hayal meyal de olsa beni hatırladığını anladım. Bunları niye yaptığımı bilmiyordum. Amacım neydi, onu da bilmiyordum. Her şey kendiliğinden gelişiyordu. Belki de amacım Filiz'i gösterip onun ne kadar tatlı ve masum bir kız olduğunu ispatlamak ve bize neler çektirdiğini anlatarak ömrünün son demlerinde bir parça pişman olmasını sağlamaktı. Ne de olsa aynı adam değildi artık. Hastalık onu bitirmiş, güçsüz düşürmüş, sinirlerini zayıflatmıştı. Ayrıca ağzını her açtığında devletten yakınıyor ve ihanete uğradığını söylüyordu.

Önceden hazırladığım video kamerayı açtım, tam yüzüne doğrulttum ve sormaya başladım. Öldürülen yüzlerce genci hatırlıyor muydu, işkencede can veren genç gövdeler hiç mi rüyasına girmiyordu falan filan!

Adam "Bak delikanlı!" dedi. "Bana kurduğun tuzağı şimdi anladım. Sen onlardansın." Sonra ömrü boyunca karşısındakileri suçlamak için kullandığı klişeleri birbiri ardına sıralamaya başladı. Vatanı bölmek istememden komünist olduğuma uzanan bir suçlamalar zinciriydi bu.

"Ben komünist değilim, hiçbir zaman da olmadım" dedim.

"Öylesin, öylesiiiin!" dedi. "Kimin komünist olup olmadığını biz biliriz. Bak, bu kız da komünist."

Clara'yı gösteriyordu.

"Sizler hasta birer hayvansınız!" dedim.

"Vatanı size böldürtmedik, Sovyet peyki yapmanıza izin vermedik, diye değil mi?" dedi. Sonra ekledi: "Siz bu vatanı hiçbir zaman sevmediniz!"

"Biz sizi sevmedik!" dedim. "Siz kendinizi vatan yerine koydunuz, biz de sizi sevmedik."

Biz diyerek kimlerden söz ettiğimi de bilmiyordum ya, o sırada ağzıma öyle gelmişti. Yaşlı adam ömrü boyunca kendisine hasımlar yaratmıştı ve varlığı onlara karşı mücadele içinde biçimleniyordu. Beni de düşman olarak görmesi doğaldı *ama ne yazık ki ben onun göz göze baktığı düşmanlarından biri olamamıştım hiçbir zaman; çünkü bir grup içinde değildim. Yine de onun için fark etmiyordu: Ben "onlardan" biriydim. Clara hiçbir şey anlamadığı bu Türkçe diyaloğa karışmadan oturuyordu. Adama siyasi cinayetleri sordum, devletin yüce çıkarları için işlendiği öne sürülen cinayetleri. Yaşlı adam, "Sizin gibi vatan hainleri bu kutsal meseleyi anlayamaz" dedi. "Hem bunlara ben karar vermedim ki: Amirlerim emretti, biz uygulattık."*

Bunun üzerine amirlerinin kim olduğunu sordum: "Oooo! Kimler yok ki!" dedi. "Beyefendiye hepsini birer birer sayarım şimdi." Benimle alay ederek gülüyordu.

Onu daha fazla itirafa zorlamak için "Biliyorsun, burası son durak" dedim. "Son nefesini bu evde vereceksin."

Afalladı. Buna hazır olmadığını hissettim. Yakında öleceğini biliyordu ama şimdi ölüm birdenbire karşısına çıkıvermişti. Yüzü allak bullak oldu. Yumuşak bir sesle "Elinize ne geçecek evladım?" dedi. "Benim gibi ölmekte olan bir ihtiyarı öldürerek ne kazanacaksınız?"

Haklıydı aslında.

"Kimlerden emir aldığını tek tek açıkla" dedim. "Cinayetlerin ayrıntılarını anlat."

Yine "Evladım!" diye başladı. Yüzü kasılıyor, ağzı sağa doğru çarpılıyordu, kortizonların etkisinin azaldığını tahmin ettim. "Bu da bir cinayet değil mi? Değil mi? Değil mi?" Bu sözü tekrar edip duruyor ve sözleri her seferinde biraz daha anlaşılmaz oluyordu. Sonra birden bağırmaya başladı: "Orospu çocuğuuuu, orospu çocuğuuuuuu! İt oğlu it. Seni de gebertirim, bu orospuyu da, ötekini de!"

Mor yüzü iyiden iyiye kasılıp bir kurukafa gibi olmuştu, karşısındakini korkutarak geri bastırmak isteyen bir köpek gibi dişlerini çıkarmış uluyordu artık. Anneme, babama, herkese küfrediyordu anlayabildiğim kadarıyla. Bacağını anne-

min cinsel organına sokmakla ilgili falan bir şeyler çıkarıyordum sözlerinden. Ağzından köpükler saçılıyor, hırlıyor, korkunç bir nefretle beni yakalayıp parçalamak istiyordu. Hiçbir şey yapamıyordum, çünkü ne yapmam gerektiğini bilmiyordum. Hesaba kattığım bir durum değildi bu. En iğrenç suratını gösteren bu canlı cenazeye dokunamaz, vuramaz, elimi bile süremezdim. Midemde korkunç bir kasılma duydum o anda. Yıllar öncesindeki kusma krizlerinden biri tekrarlanıyordu. Elimi ağzıma kapayarak öğürmeye başladım. Adamın küfürleri anlaşılmaz olmuştu artık, dişlerinin arasından hırlıyor ve birtakım ilkel sesler çıkarıyordu.

Sonra biraz sakinleşti, duruldu. Gövdesini aşağı çeken müthiş bir yorgunlukla koltuğa yığıldı kaldı. Hafif hafif ağlamaya başladığını gördük. Gözyaşları yine buruşuk yanaklarını ıslatarak akıyordu. Aradan yarım saat mi geçti, bir saat mi bilmiyorum. Adam öylece ağlayarak, kendi düşünceleri içinde yitip giderek koltukta oturdu kaldı.

Sonra bir hayalden uyanır gibi kendine geldi, çevresine baktı ve yavaş yavaş bizi tanıdı. Anlaşılmaz bir şeyler mırıldandı, işaretler yaptı, tuvalete gitmek istediğini anladım. Koluna girip güç bela koltuktan kaldırdım ve tuvalete götürdüm. Sanki adamın canı birden çekilivermişti. Hareketleri iyice ağırlamış, külrengi gözleri ölü gözü gibi donuklaşmış, penceredeki kuşun gözlerinden bile daha beter olmuştu.

Yalnız kaldığımızda Clara'yla birbirimize şaşkınlıkla baktık. İşte şimdi ne yapacağımızı bilmiyorduk. Adamı öldürme fikri başından beri bir hayaldi. İnsan neyin ne olduğunu yüz yüze gelince anlıyordu. Bu küçük evde yaşlı adamla ne yapacaktık? Tuvaletten su borusunun sesi geldi. Adam epey kaldı orada. Neden sonra kapı açıldı ve âdeta sürünerek gelip kendini divana attı. Nefes nefese kalmıştı. Bana eliyle yaklaş işareti yaptı, yaklaştım. Ankara'daki kadar yakındım yüzüne, soluğunu duyuyordum.

"Oğlum" dedi, "artık hiçbir şeyin gizli kalmayacağı bir noktaya geldik. Allah'ın huzuruna vicdanımdaki bu yükle çıkmak istemiyorum. Sen bana Filiz'i ilk sorduğun anda her şey gözümün önüne geldi, çünkü o küçük kızı hiç unutmadım."
Konuşmaları bir hırıltı halini almıştı, zor duyabiliyordum. Adamın yüzüne yine kuşkuyla baktım. Acaba daha önceki-ler mi yalandı, yoksa şimdi söyledikleri mi? Artık bu adamın kim olduğunu anlayamıyor, ne söylediğini tartamıyordum. Eğer hastanede beni tanımışsa sürekli numara mı yapmıştı, söylediği her şey bir oyunun parçası mıydı?

"Her gün, her gece bu trajediyi düşünmüş, kızım yaşındaki Filiz'e acımıştım. Daha doğrusu o günlerde görev yapıyor duygusu içinde pek aldırmamıştım da sonradan çok koyar olmuştu. Buradaki hastane günlerinde ise hiç aklımdan çıkmıyordu. Allah büyük bir tesadüfle seni çıkardı benim önüme. Ne yapacağımı, nasıl davranacağımı bilemedim. Şimdi ölüyorum. Sana bir tek şey söylemek istiyorum. Beni bağışla ve öldükten sonra Allah rahmet eylesin, de arkamdan."

Elimi tuttu: *"Beni bağışlayabilir misin delikanlı?"*

Kendimi Filiz'e ihanet eder gibi hissediyordum ama yaşlı adama acıma duyguları oluşuyordu içimde.

"Delikanlı fazla vakit kalmadı, kendi cezamı kendim vermek istiyorum."

Bu saçma sapan sözlerden hiçbir şey anlamıyordum. Ne demek istiyordu, hangi oyunun peşindeydi yine? Benim zayıflığımı ve kendisini asla öldüremeyeceğimi anladıktan sonra bir de alay mı ediyordu?

"Beni bağışlayabilecek misin?"

Babamın yüzüne bakıyordum. Evet evet, o benim babamdı. Durumu bütün açıklığıyla görebiliyordu. Daha önce kuşkularım olmuştu ama şimdi her şey açığa çıkmıştı işte. Babam benimle oyun oynuyordu. Her gece onun ölümü için dua ettiğimi biliyor, bu yüzden şimdi bağışlanma diliyordu. Ellerine bak-

tım. Yanık izleri duruyor muydu acaba?

Konuşması gittikçe peltekleşiyor, dili ve gözleri kayıyordu.

"Beni bağışlayabilecek misin delikanlı?"

Bunları söyledikten sonra sözleri anlaşılmaz oldu. Bu sefer gerçekten ölüyordu. Yüzünün morluğu neredeyse siyaha dönüşmüştü.

Galiba beni ilk uyandıran "Kendi cezamı vermek istiyorum" sözü oldu.

Hemen tuvalete koştum, lavabonun kenarında duran ve her akşam bir tane içtiğim uyku ilacının gri tüpü yere düşmüştü. Eğilip aldığımda tüpün boş olduğunu gördüm. İçinde 10 mg'lık haplardan 22 tane kaldığını hatırlıyordum. Ama şimdi bomboştu.

İçeri koştum, adamı yatağın üstünden kaldırıp banyoya sürükledim. Kendinden geçtiği için ağır gövdesini taşımak kolay değildi. Clara'ya, "Bana yardım et!" diye bağırdım. Başını küvete doğru eğdim. Bir yandan da "Kus! Kusman gerekiyor!" diye haykırıyordum. Galiba bir ara diş fırçasını boğazına soktum, ileri geri oynattım ve sonunda istediğimi başardım. Adam kasılarak kustu, midesindeki ilaçları dışarı çıkardı. Yüzünü yıkadım, sonra Clara'yla birlikte geri getirip yatağın üstüne uzattık.

Tir tir titriyordu. Çeneleri birbirine vuruyordu. Kalın bir battaniye örttüm üstüne, başının altına bir yastık yerleştirdim. Clara'ya, hastaneye telefon etmesini ve yaşlı adamın durumunu anlatarak bir ambulans istemesini söyledim. Clara telefon ederken yaşlı adam elimi tuttu, yüzüme baktı, gözleri yaş içinde kalmıştı.

"Delikanlı niye yaptın?" dedi. "Ölmek benim için kurtuluş olacaktı. Hem de senin önünde esaslı bir özür dileme fırsatı yakalamış olacaktı bu ihtiyar? Niye izin vermedin? Niye izin vermedin?"

"Bilmiyorum" dedim.

Tekrar "Niye?" diye sordu.

"Bilmiyorum. Galiba birbirimize alıştık."

Yaşlı adamın yüzüne bir memnuniyet yayıldı bu söz üzerine "Alıştık" dedi. "Evet, birbirimize alıştık. Akraba gibi olduk. Bir daha kimseyle Türkçe konuşamayacağım artık." Biraz sonra ambulans gelip yaşlı adamı götürdüğünde kendinde değildi. Bu yüzden son bir vedalaşma olmadı aramızda. Yalnız sedye ambulansa bindirilirken gözlerini açtı ve o hırıltılı sesiyle bir şeyler söyledi ama ne dediği yine anlaşılmıyordu. Horatius'un dizesini hatırladım: "Ölmek isteyeni kurtarmak, öldürmekle birdir."

Adamı gönderdikten sonra Clara'yla masanın başına geçip votka içmeye başladık. Arka arkaya dikiyorduk kadehleri. Bir an önce körkütük sarhoş olmaktan başka bir dileğimiz yoktu. Olan biteni hemen unutmak istiyorduk. Bir kez daha aşağılanmıştık çünkü. Öç diye bir şey yoktu bu dünyada, mümkün değildi. Clara hiçbir şey sormadı.

Votka şişesini yirmi dakikada bitirdik, sonunda başımız öyle çok dönmeye başladı ki kendimizi yatağa zor attık. Daha doğrusu ben attım. Clara'nın ne yaptığını hatırlamıyordum bile. Sonra gecenin bir vakti gövdelerimizin birbirini keşfettiğini fark ettim. Clara'nın üstünde, hatta içinde buldum kendimi. İkimiz de istemeden, karar vermeden, hatta farkına bile varmadan olmuştu; iç içe geçmiştik. Sonra yine uyuduk. Sabah kalktığımda ağzımın içinde metal para tadı vardı ve başım ağrıyordu. Yataktaki kan izleri Clara'nın onca koruduğu, yıllarca üstüne titrediği bekâretini farkına bile varmadan feda ettiğini kanıtlıyordu. Uyanınca bu garip işe ne diyeceğini merak ettim ama hiçbir şey söylemedi. Bu konu aramızda hiç konuşulmadı.

O günden sonra birlikte yaşamaya başladık: Clara, ben ve Sirikit'in hayali. Çünkü onu bazı akşamlar yine radyonun üstünde görüyor ama bunu Clara'ya söylemiyorum. Tahmin edeceğiniz gibi Sirikit, Clara'ya çok tepeden bakıyor ve hiç yüz vermiyor. Clara ise onun varlığının farkında değil. Sirikit'in mevcut olmadığını sanıyor. Arada bir beni iğnelemek istediğinde geyik, kedi falan diye bir şeyler mırıldanıyor ama ben aldırmıyorum.

Yaşlı adamla yaşadığımız o korkunç ve acıklı macerayı bir daha hiç konuşmadık. Neden bilmem, bu konuda benim içimde bir ürkeklik var. Sanki Clara'ya yaşlı adamdan söz edersem garip şeyler olacakmış gibi geliyor. Onu da unutmuş olabilir mi acaba? Kediyi unuttuğuna, daha doğrusu hiç görememediğine göre, neden olmasın? Belki yaşlı adamı da, intihar girişimini de, onu güçlükle banyoya sürükleyerek kusturduğumuzu ve böylece canını kurtardığımızı da unutmuştur.

Oysa ben hastanede ve evde yaşadıklarımızı sık sık düşünüyorum ve garip bir biçimde farkına varıyorum ki adam hâlâ özlemle nefret arasındaki o belirsiz çizgide durmakta.

Göran, Clara'nın benim evime taşınmasını medeni bir tavırla karşıladı, hiçbir şey söylemedi ama ben onun içten içe müthiş üzüldüğünü biliyorum. Modern bir insan olarak kabul etmek istemese bile aşk acısı ve kıskançlık, yüreğini dağlıyor.

Bülent ve karısı dışında arkadaşımız yok. Yani yalnız yaşıyoruz. Bülentler sonunda Türkiye'ye dönmekten vazgeçtiler. Mültecilik konusu onu öyle sardı ki ömrünü Stockholm Üniversitesi'nde bu konudaki çalışmalara adamaya karar verdi. Ona göre dünyanın geleceği bu. Açlık çeken ülkelerden insanlar sallara, köhne motorlara binecek ve Avrupa kıyılarını zorlayacaklar. Afrika ve Asya kıtalarının insanları, Avrupa'ya, Amerika'ya akacak. Bir süre sonra kimse başa çıkamayacak bu göçle. Buna gerçekten inanıyor ama artık böyle şeyler benim umurumda değil.

Romanı yazan arkadaşım, notlarımı okuyunca öyle çok kızdı ki o günden beri bana küs, konuşmuyor, yolda görünce bile başını çeviriyor.

Fazla paramız yok, ama geçim sıkıntısı da çekmiyoruz doğrusu. Hangi işi bulursak orada çalışıyoruz; yardımsever, insancıl İsveç devleti kiramızı veriyor, işsiz kalırsak maaşımızı da ödüyor. Büyük mağazaların mevsim ucuzluklarını izleyip giysiler alıyoruz. Hafta sonlarında kent dışındaki ucuz toptancı mağazalarına gidip Volvo'nun bagajını yiyecekle dolduruyoruz, System Bolaget'ten aldığımız içkileri içiyoruz ve hepsi birbirinin aynı olan günleri art arda dizip duruyoruz.

Akşamlarımız saat ona kadar televizyon izleyerek, daha sonra da Türkçe ve İspanyolca kitaplar okuyarak geçiyor. Seyahat bürolarından broşürler toplayıp yazın hangi tatil ülkesine gidebileceğimizi konuşuyor, fiyatları karşılaştırıyoruz.

Kısacası bu dünyada, kimliği, kişiliği, yüzü silinmiş, hepsi birbirine benzetilmiş milyonlarca mülteci gibi yaşıyoruz ve bunun farkında olmak benim canımı sıkmıyor.

Herhalde mutluluk dedikleri de bu olsa gerek: Biraz güvenlik, biraz can sıkıntısı.

Biyografi
Söyleşi
Görüşler

Biyografi

Romanları 30 dilde yayımlanan Zülfü Livaneli, 1946 yılında doğdu. Ankara'da Maarif Koleji'nde okudu, Stockholm'de felsefe ve müzik eğitimi gördü.

1972 yılında fikirlerinden dolayı askeri cezaevinde yattı, 11 yıl sürgünde yaşadı.

Harvard ve Princeton gibi saygın üniversitelerde konferanslar ve dersler veren, romanları, fikirleri ve müziği ile dünya basınında övgülerle karşılanan bir sanatçı olan Livaneli, edebiyat, müzik ve sinema alanlarında 30'dan fazla ulusal ve uluslararası ödül sahibi.

Livaneli, 1999 yılında San Remo'da En İyi Besteci ödülüne layık görüldü. Müzik eserleri Londra, Moskova, Berlin, Atina, İzmir Senfoni orkestraları tarafından icra edildi ve Zubin Mehta, Simeon Kogan gibi şeflerce yönetildi.

Türkiye dışında Çin Halk Cumhuriyeti, İspanya, Kore ve Almanya'da da çok satanlar arasına giren romanlarıyla, Balkan Edebiyat Ödülü'ne, ABD'de Barnes and Noble Büyük Yazar Ödülü'ne, İtalya ve Fransa'da Yılın Kitabı Ödülü'ne, Türkiye'de ise Yunus Nadi Ödülü'ne ve Orhan Kemal Roman Ödülü'ne layık görüldü.

Livaneli, dünya kültür ve barışına yaptığı katkılardan ötürü 1996 yılında Paris'te UNESCO tarafından Büyükelçilikle onurlandırıldı ve Genel Direktör danışmanlığına atandı.

2002-2006 yılları arasında TBMM'de ve Avrupa Konseyi'nde milletvekilliği görevinde bulundu.

http://www.livaneli.gen.tr
http://www.livaneli.net

Zülfü Livaneli'ye *Bir Kedi, Bir Adam, Bir Ölüm* için sorular

Romanınızın açılış cümlesini (*"Stockholm'de dokuz yıldır politik mülteci olarak yaşamakta olan Sami Baran, cinayet tohumunun ilk kez içine düşeceği o salı akşamından yedi gün önce, karanlık ormanların içinde kıvrıla kıvrıla giden buzlu yolda araba sürmekteydi."*) unutulmaz "ilk cümle"ler arasına güvenle katabiliriz. Bu cümle, her şeyden önce, resmi tonuyla, yazarın kahramanına alabildiğine mesafeli davranacağının işaretini veriyor okura. Bu vaadi yerine getirmede en önemli işleve sahip olan gerecinizi, yani romanı biri başkişiniz Sami Baran'ın, öteki ise onun yaşadıklarını ondan öğrendiği kadarıyla romanlaştıran isimsiz arkadaşının olmak üzere iki kanal üzerinden kurgulamayı nasıl bulduğunuzu sorsak, neler anlatırsınız?

Teşekkür ederim. Belirttiğiniz gibi ilk cümle, yazarla kahraman arasına mesafe koyuyor. İlk romanımın ilk cümlesinin böyle oluşu bilinçli bir tercihti. Demek ki gözden kaçmamış. Roman öyle bir tür ki, yazar olarak, kahramanlarınızla ilgili duygular belirttiğiniz anda çöküyor, deyim yerindeyse sanat eseri olma niteliğini yitiriyor, ucuzluyor. Tarih boyunca bütün büyük anlatıcılara ve büyük romancılara bakın. Trajedi anlatırlar ama kahramanlarına acıdıklarını gösteren tek bir cümleye yer vermezler. (Mesela Flaubert Madam Bovary'ye "Vah vah, yazık oldu güzelim genç kadına" der mi hiç? Homeros "Akhilleus'a yüreğim yandı doğrusu" deme tuzağına düşer mi?) Zaten romanda "şiirsel" olmaya çalışmanın en büyük tehlikesi budur. Edebiyatla yatıp kalktığım ilk gençlik yıllarımdan beri öğrendiğim en önemli kural

Stendhal'in "zabıt kâtibi" metodu. Bu derse sadık kalarak yazdım. Daha sonra kahramanın kendisi de romana dahil oldu (adli deyimle müdahil oldu) ama bu o kadar doğal ve o kadar kendiliğinden gelişti ki, inanın farketmedim bile.

Romanın temel entrikası yani Sami ile eski bakan arasındaki gerilim ve (her ne kadar biri "roman içinde roman"ın finali olsa bile) ikili finalinin içerdiği "intikam mı, bağışlama mı?" sorusu, tam da 12 Eylül'ün generallerinin yargılanmasının bir kez daha ve galiba bu kez ciddi bir biçimde gündemimize girdiği bu günlerde (Ocak 2012) özel bir anlam kazanmıyor mu?

"Hayat sanatı taklit eder" diye ünlü bir söz var ya, zaman zaman bunda haklılık payı olduğunu düşünürüm. Ben bu kitabı yazdığım zaman ne Evren vardı, ne de '80 darbesi. Ama şimdi yargılamalar gündemde ve benim bu konuda yıllardan beri yazıp çizdiğim görüşüm belli: Bu kişilerin mutlaka yargılanması ve cezalandırılması gerekir. Kişisel bir intikam duygusu içinde değilim ama onlar birer kişi olmaktan çok birer simge. 17 yaşındaki Erdal'ı yaşını büyüterek öldüren bir zihniyet cezalandırılmazsa, edebiyatın da bir anlamı kalmaz.

Benzer bir soru da Sami'nin nişanlısı Filiz'in öldürülmesini, olayın üst düzey resmi sorumlularından biri olan bakanın *"Hayır, bu işe böyle bakarsan büyük hata edersin. O zavallı er sizi tanımıyor ki cinayet işlemiş olsun. Görevini yapıyordu. Belki biraz acemice davranmış"* sözleriyle sıradanlaştırmaya çalışması dolayısıyla sorulabilecek şu soru: Özellikle geçen ay (Aralık 2011) çoğu çocuk 34 Kürt asıllı yurttaşın "yanlış istihbarat sonucu terörist sanılarak" savaş uçaklarınca bombalanıp öldürüldüğü Uludere olayı bu kadar tazeyken, devlet adına yurttaşa karşı işlenen suçların kovuşturulması ve med-

yanın devletten bağımsızlığı konusunda iyimser olmamız için hâlâ mı çok erken?

Sorularınız, bu ülkenin gerçeğini ortaya çıkarıyor. Devlet adına kan dökmenin meşru sayıldığı bir ahlaki iklim var burada. Korkunç bir şey. İnsan canının kutsal olduğu, dokunulamayacğı kavramı kaybolunca ortaya böyle zulümler çıkıyor işte. Yazık!

1974'te başladığınız, sonradan büyük ölçüde yeniden yazdığınız ve sizin için "yazılmaya başlanmasından yirmi dokuz yıl sonra" biten bu roman, bu yanıyla Avrupa'daki siyasi sürgünlerin yaşamına dünden bugüne bir bakış niteliği de kazanmış. Şilili, Uruguaylı, Japon, Türk, İspanyol, Faslı, İranlı gibi çok geniş bir yelpazede yer alan mültecilerin yaşadıkları, sürgün konusunda yapılmış en iyi filmlerden biri olan, Arjantinli yönetmen Fernando E. Solanas'ın *Tangolar* (1985) filmindekini aratmayacak bir yetkinlikle işleniyor. Bu yetkinlikte, uzun yıllara yayılan kişisel deneyimlerinizin de önemli katkısı bulunduğu söylenebilir, değil mi?

Elbette. 1973'te giderek beş yıl yaşadığım Stockholm benim için bir "dünyalılaşma" eğitimi gibiydi. Çünkü o dönemin kapalı koşullarında ülkemizden başka bir yeri pek bilmezdik. Stockholm ise yedi iklim dört bucaktan siyasi mülteci kaynıyordu. '70'ler bu açıdan çok garip bir dönemdi. Yunanistan, Türkiye, Şili, İran darbe yönetimi altındaydılar. İspanya, Portekiz gibi gibi ülkeler zalim diktatörlükler altında inliyorlardı. Buna bir de Doğu bloku dikta rejimlerini ekleyin. Bunlardan canını kurtarabilen kılıç artığı binlerce mülteci kapağı Stockholm'e atmıştı. Orada birbirimizle dost olduk, kültürlerimizi, yemeklerimizi, anılarımızı, şarkılarımızı paylaştık. Benim için bir okuldu.

Yazdığınız bütün romanlarda (ayrıca öykülerde de) oldu-

ğu gibi *Bir Kedi, Bir Adam, Bir Ölüm*'de de belirgin bir "anadil" vurgusu göze çarpıyor. Genellikle "anlaşma aracı" olarak üzerinde duruyorsunuz dil olgusunun. Ancak, bu romanda anadile yaptığınız vurgunun bir "ekstra"sı var: *"Ondan bu kadar nefret etmeme ve ölmesini dilememe rağmen niye inatla her gün görmeyi, konuşmayı sürdürdüğümü çok düşündüm. Belki de anadil sebep oluyordu bütün bunlara. Anadil öyle bir şeydi ki, aynı şeyi başka dilde söylediğinde bütün anlamı, rengi, kokusu yitip gidiveriyordu. Düşmanımla paylaştığım en önemli şeydi bu. (...) Bir varlık yokluk meselesi."* Belli kesimlerden hâlâ eleştiri, hatta saldırı alabilecek cesur ve cüretkâr bir yaklaşım bu. Ne dersiniz?

John Berger'in "Anadil anayurttur" sözüne yürekten katılırım. Ana sütü gibi kutsal ve dokunulamayacak bir haktır bu. Bir insana anadilinde konuşmayı yasaklamak, onun dilini koparıp atmak demektir. Bu, benim çok duyarlı olduğum bir konu. Bu kadar temel bir hakkı, siyasetin dar çerçevesinden seyretmeye hakkımız yok.

Gerçek bir şaheser! Teknik ve psikolojik olarak mükemmel! Öldürmek mi bağışlamak mı ikilemini en iyi veren roman.

Yaşar Kemal

Livaneli yeni romanında, yeterince bilinmeyen bu tarihin edebi bir panoramasını çiziyor. Üstelik tümüyle edebi bir atmosfer, ilginç bir kurgu ve yalın bir dil ile.

Mehmet Uzun

Livaneli, dönemin saplantılı siyasal inançlarını, roman akışı içinde ustalıkla yedirerek anlatıyor.

Doğan Hızlan (*Hürriyet*)

Livaneli genelde kimliği, kişiliği, yüzü silinmiş, hepsi birbirine benzetilmiş mültecilerin yaşamına evrensel bir pencereden bakarken, 12 Eylül'ün, öncesi ve sonrasıyla bir panoramasını da çiziyor. Yazarlığının olgunluk çağı nişanesi!

Refik Durbaş (*Sabah*)

Bir Kedi, Bir Adam, Bir Ölüm, kolay okunan çarpıcı bir roman. Tatile giderken yanınıza alın.

Hıncal Uluç (*Sabah*)

... bütün dünya mültecilerinin paylaştığı, kökünden koparılıp yere serpilmiş çiçekler yazgısının ağıtı. Kronolojiyle ve okurla, kedinin fareyle oynadığı gibi oynuyor ve iki boyutlu bir gerçeği, büyük bir ustalıkla anlatıyor.

Altan Gökalp (CNRS Paris)

DK'da yayımlanmış diğer kitapları

Arafat'ta Bir Çocuk

Zülfü Livaneli'nin yıllara yayılan, yıllarla beslenen, zenginleşen deneyim ve gözlemlerinden, Almanya'da, İsveç'te, Türkiye'de, sınırlar, sınır aşanlar, sürgünler, gurbetçiler üzerine, değerleri yıllarla sınanmış öyküler...

Engereğin Gözü

Kitabı merakla ve son sayfasına kadar eksilmeyen bir zevkle okudum. İnsanın, düşsel, zalim ve bazen de umutsuz bir dünyayı keşfetmesini sağlıyor. Filmlerde romantik bir biçimde gösterilen harem evrenini ve genç kadınların yaşadığı hapis hayatını hiçbir kuşkuya yer bırakmayan bir gerçeklikle betimliyor.

Costa Gavras

Mutluluk

Mutluluk, yalnızca harika kurgusuyla heyecanlı ve sürükleyici bir macera romanı değil; bunların ötesinde, gelenek ile modernlik, tarih ile bellek yitimi, din ile laiklik arasında bölünmüş Türk toplumu üzerine son derece güçlü bir analiz. Livaneli çok güçlü bir anlatıcı. *Mutluluk* ile okuru kavrıyor ve onu anlaması, tahammül etmesi zor gerçekliklerle yüz yüze getiriyor.

Martine Laval

Leyla'nın Evi

Bu kitapta anlatılan, biri yaşlı diğeri genç iki kadının birbirlerini keşfetme hikâyesi değil sadece... Zülfü Livaneli yeni romanında, insanoğlunun barınma ihtiyacını ele alıyor. Bunu da İstanbul gibi sürekli göçlerle sarsılan bir şehir üzerinden anlatıyor.

Buket Aşçı, *Vatan Kitap*, 15 Mayıs 2006

Sevdalım Hayat

Zülfü Livaneli'nin zengin ömrünün kısa özeti. "Sürekli sanat üstüne düşünen, yaratı sancıları çeken ama dönemin ve ülkenin koşulları gereği zaman zaman politikadan kaçamayan birinin anıları." Bir insanın, bir kuşağın, bir ülkenin yakın tarihi. Kitabın genişletilmiş yeni basımında fotoğraf albümü de yenilendi, kimisi ilk kez yayımlanan fotoğraflarla zenginleştirildi. Tıpkı yazarının hayatı gibi.

Son Ada

Livaneli'nin bu benzersiz yaratıcı romanında, insan yapısı otoriteyle karşı karşıya... Yazar bizi dünyamız üzerinde yeniden düşünmeye çağırıyor. Mutlaka okunmalı.

Prof. Lenore Martin, Harvard Üniversitesi

Serenad

Serenad yaşam musikisinin gür eseri. Bir sevgi çağrısıyla başlıyor, bir dokunaklı sonat gibi gelişiyor, bir çağın güçlü senfonisi olarak okurlarını büyülüyor. Bir Livaneli klasiği...

Talât Halman

Edebiyat Mutluluktur

Zülfü Livaneli'nin *Vatan* gazetesindeki köşesinde çok zevk aldığı, hayatını adadığı edebiyat konusunda görüşlerini paylaşmak ve özellikle de "yüreğini kanatlandıran sözlere sevdalanmış" yazar adaylarına karınca kararınca faydalı olmak için yazdığı "Edebiyat Notları"ndan seçmeler ve iki konuşma: "Benim Gözümden Yaşar Kemal", "Edebiyat Üzerine".

Kardeşimin Hikâyesi

Sakin bir balıkçı köyünde genç bir kadının cinayete kurban gitmesiyle başlar her şey. Dünyadan elini eteğini çekmiş emekli inşaat mühendisiyle genç, güzel ve meraklı gazeteci kızın tanışmasına da bu cinayet vesile olur. Kurguyla gerçeğin karıştığı, duyguların en kuytu bölgelerine girildiği hikâye, daha doğrusu hikâye içinde hikâye de böylece başlar. Modern bir Binbir Gece Masalı'nın kapıları aralanır.